관용

매몰된 도시국가 이야기

관용 매몰된 도시국가 이야기

초판 1쇄 인쇄 · 2022년 1월 10일
초판 1쇄 발행 · 2022년 1월 20일

지은이 · 강경호
펴낸이 · 한봉숙
펴낸곳 · 푸른사상사

주간 · 맹문재 | 편집 · 지순이 | 교정 · 김수란, 노현정 | 마케팅 · 한정규
등록 · 1999년 7월 8일 제2-2876호
주소 · 경기도 파주시 회동길 337-16 푸른사상사
대표전화 · 031) 955-9111(2) | 팩시밀리 · 031) 955-9114
이메일 · prun21c@hanmail.net
홈페이지 · http://www.prun21c.com

ⓒ 강경호, 2022

ISBN 979-11-308-1885-6   03810

값 24,000원

푸른사상
소설선

관용

Tolerantia

매몰된 도시국가 이야기

강경호 장편소설

소설 『관용』은 역사와 전설 사이를 넘나드는 이야기이다. 그렇다 보니 변용과 구성이라는 도구를 사용하고 자료와 상상력까지 더해 완결을 추구할 수밖에 없었다. 소설에서 구체성과 형상화를 빼면 뭐가 남겠는가? 종이와 글자밖에 없지 않은가? 앞서 역사와 전설을 넘나든다고 했으니 관계 설정에 있어서 선후는 있게 마련이다. 이 소설은 서두에서 알 수 있듯 역사적 사실만을 고집하지 않는다. 역사보다 전설이 앞서고, 굳이 얘기하면 전설이 어느 역사에 일정 부분 영향을 끼쳤다는 뜻일 것이다.

몇 년 전 타계한 모 원로 극작가가 말하길, '역사를 주제로 한 드라마나 역사물을 씀에 있어서 세 가지 요소를 유념해야 한다'라고 했다. 공간과 시대, 주요 특정 인물이 그 점이다. 언필칭 역사물을 쓰려면 그 정도의 기본 형식(요소)은 간과하지 말라는 주장이나, 그런 요소들이 역사소설을 쓰는 데 있어서 제한은 될 수 없다. 열거한 세 가지를 염두에 두고 역사소설을 쓴다면 소설보다는 딱딱한 논문이나 학술서에 가깝기 때문이다. 또 엄밀히 따지면 소설에 역사를 내세워도 사료를 차용한, 기실 작가의 임의와 창의가 반영된 얘기(실제 같은 허구)일 터이다. 물론 작가가 당시대의 현장에 있지 않아 무체험이 한계일 수 있다. 그 한계 때문에 작가적 편의가 작동한다. 『관용』을 쓴 본인도 마찬가지다.

역사를 거슬러 올라가면 무엇을 만나겠는가. 아마도 신화나 전설이 시초된 시대와 마주칠지 모를 일이다. 하지만 사실 증빙과 과학을 중시하는 지금의 발전 촉발 시대에선 신화나 전설은 설 자리가 거의 없다. 요행 세상의 한모퉁이에서 구전돼 살아남았다 하더라도 다음 세대에는 몇몇을 제외하고 모두 소멸될 운명을 맞게 될 터이다. 설 자리가 없어 소멸될 신화와 전설은 어찌 보면 역사가 섬기던 아비이고 조상일 터인데, 우린 그 점을 대수롭지 않게 여긴다. 뒤는 돌아보지 않고 앞만 보고 달리기 때문이다.

아게스 밀의 얘기는 역사와 접목된 전설에 속한다. 기원 전후, 추강 유역과 사리샤간 사이의 남킵차크 고원에 아게스 밀 혹은 '알붐 카스트룸(album castrum)', 즉 흰 성(城)이라고 불리던 고대 도시국가가 있었다. 도시국가는 번성하였고, 그 영역은 한때 동쪽은 천산의 탈티코르간, 남쪽은 탈라스와 이식쿨에 이르는 큰 왕국이었다. 왕은 알렉산드로스 대왕 휘하의 장수 출신을 선조로 둔 '베스티 파메네스(너그러운)'라는 백색인(그리스, 마케도니아계 인종)이나, 그 이름처럼 너그러운 자가 아니었다. 그는 권력을 독차지할 목적에서 자신을 도와 아게스 밀 왕국을 세운 쥬신인(朝鮮人) 대군장을 사지로 몰아 죽게 하였고, 그의 아들마저 국외로 추방한 간악한 자이기도 하였다. 대군장의 아들을 국외로 추방한 건, 자기의 못난 자식과 '아나테미스'라는 아름답고 순결한 소녀와 짝을 지어주고자 함인데, 그녀는 추방당한 대군장의 아들과 일찍이 사랑하는 사이였다.

추방자는 의당 원한을 품을 수밖에 없었다. 다행히도 추방자를 따르는 대군장의 부하들과 몇몇 친구가 그와 행동을 같이한다. 그중 '파무체카'라는 투고트족 출신의 걸출한 용사가 추방자와 더불어 세상을 유랑하며 끝까지 곁을 지킨다. 강산이 두 번 바뀐 뒤, 추방자와 용사는 아게스 밀의 왕과 자신들을 배신한 '쿠스케'를 척살하기 위해 발흐의 도성 테르메스를 떠나 아게스 밀로 향한다. 만 리 먼 길이지만 두 사람의 오로지 아게스 밀의 왕과 쿠스케에 대한 복수의 일념으로 지난한 여정을 이어간다.

책의 출간은 언제나 기쁘고 보람된 일이다. 이 책을 출간해준 푸른사상사에 감사를 드리며, 독자 제현의 사랑과 관심을 소망한다.

2021년 가을
강경호

차례

작가의 말   5

1

추방자 옴마나스, 미래의 쿠샨 왕 구취각을 만나다   11

2

옴마나스, 발흐를 떠나 마지막 여정에 오르다   93

3

추강의 물길을 돌리고, 사크람의 날을 벼르다   171

4

세 개의 무덤과 제국의 아침, 그리고 잊힌 이름 아게스 밀   245

추방자 옴마나스,
미래의 쿠샨 왕 구취각을 만나다

날은 아직 찬데 창밖에 드리운 편도나무는 벌써 잎을 피우고 있다. 한 줌 바람에도 등잔불은 너울댄다. 솔부엉이 울음도 끊긴 객잔의 을야(乙夜)이건만 아이는 오지 않는다. 밤은 무심함을 더해도 유인(流人)은 잠을 이룰 수가 없구나. 나메가 약속을 지킬 건가.

나흘 전 야르칸드 장터에서 수마혼차간 집안의 하녀 나메를 만난 건 하늘의 도움이었다. 진정과 소화에 효과가 있는 약재를 구하기 위해 장터에 들렀다가 눈썰미가 뛰어난 나메가 나를 알아보곤 울음을 터트렸다. 10여 년 전의 나의 모습을 기억에 담아 둔 그녀가 너무나 대견했다. 그녀는 반가움과 설움에 복받쳐 한참을 흐느꼈는데 절절한 설움이 어찌 그녀 혼자만의 것이겠는가. 세상을 떠도는 유인의 삶도 온통 슬픔이고 외로움인데. 나메는 이십 대 후반의 나이지만 전쟁의 참화를 겪고 몸을 파는 장터의 여자로 살다 보니 시든 훈화초처럼 늙어버렸다. 나는 그 옛날 수마혼차간 저택에서의 해맑고 귀엽던 나메를 생각한다. 나메는 비록 하녀의 신분이었어도 수마혼차간의 딸 히데아와 차별 없이 모두에게서 아낌을 받았지. 주름이 드리운 그녀의 거친 얼굴에서 후이오챠의 옛 추억을 떠올리려니 서글픈 감회가 앞선다.

아게스 밀에서 추방당한 열일곱 소년이었을 때나 서른 살의 장년이었을 때나 후이오챠의 수마혼차간은 너그러운 태도로 나를 받아들였지. 지금 생각해도 후이오챠의 호족이자 의원인 수마혼차간의 집에서 의술을 익히며 보낸 나날이 내 인생에 있어서 가장 행복한 때였다. 수마혼차간의 딸 히데아와 동침하지 않았다면 좀 더 오래 후이오챠에서 행복을 누렸을 것을. 동침한 다음 날, 그 고마운 수마혼차간에게 작별 인사도 하지 않고 홀연히 떠나야만 했었지. 수마혼차간에 대한 배은과 내 행위에 대한 자책감 때문이었다. 그나마 아버지처럼, 때론 장형처럼 나를 보살펴주는 파무체카가 곁에 있다는 게 얼마나 다행한 일인가. 그도 이제 쉰을 넘겼다. 부쩍 고향 얘기를 하는 걸 보니 소심한 늙은이가 된 것 같다. 예전 킵차크의 거친 평원을 말 달리던 헌걸찬 용사도 세월 앞에서는 속절없구나. 날로 심신이 쇠해가는 그의 모습을 본다는 건 가슴 아픈 일이다.

아침에 나메가 객잔을 찾아왔다. 지난번 장터에서 볼 때보다 표정이 밝았다. 데리고 온다던 아이 없이 혼자였다. 아이는 이곳 야르칸드에서 멀지 않은 키잘이라는 산간 마을에 있다고 했다. 아이와 함께 있는 노부인의 거동이 여의치 않아 직접 그곳에 가야 한다는 것이었다. 아무렴 어떠랴. 기쁜 소식에 마음이 급해졌다. 파무체카에게 길 떠날 채비를 하라고 이르곤 아이와 노부인에게 줄 선물을 챙겼다. 상봉에 대비해 아이에겐 두툼한 겹 마오*를, 노부인과 나메에겐 무명으로 지은 검정 장옷을 마련해두었다. 검정 은 후이오챠 호족임을 뜻하는 색이다.

키 큰 잎갈나무가 있는 언덕배기에 화피 껍질로 지붕을 얹고 돌과 진흙으로 벽을 쌓은 작은 토막집이 있었다. 집 앞에 머리가 하얗게 센 한 노부인이 나무 걸상에 앉아 있다. 노부인 곁에 한 아이가 서 있다. 나메가 말한 아이이리라. 가까이 가는 중에도 아이에게 눈을 떼지 못했다. 아이는 팔다리가 길어 보일 만큼 말 랐어도 살결이 희고 영특하게 생겨 마음이 흐뭇했다. '저 아이가 내 자식이라니…….' 무엇보다도 기쁜 건 서늘한 눈매가 제 조부 를 닮았다는 점이다. 가슴에서 뜨거운 것이 뭉클 치솟았다.

나메를 앞세워 몇 걸음 앞까지 이르자 노부인이 몸을 일으켰다. 누덕 아마천으로 몸을 감싼 수척한 모습을 보니 마음이 아팠다.

---

* 　마오 : 위아래가 붙은 두루마기 형식의 통옷.

허리를 숙여 수마혼차간의 부인에게 인사를 차렸다.

"노부인, 옴마나스입니다."

"오! 그대가 옴마나스라고……."

노부인은 옛 기억을 더듬듯 옴마나스의 얼굴을 살폈지만 더는 말없이 젖은 눈빛으로 아이에게 고개를 돌렸다. 원망과 반가움이 혼재한 심경이리라.

"뵐 면목이 없고 한없이 죄스럽다는 말씀을 드립니다."

"그대가 정녕 옴마나스라면 그런 말은 하지 마오. 그대는 나 못잖게 비극을 겪었고 지금도 이 풍진 세상을 유랑하고 있잖소."

노부인이 아이에게 다정히 말했다.

"도데 코르트야, 인사하렴. 네 아버지란다."

아이는 그 자리에서 데면데면한 표정으로 머리를 숙였다.

"도데 코르트라고 했지? 나이는 몇 살이냐?"

"열한 살입니다. 그냥 도데라고 불러주세요."

아이의 목소리는 또랑또랑했다. 아이를 지그시 쳐다보았다. 아이에게서 히데아의 흔적을 찾고자 했지만, 세월이 오랜 탓에 그녀의 흔적마저 여의치 않았다. 그러나 앞의 아이가 히데아가 낳은 자신의 아들이라는 사실에 벅찬 심정을 가눌 수가 없었다.

준비해간 옷을 노부인과 나메, 아이에게 나눠주자 세 사람은 몹시 기뻐했다. 그 순간만은 예전 후이오챠 시절로 돌아간 듯 모두는 즐거워했다. 특히 새 마오를 입은 아이는 연신 벙글거렸다. 들뜨고 행복한 감흥은 저녁 무렵까지 지속되었다. 그런 동안 파무체카가 큼직한 염소를 한 마리 사서 도살해 나메가 빌려온 큰 구리 웍에 고기를 조리했다. 어느새 동네에 소식이 알려져 이웃들이 모여들었다. 함께 음식을 나눠 먹으며 잔치를 벌였다.

옴마나스는 아들을 만난 기쁨 못잖게 히데아의 비운이 머릿속을 떠나지 않아 심란한 마음에 유르트를 나왔다. 잔잔한 바람에도 가는 잎을 떨어뜨리고 있는 잎갈나무 위, 아득한 허공의 달은 희고 밝았다. 히데아가, 복속하지 않는다는 구실로 '마을을 덮친 아게스 밀의 병사들에 의해 무참히 살해당했다'는 소식을 나메에게서 진작 들었어도, 노부인으로부터 그 사실을 확인받자 잊고 지낸 분노가 끓어올랐다. 자신이 세상을 유랑하게 된 것도 아게스 밀의 통치자 투란 바스네프 때문이 아닌가.

청동 홰에 검붉은 불길이 일렁이는 밤의 타라한 궁정, 아게스 밀의 국왕이자 투란 바스네프의 아비인 베스터 파메네스의 일그러진 얼굴과 노성이 기억 속에서 되살아난다.

"옴마나스야! 너는 내 자비에 감사해야 한다. 죽은 네 아비 타르칸느가 너를 살렸다. 지체 없이 떠나라. 태양이 떠오르고 해가 지는 한, 너는 내 영토에 결코 발을 들여놓아선 안 된다. 떠나라,

옴마나스야!"

그리고 떠오르는 얼굴이 있다. 오누이처럼 지내다 연인이 되었던 청초한 아나테미스……. 포이베*와 아나히타** 여신도 그녀의 아름다움을 시샘할 만큼 그녀는 눈부시게 아름다웠지. 숨어서 우릴 지켜보며 질투의 불길을 내뿜는 또 한 사람이 있다. 왜소한 체구에 선병질적이었던 내 친구 투란 바스네프. 왕의 아들이고 장차 아게스 밀의 통치자가 될 존귀한 신분이 아니었다면 그가 어찌 아나테미스와 나의 친구가 될 수 있었겠는가. 열등한 투란 바스네프는 아나테미스를 얻기 위해 청동 독수리와 켄타우로스***의 석상이 있는 헤르메스**** 신전에서 나와 아나테미스가 불경한 짓을 했다고 부왕에게 모함을 했지. 우린 단순히 포옹을 한 것뿐인데. 어릴 적, 심약한 왕의 아들을 위해 기꺼이 동무가 되어준 우리. 붉고 흰 화려한 꽃들과 열주의 그림자가 어린 푸른 연못의 정원에서 뛰놀며 가꾼 우리들의 오랜 우정도 투란 바스네프의 야욕으로 그 순수의 빛을 잃었지. 20여 년 전 아게스 밀에서 추방되기 전의 일이다. 세상이 여전하고 목숨이 붙어 있는 한 투란 바스네프에 대한 원한을 반드시 갚으리라고 다짐했건만

---

* 포이베(Phoebe) : 그리스 신화의 달의 여신.
** 아나히타(Anahita) : 페르시아 신화의 물의 여신.
*** 켄타우로스(Kentauros) : 그리스 신화의 반인반수. 사람 얼굴에 몸통은 말이다.
**** 헤르메스(Hermes) : 그리스 신화의 제우스의 아들이자 신의 사자(전령).

관용

신명의 도움이 없어서인지 세월만 흘려보냈다. 그러나 어이 잊으랴. 그날의 통한을……

등 뒤에서 발소리가 났다. 파무체카였다.

"왜 주무시지 않고……?"

"달빛이 훤해 잠이 오지 않습니다."

"파무체카! 달빛보다 쿠스케가 심중에 있는 게 아닌가요?"

"옴마나스 님! 저도 나메의 얘기를 곁에서 들었습니다. 노마님께서도 그때 쿠스케가 아게스 밀 병사들과 함께 있는 걸 봤다고 하셨고……. 쿠스케가 수마혼차간 어른 댁에서 이 년여를 목부(牧夫)로 지낸 터라 노마님께서 짐작으로 하신 말씀은 아닐 것입니다."

"그렇지만 급습을 당해 경황이 없는 상황일 텐데……. 잘못 봤을 수도 있지 않을까요? 쿠스케는 우리가 아게스 밀을 등질 때 자진해서 합류할 만큼 결기가 곧은 잔데, 투란 바스네프의 개 노릇을 했다는 게 납득이 되질 않네요."

"저와 쿠스케가 같은 일족임을 고려해서 하신 말씀이 아니시다면 저도 옴마나스 님의 견해를 따르겠습니다. 그러나 쿠스케가 아게스 밀의 사정을 살피러 간 뒤 돌아오지 않았고, 그러고서 후이오챠 마을에 참극이 벌어졌다는 점에서 쿠스케가 아게스 밀 병사들의 길잡이 노릇을 한 게 분명합니다."

"그렇다면 쿠스케를 어찌할 생각입니까? 우린 기약 없이 떠도는 신세이고 세월이 한참 흘렀는데……?"

"옴마나스 님! 우리가 기약 없이 떠돌고 세월이 한참 흘렀다해도 변절자를 제명에 죽도록 내버려둘 순 없잖습니까? 우리에게 도움을 베푼 것 때문에 수마혼차간 어른을 비롯해 수십 명의후이오챠 마을 사람들이 죽임을 당했는데 모른 척하는 건 양심이 허락지 않습니다. 지금이라도 아게스 밀로 가서 쿠스케를 찾아 척살하고 싶은 것이 저의 심정입니다."

"그대 말이 진실하고 옳아요. 기실 나도 쿠스케의 변절을 마음에 두고 있었는데 잘됐네요. 이제 그대와 내가 감당해야 할 소임이 하나 더 늘었습니다. 무도한 자와 변절자를 단죄하겠다는우리의 의지가 변치 않는 한 신명이 우리에게 기회를 주실 테지요."

"옴마나스 님! 그런 기회가 반드시 올 것입니다."

"그래야지요. 얼마나 사무친 숙원인데."

아게스 밀 병사들의 길잡이 노릇을 했다는 쿠스케는 한때 옴마나스의 부친 타르칸느의 호위 군병이었다. 행동이 날래다는것 외엔 작은 몸집에 이렇다 할 특기가 없었지만, 그가 호위 군병이 될 수 있었던 건 전적으로 타르칸느의 측근 군장이자 외척인 파무체카의 도움 때문이었다. 그런 연유로 옴마나스는 그를신임해 두 차례나 아게스 밀로 보냈었고, 모친과 두 누이를 포함

관용

한 일가족 모두가 투란 바스네프에 의해 죽임을 당하고 재산까지 몰수당했다는 소식을 전한 것도 쿠스케였다.

집을 떠나는 날, 도데는 제 할머니 품에서 울먹이며 몇 번이고 다짐했다. "할머니, 꼭 데리러 올 테니 그때까지 잘 계셔야 해요." "나메 이모도 잘 계셔요." "꼭 다시 올 거예요."

외손자를 떠나보내야만 하는 노부인은 그저 흐느낄 뿐이다. 도데를 피붙이 적부터 돌봐온 나메도 눈물을 훔치며 헤어짐을 서러워했다. 옴마나스 역시 슬프고 착잡하긴 마찬가지였다. 다행스럽게도 나메가 노부인을 보살피며 함께 살겠다는 약속을 해서 옴마나스의 마음을 가볍게 해주었다.

떠나기에 앞서 천식을 앓고 있는 노부인을 위해 도라지와 반하, 세신 등으로 약을 지어 나메더러 병을 구완토록 하였다. 또 수중에 간직하고 있던 금붙이와 토하라 왕국*의 은화와 값나가는 루비와 진주를 노부인에게 내놨다. 옴마나스가 지닌 전 재산이었다. 노부인은 한사코 거절했지만 결국 옴마나스가 내미는 돈과 보석을 받았다. 이만한 재물이면 종복을 들일 수 있고 가축과 농지를 장만해 배고픔이나 생활고는 겪지 않을 터이다.

액운을 물리치는 이스판드(약초) 향연이 집 마당에 뭉실뭉실

---

*   토하라(Tocharian) : 대월지.

피어오르는 가운데 옴마나스와 파무체카, 도데는 슬피 우는 외할머니와 나메를 남겨두고 여정에 올랐다. 도데도 슬픔이 복받치는지 동구 밖에서 서성이는 두 사람 쪽을 연신 돌아보며 눈물을 떨구었다.

두 필의 말과 두 마리의 낙타와 함께 세 사람이 향하는 곳은 대월지의 도성(都城)인 발흐(테르메스)였다. 그곳에 옴마나스의 집이 있기 때문이었다. 모두가 울면서 길을 떠났다.

군사들과 도둑 떼의 출몰이 잦은 평원이나 산곡을 피해 가는 여정이었다. 물이 흐르는 개울이나 청록의 수림이 있는 기슭에 이르면 쉬었다. 그곳엔 사람이 사는 집이나 동네가 있을 뿐만 아니라 병을 앓는 병자가 있기 마련이다. 병자는 의원을 반겼고 옴마나스는 성심껏 치료했다. 대가를 바라고 치료를 하지 않았지만, 치료가 끝나면 옥수수나 보릿가루, 혹은 말린 살구나 기름에 튀긴 단과자 같은 것을 받았다. 집안이 윤택한 병자를 치료하면 돈은 물론 좋은 음식과 고기를 대접받아 여정에 쇠약해진 체력을 북돋울 수 있었다.

그간 파무체카와 단둘만의 단출한 여정과는 달리 도데가 합세하자 여정의 고달픔과 외로움이 한결 덜했다. 도데의 호기심이 불러온 활기 때문이었다. 세상에 갓 나온 도데는 모든 게 신기하고 경이로운 모양이었다. 하늘을 나는 오리 떼나 붉은 신나무 아래의 마니두이*에서부터 길에서 마주치는 터번을 두른 파르티아** 대상과 낯선 촌락의 풍물에 이르기까지 관심거리가 아닌 것이 없었다. 이것저것 묻고 들썽이는 통에 옴마나스와 파무체카는 성가신 감도 없지 않으나 결코 싫지 않은, 여정의 활력소가 아닐 수 없었다. 이제 도데는 외할머니와의 이별은 잊은 듯 보였다.

대월지국의 남쪽 변방인 소올란사 고갯마루에서 울긋불긋한 타르초(기도문) 깃발을 쳐들고 물소 뿔 나팔과 까담(수금) 등의 악기로 풍악을 울리는 사람들을 만났다. 뿌자***를 행하는 선인(仙人) 살라 일행이었다. 옴마나스는 살라를 뵙고자 말에서 내렸다. 오래전, 북쪽 데칸의 사원에서 살라에게 가르침을 받은 인연 때문이었다. 살라는 당시 안드라 왕국****에서 현자로 추앙을 받을 만큼 귀신을 쫓고 액을 물리치는 데 있어서 최고의 영험자이고 또 선지자이기도 하였다. 그는 선견지명을 터득해 예언가가 되고자 찾아온 옴마나스에게 이렇게 말했다.

"의원인데 예언가가 되겠다고? 의원이자 예언가, 그것도 좋

---

* 　마니두이(瑪尼堆) : 소원을 비는 원통형의 작은 돌탑.
** 　파르티아(Parthian) 제국 : 고대 이란계 유목민 왕국.
*** 　뿌자(Puja) : 불로써 사악함을 물리치는 정화 의식.
**** 안드라(Andhra) 왕국 : 기원 전후 인도 서북부 데칸을 중심으로 한 왕국.

지. 그대가 예언가가 되고자 한다면 여자에 매달려. 여자는 곧 생과 사, 이니까."

"선인님! 여자가 어찌 생과 사, 이옵니까?"

"생명과 죽음은 여자만이 결정할 수 있어. 여자가 아이를 낳으면 생명이지만 그건 곧 죽음이야. 낳지 않아도 죽음이고 낳아도 죽음인, 예언은 그런 식으로 말하는 변설에 불과한 거야. 또 사람들은 신분의 높낮이에 불문하고 이렇게 청해 묻지. '현자님! 인생이란 무엇입니까?' 그러면 나는 이렇듯 대답하지 '태어나서 죽기 전까지의 과정(삶)이지. 그 과정은 바로 숨쉬기운동일 테고. 멈추면 당장 죽고 인생도 끝나니 쉼 없이 숨을 쉴 테고. 그다음이 먹고 마시고 배설하는 거야. 이보다 덜 중요하고 부차적인 것이 감정의 요소야. 욕심과 욕망 말이야. 물론 사랑도 포함되지. 하지만 복합적인 데다 순차가 늘 같을 수가 없겠지……."

"선인님! 결국, 예언은 변설이고 삶(인생)은 숨쉬기라는 말씀이네요."

"그대! 변설과 숨쉬기를 합치면 뭐가 되려나? 이 명제를 풀면 그대는 명실상부한 예언가가 될 걸세."

흰 말이 끄는 소박한 수레를 탄 살라는 금색 사조모에 흰 증채(견직물)로 몸을 감싼 옛 복색 그대로였다. 그러나 편만했던 풍모는 그새 바싹한 나뭇가지처럼 변했고 얼굴은 검버섯과 주름으로 가득했다. 쿤달리니*를 평생 수행한 선인도 비껴갈 수 없는 세월의 흔적이었다. 옴마나스가 그의 손등에 입을 맞추고 인사말을 건네자 살라는 잔잔한 미소를 지으며 옴마나스를 반겼다.

"의원 양반! 내 생애 마지막 순행길에 그대를 다시 만났네요. 내가 준 검은 천을 써먹는 걸 보니 이젠 예언가 행세를 하는 것 같구려."

살라가 옴마나스의 낙타 등에 꽂힌 홍백의 깃발에 더해 있는 검은 깃발을 두고 하는 말이었다. 붉고 흰 천은 피와 살을 의미하는 의원의 표식이고 검은 천은 예언가를 뜻하는 상징이었다.

"그렇습니다, 선인님. 지금도 세상을 떠돌고 있지만, 예언가가 되기엔 아직 경륜이 부족합니다. 가르침을 주십시오."

"가르침을 달라고? 의원 양반! 나는 머지않아 저세상으로 갑니다. 내가 죽은 뒤 북쪽 천해**에 사는 쿤니나오모마저 죽으면 그대는 이 땅, 이 현세에서 제일의 예언가가 됩니다. 때만 잘 헤아린다면……."

살라의 마지막 가르침이었다.

살라의 풍악대가 떠난 자리, 정작 흙벽돌로 지은 나지막한 객잔이 있었다. 고개를 오가는 상인이나 길손을 상대로 하는 오래된 객잔이었다. 상인인 듯한 몇 명이 객잔을 드나들고, 머리를

---

* 쿤달리니(Kundalini) : 영적인 힘을 각성시키는 요가의 수행법.
** 천해(天海) : 이식쿨 호수(Issyk kul lake). 키르기스스탄 텐산산맥에 있는 큰 호수.

천으로 묶은 와키족(파미르 원주민)으로 보이는 사람들이 객잔 옆 공터에서 저녁 잠자리에 대비해 유르트를 치는 중이었다. 그 곁엔 짐 꾸러미를 등에 얹은 낙타들이 주인들의 하는 양을 지켜보며 일찍 찾아온 휴식이 달가운지 콧소리를 내고 있었다.

그늘이 진 백양나무에 몸을 기대 고개 아래의 소올란사 풍광을 보노라니 마음이 편안해졌다. 굽은 띠처럼 보이는 누런 성벽과 몇 개의 망루, 성내에 자리한 오밀조밀한 가옥들, 녹색의 초원을 가로질러 흐르는 희뿜한 강줄기가 아련히 비쳤다. 20년 전 처음 이 고개에서 봤던 그 모습 그대로였다. 그땐 복수심에 불타던 혈기왕성한 젊음이었고 충정으로 따르던 10여 명의 무리도 있었으나 세상을 유랑하는 동안 죽거나 흩어져 이제 파무체카만 남았다. 무상한 세월이었다. 변한 건 사람이고 젊음이었다.

아게스 밀에서 추방된 뒤 접경지대를 떠돌던 시절, 바륵의 어느 골짝에서 요절한 뷔트거페가 문득 생각났다. 게르륵(오손족) 도둑 떼의 화살에 맞아 죽어가는 가운데서도 되레 나를 위로하던 뷔트거페. 우정과 의리가 돈독하던 내 친구 뷔트거페. 그가 연주하던 똡슈르(수금)와 호방한 카이*가 못내 그리워졌다.

---

*   카이(Kaiy) : 중앙아시아 북부 유목민들의 고대 시가(詩歌).

              관용

나의 똡슈르는 성스러운 잣나무로 만들었네
나의 말총으로 두 줄 현을 달았네
똡슈르와 어우러진 나의 카이는 북풍보다 굳세고
때론 물새 울음처럼 청아하기 그지없네

황금의 산(알타이)과 어머니의 호수(이식쿨)에까지
울려 퍼지는 나의 카이로
세상의 모든 불행과 고통을 물리치고
호탄*으로 가는 그대 길손이여 기쁨을 누리고 행복하기
를…….

뷔트거페를 잃은 상심에 삶의 좌표마저 잃고 방황하고 있을
때 이식쿨 호수의 현자 쿤니나오모를 만나 가르침을 받은 것이
큰 위안이 됐다. 쿤니나오모를 만나보자고 한 건 파무체카였다.
그 제안은 현명했다. 쿤니나오모를 회상한다는 것은 젊은 날의
향수이고 먼 고향에 대한 그리움이기도 했다. 그의 웅혼한 카이
도 이젠 전설이 되었다. 그가 지난해 죽었기 때문이었다.

현자는 돌출된 큰 바위에 걸터앉아 석양으로 물드는 호수에

---

* 호탄(Hotan) : 타클라마칸 사막 남쪽 끝에 있는 불교 왕국. 중국에서 서역과 인도로 가는 주
요 교역국이자 상업 중심지.

눈길을 주고 있었다. 맨발에 해진 펠트 천으로 하반신만 가린 현자는 풍진에 부대낀 우리의 인내를 시험하듯 오래도록 우리를 거들떠보지 않았다. 짙푸르고 광활한 호수에 내려앉은 석양이 어둠으로 변할 때쯤 현자는 자리에서 일어나 우리에게 전음했다.

"열린 귀와 뜬 눈을 가진 곤고한 영혼들이여! 무엇 때문에 이곳에 왔는가?"

"현자님을 뵙고자 드넓은 이식쿨호를 사흘 밤낮으로 헤맸습니다. 상심의 고통과 삶의 질곡에서 벗어날 방법을 가르쳐주십시오."

"오만한 젊은이여! 사흘 밤낮이 아니라 삼십 년 밤낮을 헤맨들 그대가 목적하는 바를 성취할 수 없느니라. 상심의 고통이 없다면 가슴이 없는 거와 같고, 삶의 질곡이 없다면 바위나 나무와 다를 바 없는데 그대는 바위와 나무가 되려 하는가?"

"생사고락을 함께하던 친구가 얼마 전 죽었습니다. 허망한 마음을 달랠 길 없습니다."

"세상의 만물은 커지면 죽게 마련이야. 꽃 피고 새 우짖는 이쯤에 죽었으니 좋은 곳에 갔겠군. 추운 겨울에 죽었으면 삭막한 어둠의 세계인 지옥에 갔을 텐데. 이건 텡그리*도 거스를 수 없

---

* 　텡그리(Tengri) : 튀르크족의 천신, 최고 신.

　　　　　　　　　　　　　　　　　　　　　　관용

는 자연의 섭리야."

어머니의 호수 이식쿨에서 들은 현자의 말이었다. 그리고 현
자는 어둠이 깃든 관목의 숲으로 몸을 감췄다. 곧 사람의 마음을
사로잡는 카이가 들려왔다.

천산을 보면 호연한 기상이 치솟고
도도히 흐르는 일리강을 보면 유장함에 젖는다
드넓은 카자흐의 푸른 초원과 장대한 아르차 협곡은 신의 선
물인가
말 달리자, 심약한 겁쟁이가 아니라면 아테아스*의 희망은 나
의 것
말 달리자, 바람을 가르며 태양이 지지 않는 우리의 고토를 향
해⋯⋯.

타탄족의 현자이고 카이의 명수인 쿤니나오모는 그렇듯 어둠
속으로 사라져갔다.

등 뒤에서 아이의 소리가 났다.
"아버지, 이거 드셔요."

---

* 　아테아스(Ateas) : 스키타이의 왕.

돌아보니 아이가 객잔에서 산 모양인지 손에 피라시게*를 들고 있었다. 아이는 피라시게를 내밀었고 받아서 한 입 먹어보니 맛이 괜찮았다. 저만치에서 파무체카가 이쪽을 향해 환하게 미소를 지었다. 근래에 볼 수 없었던 밝은 모습이어서 덩달아 기뻐 피라시게가 더욱 맛있었다.

소올란사 성내에서 자주 눈에 띄는 것은 갑주 차림에 창검을 지닌 병사들이었다. 그러나 긴장된 분위기는 느낄 수 없었다. 카레 전투** 이래 나라 간의 큰 전쟁이 없는 평화의 시대여서 그러했다. 여정에 필요한 물품을 사기 위해 장터로 향했다. 장터는 크진 않으나 제법 사람들로 북적거렸다. 곡류나 채소, 열매 등의 농산물을 질그릇이나 생필품 등의 공산품과 물물교환하는 난전을 지나 안으로 들어가자, 수염이 더부룩한 이국적 용모의 마가다*** 상인 너댓이 알록달록한 양탄자가 내걸린 피륙전을 기웃댔고, 포도, 살구, 멜론 등을 파는 과일 가게는 사람들이 몰려 있어 가게 주인의 손놀림이 바빴다. 또 도살한 고기를 파는 육전 옆 좌판에는 인근 강에서 잡은 송어와 잉어 등의 물고기가 사람들

---

*   피라시게(Pirasige) : 감자와 밀가루로 만든 부꾸미.

**   카레(Carrhae, 지금의 터키 하란) 전투 : 기원전 53년, 메소포타미아에서 벌어진 로마군과 파르티아군 간의 전투.

*** 마가다(Magadha) : 고대 북인도 왕국.

관용

의 시선을 끌며 팔리기를 기다리고 있었다.

장터 모퉁이에 있는 말뚝에 말과 낙타를 맨 뒤 아이더러 지키라고 일렀다. 그러고선 파무체카와 함께 가게들이 있는 곳으로 걸음했다. 그리고 얼마간의 과일과 생필품을 사서 돌아오니 나이 지긋한 웬 노인이 기다리고 있었다. 의원의 표식인 홍백의 깃발을 본 모양이었다. 노인이 꾸벅 절을 하며 말했다.

"저는 이곳 주민올시다. 장을 보러 나왔다가 홍백의 기가 있기에 의원님을 기다렸습니다."

"아, 그래요. 내가 의원입니다만······."

"의원님! 하나뿐인 아들이 병을 앓아 걱정이 이만저만 아닙니다. 번거로우시겠지만 제 아들을 한번 봐주시면 감사하겠습니다."

노인은 자못 사정조였다. 얼굴에 수심이 가득했다.

"환자를 진료하는 게 의원인데 당연히 봐드려야지요."

옴마나스는 쾌히 승낙은 했다. 그리고 언제나 그렇듯 치료하기 어려운 병이 아니길 마음속으로 빌었다.

노인을 따라간 곳은 강변에 있는 어촌 마을이었다. 30여 호쯤 되는 가옥들은 대부분 갈대로 지붕을 엮고 진흙으로 외벽을 쌓은 둥근 담집이었는데 고만고만한 집 중에서 노인의 집이 비교적 컸다.

집 마당에서 먼저 편백나무 조각으로 향연을 피운 뒤 아들의 방에 들어갔다. 아들은 침상에 누운 채 의원을 맞을 만큼 몹시 쇠약해 있었다. 노인이 아들을 부축해 일으키려는 것을 만류하고선 노인에게 아들의 병세에 관해 물었다. 노인이 '두 달 전서부터 두통과 어지럼증을 동반한 병을 앓았다'고 얘기했다. 옴마나스는 문진에 이어 환자의 맥을 짚고, 혀와 입안은 물론, 동공의 형태와 맑기와 얼굴색까지 유심히 살폈다. 쉽게 나을 수 없는 병이라는 판단이 들었다. 아비인 노인에게 손짓해 밖으로 나왔다.

"쉬이 나을 병이 아닌 것 같습니다."

"몇 달 전만 해도 며느리의 배 위에서 더운 김을 내뿜으며 손자를 만들던 생때같은 내 자식인데……. 의원님! 병의 원인이라도 알면 한이 없겠습니다."

"아마도 민물고기나 조개 등에 기생하는 흡충(기생충)이 아드님의 뇌에 침습한 것 같습니다. 뇌병은 드문 병이라 치료제도 변변한 것이 없어 안타깝습니다."

노인은 못내 침통해했지만 그렇다고 달리 위로해 줄 말이 없었다. 병자의 고통을 덜어주기 위해 파무체카에게 구충 작용을 하는 빈랑과 남과자와 원기를 돕는 감송향과 진경에 효과가 있는 민들레 뿌리와 사리풀 등으로 약제를 짓도록 일렀다.

의원이 마을에 왔다는 소식이 알려져 진료를 받고자 하는 마

32   관용

을 주민들이 하나둘씩 찾아왔다. 그 바람에 하루를 더 마을에 머물러야 했다. 진료의 대가로 약간의 은전과 열너댓 마리쯤 되는 말린 생선을 얻었는데, 말린 생선은 여정에 좋은 간식거리가 될 터이다.

서사트라프(샤카국)*와 대월지가 접경을 이루고 있는 강을 도선을 이용해 건너자, 선착장에 있던 대월지의 수비 병사들이 우르르 몰려와 장창으로 앞을 막았다. 대월지의 재상(宰相)이 발행한 통행증을 보여주자 창을 거두고 길을 터주었다. 하지만 왠지 분위기가 심상치 않았다. 주민들이 사는 성내에 와서야 그 이유를 알게 되었다. 군사 요충지이자 동서 교역로인 이곳 '나린'을 차지하기 위해 대월지의 유력 일족들**인 귀상가와 휴밀가가 벌이는 쟁투 때문이었다. 쟁투는 지금도 계속될 뿐만 아니라 내전과 다름없을 정도로 치열해 사상자가 많이 발생했다. 그에 따라 민심 또한 흉흉했다. 길을 가는 도중에도 불타고 부서진 집들을 적잖이 보았고, 인적이 뜸한 가운데 주인을 잃은 비쩍 마른 개들이 무리 지어 돌아다니는 모습에서 내전의 실상을 가늠할 수 있었다.

---

* 서사트라프(Western Satraps) : 서기 1세기경, 발흐(Balkh, 쿠샨 제국)의 지배를 받던 인도-스키타이인들이 북인도에 건설한 왕국. 서기 5세기경에 굽타 제국에 의해 멸망.
** 유력 일족들 : 대월지를 통치하는 다섯 토하리족 흡후(가문). 귀상, 휴밀, 쌍미, 도밀, 힐돈.

내전 지역을 벗어나 한시바삐 나가라하라(카불)로 가야 한다는 일념에서 길을 재촉했다. 나가라하라는 귀상가의 판세각(차도위의 장남)이 지배하는 성읍인데 그 귀상가의 수장이 바로 대월지의 재상인 차도위였다. 몇 년 전, 말에서 떨어져* 허리를 다친 차도위를 치료해준 적이 있어 그 인연으로 옴마나스는 차도위와 교분을 맺고 있었다.

꼬박 닷새가 걸려 '테라울'이라고 불리는 한 산역 관문에 이르니 나가라하라가 먼 윤곽으로 보였다. 반나절이면 나가라하라에 닿을 수 있는 거리였다. 그간 내전 지역을 지나느라 꽤 사위스러웠는데 밝은 햇살에 둘러싸인 나가라하라의 정경을 보자 그렇게 반가울 수가 없었다. 마침 관문 옆에 대상이나 통행인들의 편의를 위해 조성된 간이 샘터가 있어 그곳에서 한동안 쉬었다. 말과 낙타에게 물과 먹이를 준 뒤 육포와 건과일 등으로 요기를 하면서 마음 편히 피로를 다스렸다.

나가라하라는 도성인 발흐에 버금가는 큰 성읍이었다. 강을 끼고 있는 성 중심가는 각종 산물을 실은 수레나 말, 행인들로 번잡스러웠고 집들도 하나같이 크고 번듯하였다. 회칠이 된 벽면에 다양한 그림이나 문양으로 아름답게 장식한 점도 외방인들

---

* 차도위가 외성 밖을 순행 중 낙마한 사건.

관용

의 눈길을 끌기에 충분했다. 그뿐만 아니었다. 동서로 곧게 뻗은 대로변엔 잎이 무성한 가로수가 줄지어 있어 싱그럽기도 하려니와 그늘 자리는 앉을 수 있도록 평석이 깔려 있었다. 사람과 말 등이 함께 쉬어갈 수 있도록 배려한 것만으로도 풍요와 여유가 느껴지는 나가라하라의 단면이 아닐 수 없었다. 옴마나스 일행은 나가라하라에서 며칠간 묵으며 원기를 되찾은 후 발흐로 떠나기로 했다. 힌두쿠시 산줄기를 넘어야 하는 험고한 여정 때문이었다.

그로부터 이레가 지나 옴마나스는 발흐에 도착했다. 집을 떠난 지 석 달여 만이다. 의원 겸 주거로 사용하는 집은 별 이상이 없었다. 집을 지키며 돌본 키쿠소마르의 수고가 컸다. 옴마나스는 키쿠소마르에게 그간의 수고를 치하했지만, 그것만으로 부족해 이 미덥고 성실한 토하리족* 소년이 제 발로 떠나지 않는 한 오래도록 곁에 두겠다고 속으로 다짐했다. 그러나 조만간 이곳 생활을 정리하고 소그드의 북단, 아게스 밀로 갈 계획이어서 미안한 마음이 드는 건 어쩔 수 없는 노릇이었다.
올해 열여덟인 키쿠소마르는 고아나 다름없는 소년이었다. 그는 어렸을 적 부친을 여의고 길거리에서 과일 노점을 하던 모

---

* 　토하리족(Tokharis) : 발흐를 중심으로 터를 잡아 살던 정주민(定住民).

친과 살았는데 모친마저 병환으로 이태 전 세상을 떠나는 바람에 혼자가 되었다. 옴마나스와 인연이 된 건 키쿠소마르가 병든 모친을 모시고 옴마나스의 의원을 드나들면서였다. 모친의 병을 고치고자 지극정성을 다하는 모습을 눈여겨본 옴마나스가 모친이 죽자 오갈 데 없는 그를 거둔 것이다. 키쿠소마르가 어느 때 자신의 집안 내력과 신상에 대해 말한 적이 있었다. 부친의 윗대가 로마군 포로였고 모친은 케슈(사마르칸트 인접 도시)에 터를 잡고 살던 호라족* 제화공의 딸이었는데, 모친이 파르티잔 대상의 짐꾼이었던 부친과 눈이 맞아 이곳 발흐로 오게 됐다는 그런 내용이었다. 그 때문인지 키쿠소마르의 피부나 용모가 토하리족 사람들과는 어딘가 달라 보였다.

집에 와서 며칠이 지나 환자를 진료하기 위해 의원을 여는 한편, 파무체카를 시켜 차도위를 예방하고 싶다는 기별을 재상가에 넣었다. 이튿날 오전, 재상가에서 방문해도 좋다는 연락이 왔다. 차도위의 시종으로부터 전해온 소식이었다. 그날 오후, 옴마나스는 환자 진료를 파무체카에게 맡긴 뒤, 두건과 복장을 갖추고서 아들인 도데와 함께 재상가가 있는 궁성으로 향했다.

발흐의 궁성은 내성 가운데에 자리한 성채인데 높다랗고 견

---

* 호라족(Hora) : 아랄해 부근에 살던 부족. 북쪽 사람이란 뜻.

고한 담이 둘러쳐져 있고 상시 무장 병사들이 순찰을 돌 만큼 방호가 엄중했다. 내부로 들어갈 수 있는 문은 동쪽과 서쪽에 각각 있는 두 곳이 전부였다. 떠도는 애기론 궁성 내의 5대가들은 나름으로 내성과 통하는 비밀 통로를 두고 있다고 하나 그 점은 확인할 사항은 아니었다.

그런데도 궁성의 두 문 모두 마차 한 대가 드나들 정도의 크기밖에 되지 않았다. 그리고 두 문에는 각기 출입자를 위한 샛문이 별도로 있는데, 그 샛문도 두 사람이 나란히 서면 어깨가 양쪽 기둥 면에 닿으리만치 협소했다. 한마디로 궁성의 출입처가 이렇듯 적고 협소한 건 출입자를 통제하려는 목적 외에 외부의 침입을 염두에 둔 때문이 아닌가 했다. 그런 추단은 문을 지키는 경비 병사가 족히 수십 명에 달한다는 점과도 일맥상통했다. 또한 경비 병사들은 문 위쪽, 성채에 내걸린 다섯 개의 오색 깃발에 맞춰 투구에 홍, 청, 황, 흑, 고동색 술을 달고 있는바, 이는 궁성에 거주하는 5대가를 나타내는 표식이었다. 따라서 경비 병사들은 궁병이자 5대가에 속한 사병(私兵)들이라고 할 수 있었다. 그런데 이번에 보니 무슨 까닭인지 휴밀가 소속인 푸른 술의 경비 병사들의 모습을 일절 볼 수 없었다. 마찬가지로 성채에 걸렸던 푸른 깃발도 보이지 않았다. 이러한 까닭이 나린을 두고 귀상가와 휴밀가가 벌인 쟁투의 여파라면 차후 5대가 간의 분란이 재연되리라는 것은 불을 보듯 뻔했다.

옴마나스는 동쪽 궁문에서 오래 기다린 끝에 아들과 함께 궁성으로 들어갈 수 있었다. 다행히 그때 출입처에 상주하는 관리가 옴마나스를 알아보고 재상가로 안내해주는 호의를 베풀었다. 재상가에 당도했어도 곧바로 들어갈 순 없었다. 재상가를 지키는 경비 병사들 때문이 아니었다. 재상가의 허락이 있어야 했다. 이렇듯 지체하느라 의원을 떠나온 지 두 시진(시간)이 훌쩍 지났다.

서성이던 중에 집사로 짐작되는 나이 지긋한 남자가 안에서 나왔다. 남자는 '들어와도 좋다'는 의사를 밝혔다. 옴마나스는 도데의 손을 잡고 남자를 따라 안으로 들어갔다. 그리고 한 붉은 옷을 입은 시녀의 안내로 저택의 어느 방으로 조치되었다. 차도위가 외부인을 만나는 접견실이었다.

은은한 유향 냄새가 감도는 접견실은 소담하고 정갈했다. 그렇지만 바닥에 화려한 문형의 페르시아 융단이 깔렸고, 연홍의 장미목 탁자와 의자들은 테두리에 금은과 루비, 호박 등 각종 보석이 장식돼 있었다. 새삼 이 집 주인이 왕에 버금가는 신분임을 일깨워주는 호사가 아닐 수 없었다. 궁성엔 분명 그레오쿠스라는 왕이 있으나 그는 명목상의 왕일 뿐 권력은 5대가가 쥐고 있다는 것을 거듭 실감하는 순간이기도 하였다. 그리고 그 5대가 중에서도 귀상가의 권세가 으뜸이라는 것도……

옴마나스는 이 접견실에서 차도위를 두세 번 만난 적이 있어 낯설지는 않으나 아들인 도데는 생경한 탓에 두리번거렸다. 옴마나스가 그런 아들의 등을 가만히 토닥였다. 그리고 귀엣말을 했다.

"귀한 분이 오실 텐데 오시면 일어나서 허리를 숙여 절을 해야 한다."

도데가 고개를 끄덕였다.

접견실 밖, 잘 가꾸어진 관목 정원에 한 떼의 벌새들이 날아들 때쯤, 주렴이 쳐진 안쪽 문 뒤편에서 어떤 소리가 들렸다. 어린 여자아이의 재잘거림 같았다. 그리고 문이 열렸다. 금실로 수를 놓은 비단 홍포에 금색 허리띠, 둥근 관모를 쓴 차도위가 일고여덟 살로 짐작되는 예쁘장한 여자아이의 손을 잡고 접견실에 나타났다. 곧이어서 붉은 계화(桂花) 무늬가 점점한 화복 차림에 자존이 넘쳐나는 한 장년인도 뒤따라 들어왔다. 장년인이 옴마나스에게 가볍게 눈인사를 했다. 면식이 있는 차도위의 차남인 구취각이었다. 구취각의 등장은 매우 이례적이었다. 아비 차도위가 차남인 구취각을 중시한다 해도, 옴마나스 자신을 접견하는 자리에까지 배석시킨 적이 한 번도 없었기 때문이다. 옴마나스는 이런 점이 의아스러웠고 무슨 까닭이 있을성싶었다.

구취각은 차도위가 두 번째 부인에게서 얻은 아들이었다. 차도위가 장남을 젖히고 중요한 국사를 의논할 정도로 구취각을 편애하는 건 물론 구취각이 용모가 출중하고 지략이 뛰어난 탓이겠지만, 그보단 구취각이 도량이 넓고 성품이 온후해 따르는 이가 많다는 것이 부친의 신임을 받는 주된 이유일 수 있었다.

옴마나스는 차도위와 구취각이 자리에 좌정하기를 기다렸다가 아들인 도데와 나란히 허리를 숙여 예를 표했다. 차도위가 입가에 미소를 머금었다.

"자리에 앉아요."

차도위의 말에 옴마나스가 아들의 손을 끌어 함께 의자에 앉았다.

"그래, 약재는 많이 수집하셨소? 역참을 통해 선생의 동향을 두어 차례 보고는 받았소만, 이렇듯 건강한 모습을 뵈니 반가운 마음이오."

"모두가 재상님 덕분입니다. 재상님께서도 날로 정정하시니 이 나라의 복됨이 아닐 수 없습니다."

"정정한 것은 이 늙은 몸뚱이에 대한 욕심을 버렸기 때문이오. 아이는 선생의 자제인가 보오?"

"예, 그렇습니다. 천우신조로 만난 자식이라 재상님의 성안을 뵙도록 하고 싶었습니다."

"그래요, 아이가 참 영민하게 생겼구려. 나를 보고자 하는 또 다른 연유가 있으신가요?"

"예, 그렇습니다. 이번 출행에서 원하는 약재를 모두 수집하지 못했습니다. 염치없는 부탁입니다만 재상님께서 윤허를 해주신다면 못다 수집한 약재를 구하기 위해 다시 북쪽으로 가볼까

합니다."

"그거야 내 윤허가 필요한 일이 아니잖소. 통행증이 필요하다면 옆의 태정관*이 발부해줄 터이니 어려운 일은 아녜요. 단지 유능한 의사인 선생께서 너무 오래 자리를 비우면 백성들이 병환에 시달릴 것이니 그게 염려가 됩니다."

"심려를 끼쳐 송괴(悚愧)할 따름입니다. 최단기간 다녀오도록 하겠습니다."

"참! 나도 선생께 부탁할 게 있어요."

그 말끝에 차도위가 고개를 돌려 아들인 구취각을 쳐다보자 구취각이 자리에서 슬며시 일어났다. 사전에 부자간 어떤 내약이라도 한 듯 보였다. 그가 옴마나스에게 묵례를 하고선 자리를 뜰 때 차도위의 손녀딸로 보이는 여자아이도 구취각을 따라 나가려고 했다. 차도위가 넌지시 말했다.

"아이들이 갑갑해하니 내보내도록 합시다."

그러자 구취각이 여자아이는 물론 옴마나스의 아들인 도데까지 데리고 접견실을 나갔다.

"선생의 자제는 집안 시녀들이 돌볼 것이니 염려하지 않아도 됩니다. 좀 전의 아이는 내 손녀인데 태정관 여식이올시다."

이어 향기로운 계화차가 나왔다. 분위기가 부드러워지자 차

---

*   태정관(太政官) : 궁성에서 내정을 관장하는 벼슬.

도위의 표정도 한결 풀어졌다. 그러나 어조는 진중했다.

"선생께 부탁하고자 하는 것은 내 자식들인 판세각(장남)과 구취각에 대한 일이오. 선생도 알다시피 나는 지금 예순하고도 일곱이오. 늙은 나는 머잖아 영원한 잠을 자야 할 텐데 잠자기 전에 알고 싶은 게 있어요. 방금 나간 구취각과 나가라하라(카불)에 있는 판세각의 앞날에 대해 말이오. 선생이 의원이지만 한편은 뛰어난 예언가가 아니오? 내 아들들의 앞날을 점쳐주시오."

뜻밖의 부탁이었다. 그러나 옴마나스에게 있어선 대답을 망설일 만큼 어려운 일이 아니었다. 속히 응낙했다.

"재상님의 뜻을 받들겠습니다. 몇 시진만 기다려주시면 재상님께서 궁금해하시는 바를 알려드리겠습니다."

"부탁을 들어주시니 감사할 따름이오. 필요한 것이나 준비할 것이 있으면 지금 말해보오."

"사람의 출입이 없는 조용한 방과 청수를 담은 깨끗한 대야가 필요합니다."

"알겠소. 내 그렇게 하리다."

차도위가 접견실을 나간 후에도 옴마나스는 그 자리에 남았다. 차도위가 자신의 뒤를 이을 후계자를 점쳐달라는 부탁과 관련해 이런저런 생각에 잠겼다. 그런 가운데 자신이 구취각과 면식이 있을 뿐만 아니라 심정적으로 그에게 기울어진 게 부담이 되었다. 따라서 점을 치기 전 그런 정실이나 사심을 떨치는 게 우선이라고 여겼다. 그러기 위해선 절대적으로 공의를 염두에 두고 마음을 비우는 일 이외엔 다른 여지가 없었다. 자칫 점치는 도중이라도 차도위가 구취각을 아낀다는 것을 의식하거나 구취각에 대한 편심이 생기면 바른 점괘가 나올 수 없기 때문이다. 물론 정실에 따른 그런 점괘가 나온다면 그건 거짓이며, 곧 예언가의 도리를 저버리는 일이 될 터이다. 또 신에게서 버림을 받아 두 번 다시 예언을 할 수 없게 됨은 자명한 일일 것이다. 그래서 옴마나스는 일절 생각을 끊고 예언은 신의 영역인 이상, 차도위의 후계자가 구취각이 되든 판세각이 되든 오로지 신의 선택에 맡기기로 스스로 다짐을 했다. 마음이 한결 가벼웠다.

옴마나스는 청수와 대야가 준비됐다는 기별을 받자, 접견실 시녀의 도움을 받아 심신을 경건히 가다듬기 위해 목욕재계부터 했다. 그리고 소녀 티가 채 가시지 않은 다른 한 시녀에게 이끌려 재상가 후원에 있는 별채로 걸음했다. 주위는 인적이 끊겨 고즈넉했다. 돌아선 시녀의 발소리가 멀어지고 나서야 옴마나스는 별채의 한 방으로 들어갔다. 방 가운데에 청수가 담긴 청동 대야가 붉은 비단 받침 위에 놓여 있었다. 그 옆에 같은 색깔의 비단 방석이 하나 더 마련돼 있었다. 자신이 앉을 자리였다.

점을 치기 전, 옴마나스는 방 안을 둘러보았다. 방 안은 장식이 일절 없고 소여(掃如)해 공기마저 청청한 느낌을 자아냈다. 향은 피우지 않아도 좋을 성싶었다. 옴마나스는 마련된 방석에 앉았다. 먼저 자세를 바르게 가졌다. 그리고 호흡을 가다듬어 숨을 고르게 내쉬었다. 그에 따라 몸과 호흡이 안돈되고 정신이 명정해졌다. 천천히 사마티*에 들었다. 이어서 고요함 속에 무상무념이 전개됐다. 대야에 담긴 맑은 물을 지그시 응시했다. 그러기를 한 시진여, 몸과 마음이 주위의 적막에 동화되어 자아 부존의 상태에 이르렀다. 그제야 옴마나스는 무의식적으로 만트라**를 음송하기 시작했다.

"태타댜, 홀파뉴, 쿠이팔람! 아블카, 쉬카온세 구취각, 판세각, 부쌈! 췌블 로로헤, 쿠마르……."

만트라의 뜻은 '천지의 섭리자여! 공의를 위함이니 구취각과 판세각의 미래를 보여주소서……'이었다.

옴마나스의 주문은 그 후 끊이지 않고 계속됐다. 그리고 한동안의 시간이 흐른 어느 순간, 청동 대야에서 번쩍하는 빛과 함께 어떤 광경이 보였다가 사라졌다. 옴마나스가 무상무념 속에서 본 것은 왕관처럼 생긴 세 개의 뿔을 지닌 붉은 소와 색이 불분명한 작은 소였다. 세 개의 뿔을 지닌 붉은 소는 우람했고 광대한

---

*   사마티(Samathi) : 적정(寂靜)의 명상 상태, 삼매(三昧).

**   만트라(Mantra) : 진언, 주문

                                            관용

초원을 향해 힘찬 울음을 토하고 있었다. 그 울음에 작은 소는 어느새 모습이 없어졌다. 때맞춰 세 개의 뿔을 지닌 우람한 붉은 소는 나중 구취각의 얼굴로 탈바꿈했다. 옴마나스의 얼굴이 절로 희색을 띠었다. 신이 점지한 상서로운 환시였기 때문이다.

옴마나스는 잠깐의 휴식도 취하지 않은 채 별채의 방을 나왔다. 그리고 계화나무 아래에서 대기하던 어린 시녀와 함께 접견실로 다시 왔다. 예상대로 차도위가 접견실에 이미 와 있었다. 접견실로 들어서는 옴마나스의 표정이 환한 걸 보자 차도위도 얼굴 가득 미소를 띠고 그를 맞이했다.

"선생! 점괘가 잘 나온 것 같구려. 수고했소이다."

"예, 그렇습니다. 기대한 이상입니다."

옴마나스는 자리에 앉자마자 뜸 들이지 않고 차도위에게 자신이 체험한 환시를 들려주었고 그 풀이까지 해주었다.

"아드님인 구취각 님은 장차 사방 천지를 호령하는 대왕이 되실 것입니다. 아드님이 세운 왕국은 삼백 년은 갈 것입니다."

차도위는 매우 기뻐했다. 옴마나스에게 거듭 치하하면서 수고를 잊지 않겠노라고 했다.

옴마나스가 아들인 도데와 더불어 궁성을 나왔을 때는 해가 기웃한 초저녁이었다. 요사이 말수가 줄어든 도데이지만 재상가에서 보낸 한나절이 매우 즐거웠던지 묻지도 않았는데 아비인 옴마나스에게 자랑삼아 얘기했다.

"아버지가 안 계시는 동안 소록이와 함께 놀았어요. 소록인 여덟 살인데 예쁘고 귀여워요." "시녀들이 맛있는 음식을 가져왔을 때 저더러 많이 먹으라고 권하기도 했어요. 소록이가 제 여동생이면 좋겠어요." "소록이 아버진 태정관인데 제게 '가끔 이곳에 와서 소록이와 놀아도 된다'라고 하시면서 금화까지 주셨어요."

그러고선 주머니에서 뭔가를 꺼내 옴마나스에게 보여주었다. 도데의 말처럼 그건 왕의 얼굴이 새겨진 금화가 틀림없었다. 그것도 하나가 아닌 두 개씩이나 되는 반짝반짝 윤이 나는 새 금화였다.

"그렇구나. 금화가 맞네. 도데야! 이 금화를 네게 주신 분은 장차 존귀하게 되실 분이야. 그리고 참으로 고맙기도 한 분이시지."

"아버지! 그렇지만 저는 이 금화보다 소록이가 더 좋아요. 다시 놀러 갈 거예요."

"아무렴 그래야지."

한껏 들뜬 도데만큼이나 옴마나스 역시 기분 좋은 하루가 아닐 수 없었다.

재상가에 다녀온 이래 도데가 키잘에 있는 외할머니 얘기를 자주 입에 올렸다. 외할머니가 보고픈 모양이다. 옴마나스가 환

관용

자 진료에 바쁜 탓에 도데는 자연 키쿠소마르와 어울려 시간을 보냈다. 그렇지만 옴마나스는 아들에 관한 관심을 소홀히 하지 않았다. 도데가 세상에 하나뿐인 자식이기도 하려니와 갓난이 적 어머니를 잃어 외로움이 클 것이라는 생각을 한시라도 잊은 적이 없기 때문이다. 그런 이유로 옴마나스는 아들인 도데를 보노라면 언제나 마음이 짠했다. 어쩌면 그런 심정은 도데에 대한 연민일 뿐만 아니라 자신에 대한 연민일 수 있었다. 슬픔은 한결같이 '상대적이고 더불어'라는 말이 있는데 부자지간도 예외가 아닐 터이다.

모처럼 비가 내려 환자가 뜸한 저녁 무렵, 파무체카가 옴마나스와 둘만 있게 되자 넌지시 말을 걸었다.

"옴마나스 님! 요즘 얼굴이 밝지 못하신데 무슨 근심거리라도 있으신지요?"

"근심거리가 있을 리 있겠어요. 단지 환자가 많다 보니 피로가 쌓여 그렇게 보였을 테지요."

"환자 많은 건 일상이지 않습니까. 혹시 북쪽으로 갈 계획에 무슨 차질이라도 생겼습니까?"

"아닙니다. 근래 도데가 외할머니를 많이 보고파 하는 것 같아 그게 신경이 쓰입니다."

"그렇군요. 소관도 도데를 가여워하고 있습니다. 옴마나스

님! 허락을 해주신다면 소관이 도데를 데리고 키잘에 다녀오는 게 어떻겠습니까?"

"말씀은 고마우나 그런다고 이후에 외할머니를 그리워하지 않겠어요? 또 길이 멀어 시일이 많이 소요될 텐데……. 나 혼자 의원 일을 도맡아 하기도 벅차고, 북쪽으로 갈 계획도 의논할 시점인데……. 그냥 아이를 다독일 수밖에 도리가 없잖습니까."

"이런 말씀드릴 계제는 아니지만 사실 소관은 키잘에 계신 후 이오챠 노마님이 때로 마음에 걸렸습니다."

"그게 무슨 말씀이오……?"

"연로하신 분을 두고 왔다는 자책 같은 것입니다."

"나도 다를 바 없습니다. 가까운 거리라면 의당 이곳으로 모셨겠지요. 사정이 여의치 않아 그렇게 조치한 것인데……."

"옴마나스 님! 그렇다면 지금이라도 모셔오는 게 어떻겠습니까? 물론 나메도 원한다면 함께 오는 것도 무방할 테지요. 의원의 일손도 덜 수 있고……."

뜻밖의 제안이어서 옴마나스는 새삼스럽게 파무체카의 얼굴을 쳐다봤다. 그리고 잠시 생각했다. 파무체카의 표정과 태도를 봐선 그냥 하는 소리는 아닌 것 같았다. 하지만 도데의 외할머니이자 자신의 장모인 후이오챠 노마님을 모셔오는 게 만만한 일이 아니어서 동의하기가 어려웠다. 옴마나스는 가만히 한숨을 쉬었다.

"우리의 형편을 고려하지 않는다고 해도 현실적으로 쉬운 일이 아녜요. 병을 앓고 있는 연로한 분이고 가고 오는 데만 꼬박 두 달이 소요되는데 어떻게 모셔온다는 것입니까? 또 날도 차츰 추워질 텐데······."

"옴마나스 님! 모든 일은 마음먹기에 달렸다고 하지 않습니까? 어려운 일이라면 심사숙고해야 하나 노마님을 모셔오는 일은 시간이 걸린다뿐이지 어려운 일은 아닙니다. 옴마나스 님과 소관이 세상을 떠도는 동안 온갖 고초를 겪고 난관을 극복하지 않았습니까? 그에 비하면 모셔오는 일은······."

그쯤에서 옴마나스가 말을 잘랐다.

"모시러 가서 만약 오시지 않겠다면 그땐 어떻게 하시겠어요? 또 오신다 해도 우리가 모두 장차 북쪽으로 장행할 터인데, 그 점도 고려해야 하지 않겠어요?"

"노마님께서 오시지 않겠다면 어쩔 수 없겠지요. 그러나 함께 북쪽으로 장행하는 데 있어선 노마님이 우리에게 짐이 되지 않을 것 같습니다. 무엇보다도 도데에게 좋은 일이기도 하고요."

'도데에게 좋은 일'이라는 말에 옴마나스는 파무체카가 자신 못잖게 도데를 사랑한다는 생각이 퍼뜩 들었다. 마음이 동의하는 쪽으로 움직였다.

"좋습니다. 파무체카가 그렇게 하겠다면 내가 더 고집을 피울 일이 아닌 듯합니다. 다녀오세요. 의원 일은 내게 맡기시고⋯⋯."

"허락하시니 감사합니다. 소관이 공연히 억지를 부린 것이 아닌지 송구스럽습니다."

"아녜요, 내가 옹졸했어요. 구체적인 건 내일 의논하도록 합시다."

하루의 진료를 마무리한 시간, 옴마나스와 파무체카는 나란히 의원 뒤뜰로 나왔다. 무더운 낮과는 달리 밤공기가 선선했다. 두 사람은 빨간 열매가 달린 매자나무 울타리로 가서 그곳에 배치된 나무 의자에 앉았다. 어제저녁, 두 사람이 합의한 대로 노마님을 모셔오는 것과 관련해 인원과 준비 사항 등을 의논하기 위해서였다. 우선 파무체카와 함께 갈 인원은 도데와 키쿠소마르를 제외한 두 사람으로 하기로 했다. (도데는 아직 어려 키잘을 다녀오는 여정이 무리였고 키쿠소마르는 의원에 남아 옴마나스를 도와야 했다) 그중 한 사람은 의원에 약초를 대주는 약초꾼이고, 다른 한 사람은 의원에서 식사와 세탁을 맡아 하는 아주머니의 남편으로, 그 역시 의원에 일이 있으면 종종 거들곤 하였다. 둘 다 파무체카와 비슷한 연배여서 서로가 여정의 고달픔을 덜 수 있는 동행인이 될 듯했다. 문제는 두 사람이 키잘에 가는 것을 승낙하느냐 하는 거였지만 거절은 않으리라는 판단이 앞섰다. 출발은 그들이 승낙하면 바로 떠나기로 했다. 그리고 일정에 따른 여비와 식량, 타고

갈 말은 내일부터 준비하기로 하였다. (지난번 발흐로 올 때 타고 온 말과 낙타는 둘 곳이 마땅찮아 진작 판 탓에 말은 새로 구해야 했다) 식사를 알리는 키쿠소마르의 손짓에 두 사람은 자리에서 일어났다.

이틀 후 파무체카가 궁성으로 걸음했다. 재상가에 가서 키잘로 가는 여행 허가증을 받고자 하는 까닭에서였다. 물론 파무체카와 함께 키잘로 가는 것에 대해 약초꾼과 의원에서 일하는 아주머니의 남편이 승낙했기 때문이었다. 그전에 키잘에 다녀오면 그에 대한 보수를 후하게 주겠다는 옴마나스의 제의가 그들의 마음을 움직였을 터이다.

파무체카 일행이 키잘로 가는 날, 옴마나스를 위시한 의원 사람들과 가까운 이웃이 장도에 오른 그들을 환송했다. 파무체카는 떠나기에 앞서 도데의 머리를 쓰다듬었고 도데도 파무체카의 품을 파고들어 자기의 일로 여러 사람이 키잘로 가게 된 것에 고마움을 표했다.

파무체카 일행이 떠난 뒤 옴마나스는 환자를 진료하기 위해 의원으로 곧장 돌아왔다. 하지만 표정이 그리 밝지 못했다. 파무체카 일행에 대한 걱정과 앞으로 자신이 감당해야 할 여러 어려움 때문이었다. 무엇보다도 장모이자 도데의 외할머니인 노마님을 모시고 소그드의 북단, 아게스 밀로 가는 게 큰 압박이 되었다. 그러나 닥쳐오지 않은 내일을 염려한다는 건 어리석은 짓이라는 생각에서 애써 마음을 편히 가지려 했다. 진맥차 자신에게 팔을 내민 노인 환자의 주름진 눈가에 미소가 어린 걸 감지하자 옴마나스는 익숙한 현실에 직면했다. 곁에 키쿠소마르가 환자에게 줄 약봉지를 들고 서성이었다. 옴마나스는 눈길조차 주지 않고 환자에게 집중했다. '이 환자는 내부에 병이 깊어 얼마를 더 살지 못할 터이다.' '어쩌면 오늘이 이 환자를 보는 마지막 날일지 모른다.' 옴마나스는 무의식적으로 환자의 손을 잡아 어루만졌다.

밤사이 내리던 비가 진눈깨비로 변한 탓인지 감기에 걸린 환자들이 부쩍 의원을 찾았다. 일손이 모자라 키쿠소마르와 저녁 늦게까지 환자를 봐야 했다. 다행히도 감기에 효능이 있는 백약(도라지), 참시호(茈草), 차전자(질경이), 등의 처방 약재가 흔한 편이어서 그나마 환자들을 그냥 돌려보내는 일은 없었다.

바쁜 며칠을 보낸 끝에 기온이 올라 환자가 줄어들긴 했어도 다른 근심이 생겨 마음이 우울했다. 보름 전 키잘로 떠난 파무체카 일행 때문이었다. 이른 추위에 빠듯한 여비, 먹거리도 열흘 분의 논*과 약간의 말린 무화과가 전부여서 그들이 겪을 고생이 눈에 선했다. 그래서 식사를 전담하는 아주머니가 양고기와 감자

---

* 논(Non) : 밀가루와 물, 소금, 소량의 효모로 반죽해 화덕에 구운 딱딱한 빵.

관용

등을 두둑이 넣어 끓인 슈르빠*를 평소와 달리 얼마 들지 못했다.

　모두가 잠든 깊은 밤, 옴마나스는 간편한 겉옷만 걸친 채 방을 나왔다. 그의 손엔 맑은 물이 담긴 그릇이 들려 있어 행동거지가 조심스러웠다. 그가 간 곳은 뒤뜰 매자나무 울타리에 있는 간이 의자였다. 옴마나스는 지난번 파무체카가 앉았던 그 의자에 물그릇을 놓았다. 그리고 옷매무새를 가다듬은 다음 두 손을 공손히 모아 파무체카 일행의 무사귀환을 작은 소리로 염송했다. '나무 사다남 삼먁 삼못다 구치남 다냐타 옴 자래 주해…….' 기도의 자세와 진언은 젊은 시절, 사카타(찬디가르)의 강변에서 만난 사크람**의 명수이자 출가 수행자인 어느 사문(沙門)***에게 배운 것이었다.

　파무체카 일행이 키잘로 떠난 지 달포쯤 될 무렵, 의원 밖에서 동네 또래들과 어울려 놀던 도데가 별안간 의원으로 뛰어 들어왔다. 아이가 놀란 기색이 아니어서 별일은 아닌 듯싶었다. 아이는 다짜고짜 옴마나스의 소매를 당기며 밖으로 나가자는 것이었다. 그때 붉은 옷차림의 누군가가 열린 문 사이로 보였

＊　슈르빠(Shurpa) : 양고기, 감자, 당근 등을 넣고 오래 끓인 고깃국.
＊＊　사크람(Sakuram) : 날카로운 테두리로 상대방을 살상하는 원반형 무기, 손잡이는 안쪽에 있음.
＊＊＊　사문(沙門) : 석가모니의 가르침을 따르는 수행자.

다. 옴마나스는 환자 진료를 키쿠소마르에게 맡기고 밖으로 나왔다. 뜻밖에도 방문한 사람은 안면이 있는 차도위의 측근 시종이었다. 시종은 혼자가 아니었다. 마당 입구에서 말고삐를 쥔 건장한 체구의 사람을 봤기 때문이었다. 팔과 무릎이 드러난 간소한 복장에 손목 갑주와 허리의 단검을 보니 시종이 데려온 호위 병사인 듯한데, 피부가 희고 이목구비가 남달라 대진국(로마 제국) 사람으로 짐작됐다. 항간(巷間)에 재상 차도위가 휴밀가와 쟁투한 이후 신변을 강화하기 위해 대진국 사람들로 구성된 별도의 경호대를 운위한다는 얘기가 나돌았는데 그 얘기가 맞는 것 같았다.

옴마나스는 허리를 굽혀 예로써 그를 응접했다. 상대방도 상응하는 태도를 보였다. 옴마나스는 시종을 내실로 안내했다. 그리고 상석을 권했다. 시종이 자리에 앉자 주방에 있는 아주머니를 불러 차를 내오라고 시켰다. 시종은, 옴마나스 입장에선 황송하지는 않아도 그렇다고 결코 홀대할 수는 없는, 다분히 미묘한 손님이라고 할 수 있었다. 마음속으론 시종이 무슨 연유로 이곳에 왔는지가 궁금했고, 또 권력자의 시종이어서 온 신경이 그의 홀쭉한 입에 집중되리만치 긴장이 되는 것도 사실이었다.

의례적 덕담이 오간 후 차가 나오자, 시종이 옴마나스의 마음을 안다는 듯 유연한 기색으로 말했다.

"약차라서 그런지 향기가 매우 좋습니다그려."

"예, 계피와 감초, 황기 등 여러 약재를 넣어 달인 차입니다. 기관지를 보하고 피로 해소에도 좋습니다."

"그렇군요. 이런 좋은 차는 천천히 음미하며 마셔야 하는데 재상님의 명을 받드는 몸이라 그렇지 못해 아쉽습니다."

"아닙니다. 귀한 분에 대한 대접이 소홀해 송구스럽습니다. 다음 기회에 저의 의원을 다시 찾아주신다면 정성껏 대접하겠습니다."

"말씀만으로도 감사합니다."

시종이 차를 다 마시더니 의자에서 일어났다. 옴마나스도 엉겁결에 따라 일어났다.

"차를 잘 대접 받았습니다. 소관은 용무가 있어 이제 가봐야 할 것 같습니다."

의외였다. 시종이 이렇듯 바삐 갈 줄 몰랐다. 이곳에 온 목적을 밝히지 않고 그냥 가려는 것에 당혹스럽기조차 했다. '혹시 시종이 재상의 일로 이곳에 온 게 아니고 길을 가다 단순히 들른 게 아닐까?' 하는 생각마저 들었으나 그런 의구심은 바로 해소되었다. 시종의 다음 말 때문이었다.

"서둘러 가게 돼 결례인 줄 압니다만, 실은 태정관님의 명을 받고 의원님을 뵈러 왔습니다. 태정관님께서 내일 오후 신시(申時)에 의원님을 뵀으면 합니다. 자제분도 함께 와도 좋다는 말씀도 하셨고요."

재상이 아니고 태정관이라니……? 태정관이라면 구취각이 아닌가. 옴마나스는 순간 혼란스러웠다. 재상이 부리는 시종이어서 의당 차도위의 명으로 왔거니 했는데……. 그러나 망설일 계제가 아니었다. 곧 응답했다.

"알았습니다. 분부를 잘 받들겠습니다."

"그럼, 이만 물러가겠습니다."

옴마나스는 시종을 마당 밖까지 배웅한 뒤 천천한 걸음으로 의원으로 돌아왔다. 머릿속은 구취각이 무슨 일로 자신을 만나려고 하는지에 대해 궁금증으로 가득했다. 아이와 함께 와도 좋다고 하니 그다지 염려할 일은 아닌 듯하나 그래도 마음을 놓을 처지가 아니었다. 상대는 귀상가의 권력자이고 그것도 영문을 모른 채 만나야 한다는 게 예삿일일 수 없기 때문이다.

이튿날, 옴마나스는 날이 밝자 약재실에 들렀다. 간밤에 잠을 설쳐 머리가 무거웠으나 오후에 있을 구취각과의 만남에 대한 준비는 해둬야 했다. 준비는 빈손으로 갈 수 없다는 생각에서 마련할 선물이었다. 선물은 장뇌와 녹용, 사향 등으로 조제한 보신용 환약인데, 쉽게 구할 수 없는 비싼 약재로 제조한 만큼 가치있게 쓰기 위해 상비해두었다.

옴마나스는 약재실에 깊이 넣어둔 편백나무 궤짝을 끄집어냈다. 환약과 희귀한 약재들을 보관한 궤짝이었다. 궤짝을 열어보니 환약과 약재들은 넣어둔 그대로였다. 옴마나스는 선반에 놓인 작은 나무 상자들 가운데 두 개를 골랐다. 그리고 궤짝에서 환약만을 꺼내 두 나무 상자에 옮겨 담았다. 나무 상자도 질 좋은 향나무로 만든 고급품이어서 환약에 걸맞았다. 끝으로 환약 상자가 허술하게 보이지 않도록 비단 보자기로 각각 쌌다. (비단 보자기는 호탄을 오가던 대상인 환자에게서 진료비 대신 받은 거였다) 선물 상자가 두 개인 건 구취각뿐만 아니라 차도위에게도 줄 요량에서였다. 선물을 마련하자 옴마나스는 환자 진료는 오전만 하고 의원을 닫아야겠다고 생각하면서 약재실을 나왔다.

정오를 알리는 북소리가 내성 쪽에서 들려왔다. 오늘따라 북소리가 크게 와닿았다. 옴마나스는 마음이 조급해졌다. 신시가 되려면 아직 두어 시간이 남았는데도 키쿠소마르에게 의원을 닫으라고 일렀다. 그러고 나서 진료실에 대기 중이던 환자들에게 양해를 구해 치료는 생략한 채 문진만으로 처방을 해주었다. 처방약에 대한 조제는 평소처럼 키쿠소마르에게 맡겼다. 의원 일을 그럭저럭 일단락 짓자 옴마나스는 도데와 아주머니를 함께 불렀다. 도데에겐 '구취각을 만나면 공손히 굴어야 한다'라는 주의를 시켰고, 아주머니에게는 '도데가 얼굴과 손을 씻는 걸 도와주라'라고 부탁을 했다. 그러고선 옴마나스는 방으로 들어가 도데가 입을 옷을 미리 꺼내놓았다.

옴마나스와 도데, 키쿠소마르는 논과 요구르트로 간단히 점심을 때우고 의원을 나섰다. 키쿠소마르가 같이 가는 건 환약 상자 때문이었다. 옴마나스는 외성에 거주했다. 외성에서 내성에 있는 궁성까지 그다지 먼 거리가 아니었다. 내성 성문에서 지체하지 않는다면 10여 분이면 궁성에 당도할 수 있었다.

내성으로 들어서자 도데의 시선이 분주해졌다. 그도 그럴 것이 내성은 외성과 달리 길이 넓고 집과 건물이 크고 번듯한 데다 외성에 없는 볼거리들이 많기 때문이었다. 특히 도데의 관심을 산 것은 좋은 옷을 입은 윤택한 사람들과 다양하게 치장한 마차들이었다. 옴마나스는 그런 도데를 바라보며 '아게스 밀로 가지 않는다면 우리도 마차를 사고 차도위에게 부탁해 내성에서 살 수 있는데…….' 하는 생각에서 도데에게 미안한 마음이 들었다. 또 한편은 값싼 목면(면포)의 옷을 입은 자신이 조금은 부끄럽게 느껴지기도 했다.

내성은 누구나 살 수 있는 곳이 아니었다. 내성에 살려면 반드시 담당 관청의 허락을 받아야 했다. 그로 인해 자유민과 하급 관리, 평민, 수공업자, 장사치 등이 사는 외성과 달리 내성은 고급 관리나 귀족, 토호와 사제, 대상인(大商人) 등만이 살 수 있었다. 물론 외성민보다 못한 포로 출신의 노예나 천민, 목동, 창기(娼妓) 등이 사는 외성 밖의 거주민들도 있긴 해도……. 어쨌든 내성에 살지라도 권세와 큰 호사를 누리는 왕과 5대가의 궁성인

관용

들에 비해 신분의 차가 지고 피지배층이라는 점에서는 외성인들과 다를 바 없었다.

거리의 풍경을 눈에 담노라니 어느덧 궁성에 당도했다. 옴마나스는 키쿠소마르에게서 환약 상자를 넘겨받은 뒤 그를 돌려보냈다. 그때 궁성 문을 지키던 경비 병사들 사이에서 누군가 이쪽으로 다가왔다. 흰 옷차림에 키가 훤칠한 젊은이였다. 무장을 하지 않았고 소매 깃에 두 줄의 붉은 자수가 있는 것으로 봐서 귀상가에 종사하는 사람 같았다. 그가 아는 척을 했다.

"혹시 옴마나스 의원님이 아닙니까?"

옴마나스는 상대가 자신의 이름을 안다는 것에 경계심이 누그러졌다.

"예, 그렇습니다만⋯⋯."

"의원님을 마중차 기다렸습니다. 저는 태정관님께 종사하는 내관(內官)입니다. 저와 함께 궁성으로 가시지요. 제가 안내하겠습니다."

"감사합니다. 이 아이는 제 자식입니다."

"말씀을 들었습니다. 같이 가셔도 됩니다. 들고 계신 것은 무엇입니까?"

"변변치는 않지만 재상님과 태정관님께 드릴 환약입니다."

"그렇습니까. 환약은 제가 들어드리지요. 의원님은 자제분과

같이 오십시오."

그가 손을 내밀자 옴마나스는 환약 상자를 순순히 넘겼다. 혼자 몸이라면 내관의 손길을 마다했을 텐데 도데를 데려가야 하는 처지여서 고맙기까지 했다.

"감사합니다."

내관이 앞서가자 옴마나스는 도데의 손을 잡고 뒤를 따랐다. 궁성의 통문을 들어설 때 창과 칼로 무장한 경비 병사들을 코앞에서 본 도데가 겁이 나는지 옴마나스에게 바짝 붙었다. 옴마나스도 그런 도데의 마음을 헤아려 도데의 손을 꼭 쥐었다. 옴마나스 역시 삼엄한 경비 병사들과 맞닥뜨리면 긴장이 되는 건 어쩔 수 없었다. 그러나 내관을 앞세워 가는 지금은 경비 병사들로 인한 긴장감과는 다른, 권부의 실력자인 구취각이 자신을 불렀다는 그 사실에 더 긴장하고 있었다.

궁성은 왕의 침소인 전각과 정무를 보는 정전(政殿)을 가운데 두고 5대가가 그 주위 일대를 둘러싼 형태로 분할 공유하고 있었다. 그 5대가 중에서도 세력이 강성한 귀상가(재상가)의 거주지가 가장 넓고 동문 쪽에 있는 왕의 전각이나 정전과도 가까웠다. 물론 장차 세력의 판도에 따라 5대가의 지배력이나 거주지에 대한 변동은 있을 테지만.

옴마나스는 내관이 의당 재상가(귀상가)로 안내할 줄 알았는데 옆길로 가는 게 의아스러웠다. 옆길은 궁전 우측으로 난, 재상가 반대편 길이었다. 우측 길은 옴마나스도 처음이었다. 하기야 우측 길로 계속 가면 서문으로 해서 다시금 재상가로 되돌아올 테지만……. 옴마나스는 내관에게 '재상가로 가지 않고 왜 이 길을 가느냐?'고 묻고 싶었으나 부름을 받아 가는 처지여서 그럴 순 없었다. 다만 내관이 말없이 가기보다 이 길로 가는 이유를 알려주면 좋겠다고 생각을 했다. 그러다 문득 지난번과 마찬가지로 이번에도 궁문을 지키는 푸른 술의 경비 병사들을 볼 수 없었다는 것을 상기해, 혹 궁성 내 영역에 어떤 변화가 있지 않나 하고 추측을 갖게 했다. 길을 가는 동안, 눈에 띄는 궁인이나 종사관, 군병 중 푸른 표식이나 푸른 술을 단 사람은 일절 보지 못했다.

우측 길로 얼마를 더 가자 난간이 없는 돌다리에 이르렀다. 돌다리 아래는 물이 흘렀다. 그제야 내관이 걸음을 멈추고서 옴마나스에게 몇 마디 했다. 다리 건너편, 길게 늘어선 활엽수들 위로 우뚝한 한 저택을 목전에 두고서였다. 저택은 주변이 개활지여서 그런지 규모가 커 보였다.

"의원님! 이제 다 왔습니다. 짧은 거리는 마차를 이용하지 말라는 태정관님의 엄명 때문에 마차로 모시지 못해 송구스럽습니다. 저 앞의 저택이 바로 태정관님이 계시는 곳입니다."

"별말씀을 다 하십니다. 당연히 그래야겠지요."

저택에 도착해서 보니 앞서 볼 때보다 더욱 웅대했다. 본채 외에 좌우의 부속 건물만도 여러 채여서 외형은 달라도 규모로는 재상가 못잖았다. 짐작이지만 4대가의 저택과 견주어도 절대 뒤지지 않을 것 같았다. 특이한 건 담이 있는데도 불구하고 망루가 있다는 점과 대문을 중심으로 배치된 경비 병사들이 의외로 많다는 점이었다. 두세 명인 재상가와 비교하면 10여 명 이상이어서 방호가 엄중하다는 인상을 지울 수 없었다. 단적으로 구취각의 위상이 대단하다고 여기기에 앞서 예사로이 볼 일은 아닌 것 같았다. 저택 문지기들 역시 재상가의 표식인 붉은 술을 투구에 달고 있었다.

예사롭지 않은 건 정녕 대문에 배치된 경비 병사들의 수만이 아니었다. 저택 안으로 들어서자 양 담장 쪽에 여러 개의 대형 군막이 쳐진 것이 목도됐다. 그리고 군막들 주변에 많은 수의 군병들이 갑주 차림으로 삼삼오오 모여 있었다. 마치 전투를 앞둔 군영을 방불케 했다. 옴마나스는 군병들의 시선을 애써 피했다. 내관도 고개 한 번 돌리지 않고 꼿꼿한 자세로 본채로 곧장 걸었다. 본채 가운데는 낭하였다. 낭하 입구에 창을 든 군병 두 명이 지키고 섰다가 내관을 보더니 앞을 터주었다. 옴마나스는 도데의 손을 잡은 그대로 내관을 따라 붙었다.

낭하의 끝, 본채 뒤는 관상수와 화초들로 이루어진 조원(造園)

이었다. 그 조원 측면, 나무들 사이에 한 이 층 건물이 자리해 있었다. 본채에서 얼마 떨어져 있지 않았다. 조원 길도 그쪽으로 나 있었다. 내관이 그 건물로 향했다. 다리 같은 게 눈에 띄었다. 연못이 해자인 양 건물을 두르고 있음을 가까이 가서야 알았다. 그래서 연못을 건널 수 있는 다리가 있는 까닭이다. 건물에도 예외 없이 창을 든 무장 위병들이 경비를 섰다.

출입문을 지키는 문지기들의 경례를 받고 건물 내로 들어갔다. 위층으로 난 계단에 기골이 장대한 두 거인이 계단을 막듯 서 있었다. 구릿빛 얼굴에 광대뼈가 불거진 강인한 인상들이어서 자못 위압스런 분위기마저 풍겼다. 복장도 병사들과 달랐다. 짧은 소매에 무릎 아래가 드러난 뭉툭한 바지 차림인데 소매 깃과 바지 끝단에 붉은 테두리가 있는 직물 옷이었다. 그런데 둘은 똑같이 허리춤이 불룩해 시선이 자연 그리로 쏠렸다. 필시 칼이나 방망이 같은 무기를 옷 속에 감추고 있는 게 분명했다. 그렇다면 구취각이 위층에 있을 거라고 쉽게 짐작할 수 있었다.

내관이 두 사람에게 다가가 뭐라고 얘기했다. 그러자 두 사람이 고개를 끄덕이었고, 그중 한 사람이 벽 쪽에 내려진 줄을 당긴 뒤 옆으로 비켜났다. 곧 위층 쪽에서 맑은 종소리가 들렸다. 위층에 신호를 보낸 모양이다. 내관이 옴마나스에게 올라가자며 눈짓을 했다.

계단 위, 위층은 전체가 하나로 된 넓은 방이었다. 방에는, 입구의 붉은 좌대에 뿔이 세 개인 큼직한 금빛 소머리 상이 배치된 것과, 탁자와 의자가 놓인 뒤쪽에 문을 가린 주렴이 쳐진 것 외는 이렇다 할 기물이나 장식이 없었다. 창으로 햇살이 들긴 해도 전체적으로 단출하다 못해 썰렁한 느낌이 드는 그런 장소이고 공간이었다.

내관이 탁자 위에 환약 상자를 내려놓았다. 그러고선 옴마나스에게 '의자에 앉으시라'고 했다. 그렇지만 정작 자신은 앉지 않았다. 구취각이나 혹은 자신보다 높은 신분인을 맞기 위한 태도로 보였다.

주렴이 쳐진 문 쪽에서 인기척이 났다. 동시에 홍의를 입은 젊은 시녀와 내관과 복장이 비슷한 한 남자가 주렴이 쳐진 문을 통해 나왔다. 그리고 뒤이어 원통형 관모에 붉은 계화 무늬가 있는 흰 비단 옷차림의 누군가가 모습을 나타냈다. 거동이 여유로웠다. 바로 구취각이었다.

옴마나스는 구취각을 본 순간 의자에서 일어났다. 그리고 허리를 숙여 예를 표했다. 덩달아 일어난 도데도 구취각에게 고개를 숙여 절했다. 구취각이 탁자 가운데에 놓인 의자에 앉으면서 옴마나스에게 앉기를 권했다.

"자리에 앉으셔도 됩니다. 그동안 잘 지내셨는지요?"

"예, 잘 지냈습니다. 모든 게 태정관님의 은덕이라고 생각합니다."

관용

"별말씀을……. 의원 일이 바쁠 텐데 이렇게 와주시니 감사합니다."

"천만의 말씀입니다. 불러주시는 것만으로 크나큰 영광입니다."

"이건 무엇입니까?"

"예, 재상님과 태정관님을 위해 특별히 조제한 보약입니다. 복용하시면 건강에 도움이 될 것입니다."

"그래요? 귀한 보약 선물까지 받으니 재삼 감사를 드려야겠네요. 재상님께도 보내드릴 거고……. 내가 뵙자고 한 건 특별한 일이 있어서가 아닙니다. 제 여식인 소록이 의원님의 자제를 보고 싶어 하고 나 또한 의원님의 신세를 진 것도 있어 오시라고 했습니다."

"과분한 말씀이십니다."

그때쯤 잠시 자리를 비웠던 시녀가 다과를 가져와 탁자 위에 놓았다. 그리고 차를 따르는 등 시중을 들었다. 차는 일전 재상가에서 맛본 은은한 향기가 일품인 계화차였다.

찻잔을 비운 구취각이 배면에 시립해 있던 내관과 시종을 돌아보며 가볍게 손짓했다. 그러자 물러가라는 신호인지 두 사람이 예를 표하는 동작을 취하곤 물러났다. 방 안에 시녀만 남게 되자 구취각이 다시 소록이 얘기를 꺼냈다.

"소록이 일찍 제 어미를 여읜 탓에 내가 어느 자식보다 정을 쏟고는 있습니다. 그러나 정무에 매인 몸이라 소록이를 가까이 할 시간이 많지 않습니다. 그래서 의원님과 자제가 함께 오도록 한 것입니다. 괜찮으시다면 의원님의 자제와 소록이가 재상님 댁에서 한 이틀 같이 지냈으면 하는데 의원님의 의향은 어떠하신지?"

"소인이 어찌 마다하겠습니까? 단지 제 자식이 아직 어려 혹 예의에 어긋나는 일을 저지를까 그게 염려가 됩니다."

"그건 염려하시지 않아도 됩니다. 시녀들이 늘 자제와 함께 있을 터이니 아무 일이 없을 것입니다."

소록의 얘기에 도데가 눈을 반짝였다. 분명 관심이 있는 눈치였다. 옴마나스는 한결 마음이 놓였다. 그렇지만 아이의 의사를 물어는 봐야 했다.

"도데야! 태정관님이 소록이 말씀을 하셨는데 네 생각은 어떠냐?"

"저는 좋아요. 소록이를 제 동생처럼 생각하고 있어요."

그 말에 구취각이 미소를 지었다.

"그래, 네가 소록이를 동생처럼 여기니 참으로 기특하구나. 도데라고 했지? 오빠 노릇을 잘하면 내가 상을 주마."

"상은 안 줘도 됩니다. 오빠 노릇 잘하겠습니다."

"그래, 아무럼 어떠랴! 소록이와 잘 지내고 편하게 있다가 가렴. 의원님의 자제가 심성이 곱네요. 그래서 소록이가 자제를 보고파 하는 것인지 모릅니다.

"소인은 그저 몸 둘 바를 모르겠습니다."

"무슨 그런 말씀을……. 의원님! 기왕 말이 나왔으니 자제를 지금 재상가에 보내는 게 어떨까요? 홀가분히 나눌 얘기도 있고 하니……."

"예, 그렇게 하십시오. 그게 좋겠습니다."

옴마나스가 쾌히 응하자 도데가 저 스스로 자리에서 일어났다. 속 깊고 효성스러운 아이였다. 그리고 두 사람에게 공손히 절을 했다. 표정도 사뭇 밝아 옴마나스는 아이가 대견하고 한편은 기쁘기도 하였다. 구취각 곁에 있던 시녀가 도데에게 다가가 손을 내밀자 도데가 그 손을 잡았다. 둘은 주렴의 문으로 해서 방을 나갔다.

도데가 시녀와 함께 나간 뒤 곧 다른 시녀들이 방에 들어왔다. 그녀들은 탁자 위에 놓인 환약과 다과상을 치웠다. 그러고 나자 방금 도데를 데려간 그 시녀가 다시금 모습을 보였다. 손엔 새 다과상이 들려 있었다.

구취각 곁에서 시중을 드는 시녀가 새삼스럽게 눈에 들어왔다. 옴마나스는 시녀가 꾐성스러워 은근히 구취각이 부러웠다.

태정관 구취각이 입을 뗐다.

"의원님이 나보다 연배이시고 많은 곳을 주유하신 거로 아는데 이곳 발흐가 다른 곳과 비교해 무엇이 좋고 어떤 게 그렇지 않은지 말씀을 부탁해도 될까요?"

예기치 않은 질문이었다. 편하기조차 한 자리가 갑자기 부담스럽게 느껴졌다. 그리고 그제야 구취각이 일상적 얘기를 하기 위해 자신을 부른 게 아니라는 걸 깨달았다. 마주한 그의 얼굴은 온화했고 말투도 부드러우나 심중에 어떤 의도를 지닌 게 분명했다. 자칫 방심했다간 무슨 낭패를 당할지 모르는 일이었다. 절로 긴장이 되고 잊고 있던 경각심이 되살아났다.

"마음 편히 보고 느낀 점을 말씀하시면 됩니다. 나를 손아랫 사람쯤으로 여기시고……."

구취각이 사족을 달았지만, 그 말이 진정성 있게 귀에 와닿지 않았다. 그러나 답응은 해야 했다.

"소인은 소년 적부터 유랑하였습니다만. 북으로는 부하라, 남으로는 페샤와르와 안드라, 서로는 쿠차까지밖에 가보지 못했습니다. 유랑한 건 주로 약재 때문입니다."

"그래요. 그럼, 이곳에 정착한 지 꽤 되신 거로 아는데 이곳에 정착하게 된 특별한 연고나 동기라도 있습니까?"

"이곳에 정착한 지는 한 십 년쯤 됩니다. 동기라면 이곳이 발흐의 도성인 데다 좋은 약재가 채렵(採獵)되는 곳이어서 정착했습니다. 연고는 없습니다. 소인의 생각엔 이곳 발흐가 다른 나라나 지역과 비교해서 취약한 점보다는 좋은 점이 많다고 사료됩니다. 곡물과 증채(견직물)는 페샤와르나 호탄에 뒤질지 모르지만, 가축과 면포와 유제품 등의 산물은 상당합니다. 또한, 조세가 공정하고 주민들의 삶이 윤택한 것도 이 나라만 한 곳이 없습니다."

"그래요? 듣고 보니 내 질문이 공연한 것 같습니다. 혹시 페샤와르나 간다라 쪽에 머문 적이 있습니까?"

"그 지역들을 다닌 적은 있지만 머문 적은 없습니다."

"그 지역들 사정은 어땠습니까? 보고 느낀 점에 대해서 말씀해주시지요."

옴마나스는 질문이 자못 추궁 조여서 내심 불쾌했지만, 상대가 이 나라의 고관이고 권력자인 만큼 내색할 순 없었다. 물론 구취각이 왜 자신에게 이런 질문을 하느냐에 대해서 의문이 안 드는 건 아니었다. 그러나 구취각의 속을 들여다볼 수 없는 이상 아는 대로 답을 하는 게 좋을 듯싶었다.

"소인이 말씀드린 그 지역들은 곳곳에 하천이 있고 땅이 평탄한 편입니다. 그 때문에 농작물과 과수의 소출이 많고 축양(畜養)도 널리 하고 있습니다. 다만 낮과 밤의 온도 차가 크다는 점과 왕권이나 국가들의 부침이 잦아 정정(政情)이 다소 불안한 것이 흠이긴 합니다. 그렇긴 해도 사람들의 성품이 대체로 순박하고 인심이 후해 외방인들을 배척하거나 해를 입히는 경우는 보지 못했습니다. 소인의 생각엔 그곳 사람들이 그러한 성정(性情)을 지니게 된 건 아마도 석가모니가 창시한 불교의 영향이 큰 것 같습니다."

"불교의 영향이 크다……? 불교는 신을 숭배하는 종교가 아니라고 하던데……."

"예, 그렇습니다. 불교는 유일신이나 텡그리(천신), 정령들을 숭배하는 게 아니라 살생을 금하고 자비를 행하며 수행을 통해 깨달음을 얻고자 하는 종교로 알고 있습니다."

"나도 쿠투(복)를 빌기 위해 아주 가끔 수르크 코탈*에 가곤 합니다. 물론 주민들이 아후라 마즈다**를 숭배하니 나도 따라는 해도 아후라 마즈다에 대한 믿음은 깊지 않습니다. 말이 나왔으니 하는 말인즉, 사실 이 나라는 저마다 신봉하는 신이나 정령들이 너무 많아 복잡다단합니다. 그 때문에 종교를 통해 백성들의 결속을 다지거나 일체감을 조성하는 건 기대할 수 없어요. 아무튼 종교 얘기는 그만하고, 다른 궁금한 사항이 있어요. 그 지역들의 군사력이나 병사들의 수준은 어떻습니까? 우리 군대나 혹은 소그드의 병사들***보다 강하지 않을 테지요?"

옴마나스는 구취각이 군사력에까지 언급하자, 그 점에 대한 식견이 없어 답응이 궁색했다. 하지만 구취각의 의중은 대체로

---

*   수르크 코탈(Surkh Kotal) : 발흐에 있는 조로아스터교 사원.
**   아후라 마즈다(Ahura Mazda) : 조로아스터교의 창조신이자 최고신.
*** 소그드(Sogd)의 병사들 : 여기서는 기원전 4세기 후반, 알렉산드로스의 5만 군병과 맞서 싸운 소그드군의 용맹성을 부각하고 있다.

알 것 같았다. 적당히 비위를 맞추면 될 성싶었다. 그리고 이제는 구취각이 자신을 책하거나 강박하기 위해 부른 것은 아니라는 생각이 들어 움츠렸던 마음도 펴졌다.

"물론입니다. 강성한 이 나라의 군대와 그쪽 지방의 군대와는 강약이 현격한데 어찌 비교가 되겠습니까."

"그 근거는 무엇입니까?"

"그쪽 지역에서는 북파슈툰(아프카니스탄 정주민)군을 매우 두려워합니다. 이 점으로도 그 지역들의 군사력이 어떠한지 알 수 있지 않습니까?"

"그래요. 파슈툰군이 수년 전, 우리 남부 지방군에게 패했으니 우리 군사력이 페샤와르나 안드라보다는 강하다는 것을 간접적으로 입증하는 거지요. 이제 됐습니다. 마지막으로 말씀드릴 것은, 혹시 의원님이 휴밀가의 어떤 자와도 관계를 맺거나 서로 왕래한 적이 있는가 하는 것입니다. 숨김없이 대답해주셨으면 합니다."

"전혀 그런 적이 없습니다. 소인은 이제껏 재상님과 태정관님의 명 외는 그 어떤 가문의 명도 받들지 않았습니다."

"고맙고 다행스럽군요. 그렇다면 의원님을 이곳으로 조치한 목적을 밝혀도 무방할 듯싶습니다. 이미 아실지 모르지만, 우리를 적대시하던 휴밀이 석 달 전 궁성에서 축출되었습니다. 그들은 지금 그들 일족의 근거지인 쿤두스에 웅거하고 있습니다. 물론 휴밀은 우리 귀상가의 상대가 못 됩니다. 그렇지만 쿤두스가 이곳에서 멀지 않은 거리여서 신경이 쓰이긴 합니다. 그러나 그보다 더 신경이 쓰이는 건 그들이 남쪽 페샤와르로 진출한다는 정보 때문입니다. 의원님이 말씀했듯이 그쪽 지역은 군대가 변변찮고 곡물의 소출이 많은데, 만에 하나 그들 휴밀가가 페샤와르를 침습해 페샤와르와 그 일대를 장악한다면 장차 이 나라에 큰 위협이 될 것입니다. 그래서 재상께서는 나가라하라(카불)를 다스리는 판취각 형님 대신 나를 나가라하라로 보낼 생각이신 것 같습니다. 형님이 병약한 점도 감안하셨을 테지요. 아무튼 의원님과의 면대는 이쯤에서 끝내야겠습니다. 참! 그전에 의원님께 한 가지 부탁을 하려는데, 의원님께서 이 자리에서 대답해주시면 좋고 아니면 돌아가셔서 나중 대답해주셔도 무방합니다."

옴마나스는 구취각이 어떤 부탁을 할지 몰라도 자신을 부른 목적이 그제야 부탁을 하기 위해서라는 걸 비로소 알게 되었다. 그리고 그 부탁은 결코 거절할 수 없다는 것도 그 자신이 너무도 잘 아는 일이기도 했다. 그렇게 판단하니 부탁에 따른 결정이나 선택은 자신이 하는 게 아니라 구취각이 한다는 것에 심경이 편안치 않고 불안하기조차 했다.

"내가 나가라하라(카불)에 가게 되면 의원님도 함께 갔으면 하는 게 부탁입니다. 나의 막하에서 자문역이 돼달라는 뜻입니다. 이미 재상님의 허락도 구했고요."

옴마나스는 순간 귀를 의심했다. '나가라하라로 함께 가자'
고? 너무나 뜻밖이었다. 아무리 권력자라고 해도 이건 아니라는
생각이 불끈 치솟았다. 하지만 자신은 지금 남의 나라에 사는 힘
없는 유민이 아닌가. 현실을 받아들이고 순응해야만 목숨을 부
지할 수 있는 자신의 처지를 돌이키자 태정관의 부탁을 거절할
순 없었다.

"소인을 필요로 하시니 참으로 영광스럽습니다. 나가라하라
로 가게 되면 미력한 몸이지만 태정관님을 위해 분골쇄신하겠습
니다."

"감사합니다. 갑작스러운 부탁임에도 흔쾌히 승낙해주시니
역시 의원님은 대인이십니다. 이러니 재상께서 의원님을 친애하
는 것이 아니겠습니까? 하! 하……!"

구취각은 썩 흡족한 듯 웃음까지 보였지만 옴마나스의 심정
은 착잡하기 그지없었다. 부득이 승낙해서가 아니라 어쩌면 아
게스 밀로 가는 계획을 포기해야 할지 모르기 때문이었다.

"면구스럽습니다."

"언제 가는지가 궁금하실 겁니다. 내가 나가라하라로 가는 건
확실하나 구체적인 일정이나 사항은 미정입니다. 조만간에 재상
님을 뵙기로 했으니 아마 그때 결정될 것입니다. 결정되면 의원
님께 연락을 드리겠습니다. 그렇지만 곧 겨울이니 가는 건 봄쯤
이 될 듯싶습니다."

다행이었다. 그나마 단 몇 달일지라도 시간을 벌 수 있다는 게 큰 위안처럼 느껴졌다. 그리고 키잘로 간 파무체카가 이때처럼 기다려지긴 처음이었다.

옴마나스를 궁성 밖까지 배웅한 내관이 돌아가자 옴마나스도 집으로 걸음을 옮겼다. 마음속에 깃든 수심 탓에 주위 사물이 눈에 들어오지 않았다. 파무체카가 돌아오면 겨울일지라도 아게스밀로 가리라고 스스로 다짐을 했다. 그런다고 수심이 해소될 리 만무하나 그런 다짐조차 하지 않는다면 이 암담함에서 벗어날 의지마저 사라질 것 같았다.

도데에게 생각이 미쳤다. '도데는 지금 무얼 하고 있을까.' '재상가에서 소록이와 잘 놀고 있을 테지…….' '효성스럽고 착한 내 자식…….' 문득, 도데가 태정관의 여식과 좋은 관계를 유지한다면 도데의 앞날이 크게 열릴지 모른다는 기대가 머릿속에 비집고 들어왔다. 그러나 부질없어 이내 도리질을 했다.

이틀이 지나 사흘째가 되어도 손꼽아 기다리는 파무체카 일행은 나타나지 않았다. 그날 오후, 진료 중에 말 울음소리가 들려 급히 밖으로 나와봤다. 눈에 띈 건 붉은색 덮개 마차였다. 방금 멈춰 섰는지 두 마리의 말이 고갯짓을 하는 가운데 마부가 마차의 문을 열었다. 일전에 의원을 방문한 적이 있는 재상가의 시

관용

종이 모습을 보였고 뒤따라 도데가 마차에서 내렸다. 도데의 손에 보퉁이가 들려 있었다. 반가워서 한걸음에 맞이하러 갔다.

시종이 옴마나스를 보더니 친숙하게 인사를 건넸다.

"의원님을 자주 뵈니 이제 한 식구처럼 여겨집니다. 그간 잘 지내셨습니까?"

"시종님 덕분에 잘 지냈습니다. 아이가 재상 댁에서 말썽을 안 부렸는지 모르겠습니다."

"말썽은커녕 칭찬이 자자했습니다. 자제가 예의가 바르고 영민해 재상님께서도 귀여워하셨습니다."

"제 아이가 부족한 점이 많은데 과분한 보살핌을 받았으니 이 보답을 어떻게 해야 할지 마음의 짐이 됩니다. 아무튼 재상님과 태정관님을 뵙게 되면 감사하다는 말씀을 꼭 상달해주십시오."

"그렇게 하겠습니다."

시종이 가고 나자 도데는 집에 온 게 좋은지 키쿠소마르를 상대로 얘기꽃을 피웠다. 아비인 옴마나스는 뒷전이었다. 그렇지만 옴마나스는 전혀 서운하지 않았다. 도데가 가져온 보퉁이에는 태정관 구취각이 감사의 표시로 보낸 은접시가 들어 있었다. 크기는 손바닥만 하나 뒷면에 구취각을 뜻하는 뿔이 세 개인 황소의 머리가 음각돼 있어 귀한 물건임은 틀림없었다. 그리고 보니 구취각이 이렇듯 은접시를 보낸 것은 보약 선물에 대한 답례

라기보단 자신을 막하에 두는 것을 기정사실로 하는 의도로 보였다.

"도데야! 소록이와 지내는 동안 태정관님을 뵈었느냐?"

"아니요. 뵙지를 못했습니다. 소록이 말로는 자기 아버지인 태정관이 새 집에 계신다고 하였습니다."

"그렇구나."

옴마나스는 '새 집'이라는 말에 짚이는 게 있었다. 사흘 전 구취각을 만났을 때 그가 있던 저택이 새 집이고, 그 새 집은 휴밀가의 저택을 접수해 사용한다는 추정에 다름 아니었다. 그 이유는 상당수의 군병이 주택 경내에 주둔하고 있는 점과 위층 접견실이 꾸밈이 없어 썰렁했다는 점이었다. 그렇지만 구취각이 휴밀가의 저택을 접수한 건 휴밀가가 누렸던 지위나 권세에 비하면 사소한 것일 수 있었다. 지위와 권세가 나라를 움직이고 군대를 동원할 수 있는 수단이라는 점에서, 휴밀가의 지위와 권세마저 귀상가에 넘어갔다면 귀상가는 명실상부, 왕을 능가하는 권력을 가졌을 터였다. 그건 머지않은 장래에 귀상가에 의한 새 왕조 태동을 알리는 전조라고 봐도 무방했다.

파무체카가 돌아오기를 기다리는 초조한 나날이 계속됐다. 그가 떠난 지 두 달이 지난 지도 한참 되었다. 도데와 키쿠소마르도 옴마나스의 심정을 헤아렸는지 말소리를 낮추고 엄전히 굴

관용

었다. 그러나 집안에서 단 한 사람만은 예외였다. 바로 집안일과 식사를 맡아 하는 아주머니였다. 정주민인 그녀는 파무체카를 따라 키잘로 간 남편이 석 달이 가까워도 돌아오지 않자 이제 대놓고 옴마나스를 원망하기 일쑤였다. 원망이라는 게 "남편이 왜 돌아오지 않느냐?" "언제쯤 오느냐?"라고 큰소리로 닦달하는 것이지만 옴마나스는 그녀를 달랠 방도가 없어 속절없이 곤욕을 치를 수밖에 없었다. 그렇지만 마음 한구석에선 그녀가 3년여를 의원에서 일하는 동안 보수도 넉넉히 줬고 인격적으로 대했다는 점에서 괘씸하기도 했다. 하여간 문제 해결은 파무체카와 함께 간 사람들이 한시바삐 돌아오는 것이지만 그때를 알 수가 없어 속이 타들어갔다.

옴마나스는 잠이 오지 않자 뒤뜰로 나왔다. 그의 손엔 지난번 파무체카 일행의 무사귀환을 빌 때처럼 물그릇이 들려 있었다. 그가 매자나무 아래에 놓인 의자에 물그릇을 올리고선 하늘을 쳐다봤다. 달은 물론 별도 보이지 않아 캄캄했다. 밤하늘이 마치 자신의 심정처럼 느껴져 한숨이 나왔다. 울적한 마음을 가라앉혀 두 손을 모았다. 그리고 파무체카 일행이 하루속히 돌아오길 기원하며 진언을 욌다.

뒤뜰에서 돌아와서도 잠을 이룰 수 없었다. 줄곧 뒤척이다가 새벽녘이 돼서야 잠이 들었다. 그러나 그마저 얕은 잠이었다. 그

얕은 잠에서 옴마나스는 꿈을 꾸었다. 검은 장옷으로 성장한 후이오챠 노마님이 자신에게 뭐라고 하는데 통 알아들을 수가 없었다. 또 얼굴 윤곽도 흐릿해 답답하기조차 했다. 옴마나스는 꿈을 꾼 직후 잠에서 깨었다. 그리고 자신이 꾼 꿈을 기억하려니 막연히 흉몽은 아니지만 그렇다고 좋은 꿈도 아니라는 생각이 들었다. 불면 탓에 몸이 찌뿌둥했으나, 날이 이미 새 더는 잠자리에서 미적일 수 없었다.

환자를 진료하는 중에도 귀는 바깥으로 열려 있었다. 새벽녘의 꿈 때문만이 아니었다. 하시라도 파무체카 일행이 나타날지 모른다는 평소와 다른 기대감에서였다. 그런 바람은 시간이 지날수록 엷어졌고 오늘도 역시 허사라는 생각이 머릿속에 맴돌았다.

해가 짧아진 만큼 의원을 닫는 시간도 그만큼 단축됐다. 해가 뜨면 의원을 열고 해가 지면 의원을 닫으니 진료 시간이 계절의 변화에 따라 유동적일 수밖에 없는 건 당연했다.

해 질 녘, 주방이 있는 바깥쪽에서 우당탕! 하는 소리가 났다. 아주머니가 화풀이로 뭔가를 내던진 게 아닌가 하고 생각했으나 곧 큰 소리와 귀에 익은 음성이 뒤섞인 소란스러움이 뒤따랐다. 옴마나스는 약을 짓다 말고 급히 밖으로 나와봤다. 이게 정녕 현실이란 말인가. 의원 마당에 그토록 고대하던 파무체카와 그 일행이 도착해 있을 줄이야. 너무도 반가워 왈칵 눈물이 나올 뻔했다. 벌써 저만치에서 아주머니와 그 남편이 얼싸안고 재회의 기쁨을 나누기에 바빴다. 도데와 키쿠소마르도 마당으로 나왔다. 마당이 사람과 말과 낙타로 인해 꽉 찬 듯 느껴졌다. 파무체카가 천천히 옴마나스에게 걸어왔다. 초췌한 얼굴에 낡고 해진 옷차림, 행색이 말이 아니었지만 옴마나스의 눈엔 오로지 파무체카 그 자체뿐이었다.

"옴마나스 님! 파무체카입니다. 많이 기다리셨지요."

"어서 오세요. 많이 기다렸습니다."

옴마나스와 파무체카는 누가 먼저라고 할 것 없이 서로 격하게 끌어안으며 그간의 안녕을 확인했다. 옴마나스는 파무체카의 거친 숨결을 통해 그가 돌아온 것을 거듭 실감할 수 있었다. 그리고 새삼스럽게 뒤쪽의 털모자를 쓴 사람이 눈에 들어왔다. 남자가 아닌 여성이었다. 그때 도데가 그 여성에게 달려가 안겼다. 도데를 품에 안은 여성은 뜻밖에도 나메였다. 나메가 도데를 안은 채 옴마나스에게 인사를 했다.

"옴마나스 님! 저 나메예요."

"그렇구나! 내가 어찌 자네를 몰라보겠느냐?"

나메가 흑흑 울음을 터트렸다. 옴마나스의 눈시울도 붉어졌다. 파무체카가 말없이 고개를 돌렸다. 기쁘고 반가워야 할 자리에 왠지 모를 슬픔이 사람들을 휘감았다. 설움과 그리움의 세월을 살았기 때문일까.

도데가 말했다. "우리 모두 집으로 들어가요!"

어둑한 내실에 등잔불을 밝히자 눈에 익은 모습들이 환히 드러났다. 함께 있다는 것만으로도 정겹고 반가워 얼굴에 작은 미소가 피어났다. 조금 전의 슬픔은 이제 바깥의 어둠 속에 묻혔다.

파무체카가 옴마나스에게 '키잘에 간 목적이 후이오챠 노마님을 모셔오는 것인데 그렇지 못해 죄송하다'며 머리를 숙였다. 그리고 나서 저간의 사정을 얘기했다. 그는 '키잘까지 가는 데는 순조로웠으나 키잘에 도착한 이후 시일이 지체됐고 어려움을 겪었다'라고 하였다. '시일이 지체된 건 노마님 소유의 토지 처분 때문이며, 오는 도중에 노마님의 천식이 악화한 점도 속히 올 수 없었던 이유 중에 하나'라고 하였다. 그리고 '노마님이 돌아가신 직후 도적들을 만났으나 다행히 여낭*에 든 것만 빼앗기고 이렇다 할 봉변을 당하지 않았는데, 아마도 도적들이 노마님의 장례를 치르도록 살려준 것이 아닌가'라고 했다. 듣고 난 옴마나스가 입을 뗐다.

"도적들까지 만나다니……. 고생이 이만저만 아니었겠습니다. 한편은 노마님을 이제 뵐 수 없다는 게 큰 슬픔입니다. 파무체카! 노마님께서 돌아가시게 된 원인이 천식이라고 하였는데 당시 상황을 구체적으로 말해주세요."

---

* 여낭(旅囊) : 말 안장 뒤에 매다는 자루나 보퉁이.

"예, 말씀드리겠습니다. 마님께서 기침이 잦으셔서 모과와 도라지차를 음용토록 하셨지만, 도정(道程)이 힘에 부치셨고 날씨가 갑자기 추워진 게 원인이었던 것 같습니다. 물론 나메가 도정 내내 노마님을 보살폈으나 그 노력이 한계였습니다. 노숙 후 아침에 노마님께서 일어나시지 않아 깨우려 했지만 이미 돌아가신 뒤였습니다."

"두 사람이 애를 썼지만 돌아가신 건 참으로 안타깝습니다. 장례를 치렀을 텐데 그곳이 어디쯤입니까?"

"스리나가르(카슈미르 북동쪽 도시) 근방입니다. 묘는 동쪽 대상로(隊商路)에서 조금 비켜난 곳에 썼습니다. 가까이에 호수가 있고 비목을 세워뒀기 때문에 시간이 지나도 알아볼 수 있을 것입니다."

"여러모로 수고가 많았군요. 노마님께서 여기로 오시는 것을 기꺼워하셨는지 모르겠습니다."

나메가 대답을 했다.

"기꺼워하는 정도가 아니었습니다. 옴마나스 님과 도데를 볼 생각에 주무시지도 않을 만큼 좋아하셨지요. 저도 마찬가지……."

나메가 뒷말을 잇지 못하고 또다시 눈물을 보였다. 곁에 있던 도데가 손으로 나메의 눈물을 닦아줬다. 도데도 눈에 눈물이 그렁그렁했다. 옴마나스는 노마님의 얘기를 더는 하지 말아야겠다고 생각했다. 그래서 키쿠소마르에게 먼 길을 다녀온 사람들을 위해 '시장에 다녀와라'라고 일렀다. 키쿠소마르가 공손히 대답하고 일어서자 파무체카도 한마디 거들었다. "기왕이면 양 한 마리를 통째로 사 오는 게 좋겠어." 그 말에 사람들이 피그시 웃었다. 추연하던 분위기가 조금은 가셨다.

파무체카가 돌아온 뒤로 의원은 작은 변화를 보였다. 변화는 활기라고 하는 게 적절했다. 옴마나스를 비롯한 의원 사람들의 안색이 밝아졌고 오붓한 기류가 감돌았다. 따지고 보면 모두가 오랜 인연으로 맺어져 한 식구와 다름없지 않은가. 키쿠소마르도 그 자신이 고용된 사람이라는 걸 잊은 듯 나메를 고모라도 부르며 곰살맞게 굴었다. 이는 키쿠소마르의 성격이 활달한 까닭이기도 하지만 옴마나스가 함께 사는 누구에게도 차별을 두지 않은 영향이 크다고 볼 수 있었다. 그런 가운데 의원에서 식사와 세탁을 맡아 하던 아주머니가 일을 그만뒀다. 남편 일로 옴마나스를 몰아붙인 게 미안쩍은 데다 나메가 옴으로써 자기가 할 일이 없다고 여긴 것 같았다. 결론적으론 옴마나스에겐 좋은 일이었다.
　파무체카가 나메에게 자신의 방을 내줬다. 의원에 나메가 기거할 여분의 방이 없기 때문이었다. 그 때문에 파무체카는 키쿠소마르와 방을 같이 쓰게 됐고 키쿠소마르와 함께 지내던 도데는 아버지인 옴마나스의 방으로 옮겨야 했다. 방을 같이 쓰면 불편은 할 테지만 추위가 점점 닥쳐오는 때라 방 안의 한기를 누그러뜨린다는 점에선 나을 수 있었다.

밤 시간, 옴마나스와 파무체카가 뒤뜰로 나왔다. 옷차림이 두툼한 걸 봐서 금방 방으로 들어갈 것 같지 않았다. 둘은 약속이라도 한 듯 매자나무 울타리 쪽으로 걸었다. 의자가 놓인 곳이다. 주변은 흰 달빛과 차가운 기운이 어우러져 온통 은회색이었다.

옴마나스는 의자를 두고도 앉지 않았다. 그래서 파무체카도 서 있을 수밖에 없었다. 옴마나스가 의자에 앉지 않은 건 세상을 떠난 노마님의 명복을 빌기 위해 진언을 욀 생각에서였다. 옴마나스가 파무체카에게 양해를 구한 뒤, 손을 모은 자세로 동쪽을 향해 나지막이 진언을 욌다. 그 모양을 지켜보던 파무체카도 두 손을 모았다.

옴마나스가 의자에 앉으면서 담담히 말했다. 그러나 표정은 굳어 있었다.

"밤 기온이 찬데 여기에 오자고 한 건 노마님의 명복을 빌기 위해서만이 아닙니다."

"소관도 그리 생각하였습니다. 그리고 요사이 옴마나스 님의 얼굴에 그늘이 져 있어 무슨 근심거리가 있지 않나 생각하던 참이었습니다."

"그렇습니다. 근심이 있지요. 하지만 그 근심은 나 혼자 감당할 성질의 것이 아니라서 그대와 의논하고 싶은 겁니다."

"잘됐습니다. 소관도 말씀드릴 것이 있는데 이 기회에 말씀드려야 할 것 같습니다."

"그래요? 그럼, 그 얘기가 뭔지 그것부터 들어봅시다."

"예, 실은 노마님이 남기신 재화를 가져왔는데 그걸 미처 말씀드리지 못했습니다. 재화는 약간의 은화와 보석입니다. 지금 나메가 간수하고 있습니다."

"그런 일이 있었군요. 도적 떼를 만나 목숨을 잃지 않은 것만도 다행인데 재화까지 가져왔으니 그대의 수고를 어찌 치하할지 모르겠습니다. 아무튼, 그 재화는 우리들의 공동 소유이니 요긴하게 쓰도록 합시다."

"치하라는 말씀은 가당치 않습니다. 운수보다는 옴마나스 님과 함께 다닐 때 행여 도둑을 만날세라 말안장 속에 귀중품을 넣어둔 게 습관이 돼서 그렇게 했을 따름입니다."

"아, 하! 거기에 숨겼다니……. 그렇다면 그대의 안장 속의 사크람(원반형 무기)도 여전하겠군요."

"물론입니다."

"파무체카! 나의 사크람도 여전합니다. 하, 하……."

"옴마나스 님! 근심은 나눌수록 작아진다고 하는데 이제 그 근심을 소관에게 말씀하시는 게 어떻습니까?"

그 말에 옴마나스가 정색하니 대꾸했다. 웃음기는 이미 가시고 없었다.

"의논하자고 했으니 말씀드리지요. 한 보름 전에 차도위의 차자인(次子) 태정관 구취각을 만났어요. 그때 구취각이 자신과 함께 나가라하라로 가자고 하는데 거절할 명분이 없었어요. 그와 나가라하라로 가게 되면 우리의 숙원이 물거품이 되는 게 아닙니까? 그래서 근심을 했던 것입니다."

"그런 일이 있었군요. 심려가 컸겠습니다. 그렇지만 옴마나스 님! 옴마나스 님과 소관이 같은 숙원을 위해 사는 이상 더는 근심할 문제는 아닌 듯합니다. 이곳을 떠나면 됩니다. 옴마나스 님이 결심하면 소관은 당장이라도 떠날 수 있습니다."

"고맙습니다. 내 마음을 헤아려주니……. 이제 추위를 어떻게 극복할지 고심하는 일만 남았네요. 다만 구취각이 내년 봄쯤에 '나가라하라로 가리라'고 했는데 그 말대로라면 우리에게 두세 달쯤의 여유는 있을 것 같습니다."

"소관도 그리 생각합니다. 하나, 구취각의 마음이 어떻게 바뀔지 모르니 떠날 준비는 지금부터 하는 게 어떻습니까? 또 추위를 감안하기보다 떠날 시기가 중요하지 않겠습니까?"

"옳아요. 떠날 준비는 내일부터 하기로 합시다. 하지만 추위를 감안해야겠지요. 그리고 다소 날짜가 있으니 서두르지 말고 차근차근히 해야 할 것입니다. 무엇보다도 비밀 유지에 특히 신경을 써야 합니다."

"예, 그 점을 염두에 두겠습니다. 참, 생각나서 하는 말씀입니다만 아까 말씀드린 노마님의 보석을 금, 은화로 바꾸면 어떻겠습니까? 아무래도 여정에 사용하려면 보석보다는 금화나 은화가 낫지 않겠습니까?"

"일리가 있어요. 보석을 팔게 되면 가급적 금화를 받으면 좋겠습니다. 소그드나 페르가나 것도 무방합니다."

"그렇게 하도록 하겠습니다."

의자에선 일어난 옴마나스가 밤하늘의 우르게 성단(플레이아데스)을 보곤 혼잣말처럼 했다.

"겨울이 이제 목전이네요."

파무체카가 바자르에 가는 일이 잦아졌다. 그 이유를 옴마나스는 알고 있어도 나메를 비롯한 다른 식구들은 동절기에 대비하느라 양식이나 용품을 사는 거로 짐작했다. 파무체카가 바자르에 가서도 빈손으로 올 적이 더 많았다. 그렇지 않을 땐 두꺼운 면포 옷이나 털가죽 신발, 혹은 건과일과 버터 같은 유제품 등을 사 왔다. 어느 땐 육포용이라면서 포를 뜬 소고기를 대거 사와 주방 곳곳에 걸어두기까지 했다. 그 때문에 키쿠소마르와 도데는 횡재다 싶어 하릴없이 주방에 들락거렸다.

날이 갈수록 추위가 점점 더했다. 그에 따라 파무체카의 시장 나들이도 뜸했다. 혹 시장에 갈 양이면 혼자서가 아니라 나메와 함께 갔다. 어느 날 두 사람이 나귀가 끄는 수레에 뭔가를 잔뜩 싣고 왔는데 야크 털로 짠 간이 천막과 양피 수낭(물통), 빈 자루 등속이었다. 수낭과 자루는 합쳐 너덧 개쯤 됐다. 그리고 다음 날, 파무체카가 나서서 뒤뜰에다 나귀 마구간을 짓는가 싶더니 무슨 용도에서인지 말 두 마리와 낙타 세 마리를 사 왔다. 그 후로 파무체카가 바자르에 가는 일은 없었다.

해가 바뀌어도 추위는 여전했다. 그러나 어떤 이들의 마음속엔 벌써 봄이 움트고 있었다. 다름 아닌 옴마나스와 파무체카였다. 봄은 그들에게 있어서 고국으로의 떠남이라고 단정 지을 수 있었다. 그리고 지난 초겨울부터 새해를 맞이한 이즈음까지 두 사람에게 의미 있는 성취가 있었다. 외지로 갈 수 있는 통행증을 손에 쥔 것이다. 비록 국내에 국한되긴 했어도 이 나라와 접경을 이루고 있는 카르시(소그드국)까지 갈 수 있게 되었다는 점에서 옴마나스와 파무체카를 고무시키기에 충분했다.

전과 달리 통행에 대한 허가가 쉽지 않았던 건, 쿤두스에 웅거한 휴밀군이 조만간에 도성을 침습하리라는 소문과 무관하지 않았다. 그 때문인지 발흐의 실질적 지배자인 재상 차도위가 강변(아무강)과 도성의 경비를 강화하고 출입을 통제하는 등의 조치를 취한바, 그 영향이 미친 셈이었다. 다행히도 친면이 있는 차도위의 시종을 앞세워 가까스로 통행 허가를 받아낼 수 있었다.

통행의 명목은 카르시에 가서 마황(소염 해열제)과 감초 등의 약초를 구한다'라는 것이나, 시종이, 출입 허가를 관장하는 관리에게 옴마나스가 차도위 부자(구취각)와 가깝다는 점을 내세웠을 건 자명한 노릇이었다.

양피지에 관리의 문인(文印)이 찍힌 통행증을 받은 날, 그간 떠날 시기를 두고 숙고하던 옴마나스와 파무체카는 늦어도 내달(2월) 중순까지 발흐를 떠나기로 결정을 지었다. 그렇지만 사는 집이 팔리면 언제든 떠날 수 있도록 준비는 돼 있었다.

의원을 겸한 집과 땅이 곡물 가게를 하는 동네 주민에게 팔렸다. 집을 내놓은 지 근 두 달 만이었다. 매각을 이웃을 상대로 암암리 하느라 시일이 예상외로 오래 걸렸고, 또 시세의 절반 값밖에 받지 못했다. 그래도 이렇다 할 소문이나 뒤탈 없이 처분한 것에 만족해야 했다. 매각 대금은 이틀 후에 받기로 약정을 맺었다. 대금을 받으면 바로 떠날 작정이었다. 걱정이 되는 건 집과 땅을 산 사람이 약속을 지키느냐 하는 것인데, 여의치 않으면 옴마나스는 키쿠소마르에게 집과 땅을 그냥 주고서라도 떠난다는, 만약에 대비한 각오까지 했다. 집과 땅을 판다는 사실이 재상가에 알려지는 날에는 떠남이 허사가 될 뿐만 아니라 처벌을 받을 건 불문가지이기 때문이다.

걱정은 기우였다. 동네 주민이 약속을 이행했다. 사흗날 오후, 집과 땅을 사기로 한 동네 주민이 의원에 나타났을 때 그 주민이 그렇게 고마울 수 없었다. 그는 옴마나스가 내민 집과 땅에 대한 문서를 한번 쓱 보더니 품속에서 돈 자루를 꺼내 군말 없이 약정한 돈을 옴마나스에게 건넸다. 박트리아(발흐) 금화 여남은 개와 나머진 모두 은화였다. 그가 간 뒤 옴마나스와 파무체카는 기쁜 마음에 서로를 쳐다보며 소리 없이 웃었다. 은화는 카르시에 가서 소그드 돈으로 바꾸면 되었다.

저녁 식사 후, 옴마나스는 키쿠소마르를 진료실로 불렀다. 진료실에 들어선 키쿠소마르가 무슨 기미라도 챘는지 풀이 죽어 있었다. 그 모습에 옴마나스는 인간적 연민과 그간의 정리 때문에 차마 그를 부른 용건을 선뜻 꺼내지 못했다. 하지만 내일 동 트기 전에 이곳을 떠나야 하기에 미적일 계제가 아니었다. 옴마나스는 키쿠소마르의 손을 끌어당겨 가만히 감쌌다. 그리고 다독이듯 얘기했다.

"키쿠소마르야! 네게 진작 알렸어야 했는데 그렇지 못해 미안하구나. 이제 우리는 북쪽으로 가게 됐어. 그래서 이 집을 팔았단다. 나는 지금껏 너를 한 식구처럼 여겼는데 헤어지게 돼 참으로 섭섭하구나."

그 순간, 키쿠소마르의 손을 감싸고 있던 옴마나스의 손등에 눈물방울이 떨어졌다. 그가 고개를 숙이고 있어도 울고 있다는 것을 옴마나스는 감지했다. 옴마나스도 착잡한 심정에 눈시울이 붉어졌다.

"키쿠소마르야! 집이 팔렸으니 네가 갈 데가 여의치 않을 것 같아 그게 걱정이 되는구나. 그래서 나와 파무체카 아저씨가 얼마간의 돈을 마련했어. 그 돈이면 네가 작은 집일망정 살 수 있을 거야."

그 말에 키쿠소마르가 고개를 들었다. 눈가에 눈물이 맺혀 있었다. 그가 나직이 말했다. 굳은 의지가 느껴졌다.

"돈도 집도 다 필요 없습니다. 선생님께서 어디로 가시든 따라가겠습니다. 제발 저를 데려가주십시오."

옴마나스는 난감했다. 그를 데려가면 좋겠지만 엄밀히 말하면 그에게 이렇다 할 대가도 보장도 할 수 없는 일이 아닌가. 자칫하면 목숨을 잃을 위험한 상황에 부닥칠 수 있을 테고……. 그래서 이 성실한 젊은이를 위하는 마음에서 놔두고 가려는데 그 뜻을 모르다니…….

"키쿠소마르야! 네 마음 다 안다. 그러나 나와 함께 가는 건 고난의 연속이야. 또 여러모로 네 장래를 위해선 바람직하지도 않고, 그러니 다른 마음 먹지 말고 여기서 살아. 여기가 네 고향이 아니냐. 이웃들도 너를 외면치 않을 거야."

"선생님! 그래도 저는 남지 않으렵니다. 저는 진작부터 선생님을 평생 모시기로 했습니다. 제발 저를 남겨두고 떠나지 마십시오. 결코, 짐이 되지 않을 것입니다."

옴마나스는 그제야 키쿠소마르의 마음을 되돌리려고 설득한다는 게 무망하다는 것을 깨달았다. 계획에 차질이 생겼어도 함께 갈 수밖에 없었다. 파무체카와 이 일을 상의는 하겠지만 그역시 수용하리라는 생각이 들었다.

"오냐, 내 결심이 정 그렇다면 내가 파무체카 아저씨와 상의를 하마. 그만 가보거라."

"감사합니다. 무슨 일이든 열심히 하겠습니다."

"그래, 알았다."

예상했던 대로 파무체카는 키쿠소마르를 데려간다는 것에 이의를 제기하지 않았다. '부모 없는 고아는 십중팔구 군에 징발된다'라는 얘기를 에둘러서 하는 걸 봐서도 그도 바라던 일인 것같았다. 물론 키쿠소마르와 방을 같이 써 친밀감이 돈독해진 탓도 있을 터이다. 그렇지만 키쿠소마르가 함께 간다는 사실에 누구보다도 기뻐한 건 도데였다. 키쿠소마르를 형처럼 따랐다는점에서, 사람 간의 정은 쉽게 들어도 그 정을 쉽게 떨치지 못하는 게 인지상정이 아니겠는가.

옴마나스는 파무체카와 얘기를 나눈 직후 의원을 나섰다. 집과 땅을 산 동네 곡물 가게 주인을 만나러 가는 길이었다. 밤이라 가게는 닫혔어도 가게 주인은 만날 수 있었다. 주인은 옴마나스의 느닷없는 방문에 의아해하는 기색이 역력했다. 그러나 옴마나스가 단순히 부탁차 온 것을 알자 기색이 누그러졌다. 옴마나스가 품속에서 봉인한 가죽 봉투를 꺼내 곡물점 주인에게 건넸다. 그리고 좀 더 구체적으로 부탁을 했다.

"수고스럽지만 제가 떠난 며칠 뒤, 이 편지를 구취각의 내관에게 전해주셨으면 합니다. 약초 구매차 못 뵙고 떠난다는 내용올시다. 그리고 심부름에 대한 사례는 지금 하겠습니다."

"여부가 있겠습니까마는, 저 같은 하찮은 장사꾼이 어찌 궁성에 들어갈 수 있겠습니까?"

"궁성에 드는 절차가 까다로우나 궁성의 위병에게 옴마나스 의원 심부름으로 구취각 님의 내관을 뵈러 왔다고 하면 됩니다."

"예, 잘 알겠습니다. 의원님의 편지는 내관에게 틀림없이 전하겠습니다. 그리고 사례는 당치도 않습니다. 집과 땅도 싸게 샀고, 또 의원님께 신세를 많이 졌는데 이 정도의 심부름에 대가를 받겠습니까? 그러니 사례는 생각지 마시고 소인을 믿고 잘 다녀오십시오."

"여러모로 감사합니다."

편지는 구취각 앞이었다. '인사도 없이 황급히 떠나 죄스럽다'라는 것과, '무고한 가족과 일가친척을 참살한 자를 단죄하기 위해 부득이 고국으로 가지만 충정에는 변함이 없다'라는 간략한 내용이었다.

2
옴마나스, 발흐를 떠나
마지막 여정에 오르다

어둠이 깔린 새벽, 두 마리의 말과 세 마리의 낙타, 한 마리의 나귀와 더불어 발흐의 도성을 나와 묵묵히 길을 가는 사람들이 있었다. 먼 소그드의 북동쪽, 아게스 밀로 향하는 옴마나스 일행이었다. 발흐를 떠나는 저마다의 감회는 다르겠지만 10년 세월을 정을 붙이고 산 곳이어서 마음이 애연(哀然)한 건 마찬가지였다. 더욱이 키쿠소마르는 이곳 발흐가 고향이고 모친과 함께 살았다는 점에서 다른 이들보다 슬픔이 유난했다. 그러나 그는 옴마나스에게 의술을 익힌 뒤 다시 발흐에 오리라는 다짐을 하며 애써 슬픔을 감내했다.

먼 산의 구름 사이로 동이 터 오르는 것을 본 옴마나스는 잠시 쉬어가기로 했다. 발흐로부터 다소 멀어진 것을 감안해 간단한 요기라도 할 요량에서였다. 나메와 키쿠소마르가 길옆에서 불을 피우는 동안 옴마나스와 파무체카는 발흐 쪽을 바라보며 두런두런 얘기를 나누었다. 발흐에 대한 미련이 남아서가 아니었다. 무의식적이라고 할 수 있었다. 산등성이에 가려 발흐의 모습은 전혀 보이지 않았다.

이른 아침 추위 속에 마시는 뜨거운 수유차*는 참으로 향기로웠다. 옴마나스는 이 오래고 익숙한, 어쩌면 함께하는 이들의 체취와 다름없는 이 수유차의 향처럼 모두의 마음이 한결같기를 기원했다.

해가 중천인 정오 무렵, 길이 서와 북으로 나눠진 갈림길에 음식을 파는 카라반 사라이가 눈에 띄었다. 옴마나스 일행은 가던 길을 멈추었다. 아침에 마른 빵과 차로 요기는 했어도 그래도 음식은 먹을 수 있을 때 먹어둬야 했다. 물론 길이 대상로(隊商路)인 까닭에 이와 같은 카라반 사라이가 곳곳에 있을 법도 했다. 그러나 오랜 세월을 각처로 떠돈 옴마나스와 파무체카는 다음에 대한 기대를 하지 않는 것을 당연시한 때문이다.

카라반 사라이에서 파는 음식은 채소가 든 고깃국과 고기와 양파로 속을 채운 교자였다. 일행이 음식을 먹는 동안 함께 길을 가야 하는 말과 낙타, 노새에게도 물과 건초를 주었다.

식사 후 일행은 북쪽 길을 택해 다시 길을 갔다. 길은 얼마 가지 않아 민둥한 봉우리들이 도사린 계곡으로 이어졌다. 봉우리

---

*   수유차(酥油茶) : 옥수수 등의 곡물가루에 버터를 넣고 끓인 차.

가 희끗희끗했다. 며칠 전 내린 눈이 채 녹지 않은 탓이나 그 경관을 보는 것만으로도 한기가 느껴졌다. 바람이 불지 않은 게 다행이었다.

길은 너른 편이어도 자잘한 돌과 굴곡으로 인해 평탄치 않았다. 그래도 길을 가는 데 그다지 장애는 되지 않았다. 다만 산기슭 요처에 군병들이 상주라도 하는지 토석으로 축조한 소초(小哨)가 있어 신경이 쓰였다. 아직 마음을 놓기 이른, 발흐의 영역이라는 점을 염두에 둬서였다. 물론 낙타나 노새에 짐을 실은 상인들이 지나다니는 까닭에 소초가 있는 건 당연하겠으나 옴마나 스로선 차라리 보이지 않는 편이 나았다.

발흐를 떠난 지 10여 일이 지났다. 해가 뜨면 길을 갔고, 해가 저무는 저녁이 되면 행장을 접는, 반복된 일상이었다. 카르시까지는 앞으로도 보름 이상은 가야 할 것 같았다. 사실 아침부터 해 질 녘까지 계속 길을 간다는 것도 고생이지만 저녁때 숙소나 객잔이 아닌 길가에서 노숙해야 하는 게 더한 고생이었다. 또 노숙에 대비해 유르트와 천막을 준비했어도 밤 기온이 크게 떨어져 추위에 시달린다는 것과 제대로 씻을 수 없다는 것도 가중된 고충이 아닐 수 없었다. 그래서 일행 누구나가 오후가 되면 '객잔이나 숙소에서 잘 수 있게 해달라'는 염원이랄 수 있는 기대를 품곤 하였다. 요행 그 기대가 이루어져 숙소나 객잔에 들어 밤을 보내기라도 할라치면 일행들은 충족감에 함박웃음으로써 자축했다.

카르시가 점점 가까워지자 발흐의 추격대에 대한 불안도 그에 따라 엷어졌다. 그러나 행로 중에 간혹 칼이나 창 같은 무기를 지닌 발흐의 병사들과 조우하면 불안감이 엄습하는 건 어쩔 수 없었다. 그럴 때는 한시바삐 대월지 영역에서 벗어나야 한다는 조바심에서 일행들을 재촉하거나 아니면 주머니에 손을 넣어 예의 구취각의 은접시를 만지작거리곤 하였다. 통행 허가증을 보여줘도 행여 병사들이 길을 막거나 트집을 잡는다면 구취각과의 친분의 증표인 은접시를 내밀 의도에서였다.

두 마리의 말은 옴마나스와 파무체카의 발이었다. 나메와 키쿠소마르, 도데는 짐과 함께 낙타를 탔다. 나귀는 먹이인 건초더미 이외에도 조리 도구와 약재 상자, 키르겔* 등을 실은 수레를 끌었다. 음식을 섭취할 때를 제외하곤 쉬는 시간은 일정하지 않았다. 노정 중에 쉬어가야 할 이유가 생겨야 걸음을 멈출 따름이었다. 음식 섭취도 카라반 사라이나 여타 가게를 만나면 그곳에서 해결하지만 그렇지 않을 때는 준비한 곡물과 버터, 육포로 때웠다. 그러나 뭐니 뭐니 해도 추위가 가장 큰 애로였다. 물론 추

---

*　　키르켈(Kirkel) : 버드나무 같은 연질의 나무로 짠 유르트의 몸통.

위에 바람까지 세차면 바람이 잦아지기를 기다리며 객사에서 머물 수밖에 없었다. 하지만 그런 일은 여정 중에 딱 한 번, 그것도 하루에 불과했다.

며칠 후 옴마나스 일행은 대월지와 소그드가 경계로 삼는 카르시에 당도했다. 양국 관헌이 상주하는 카슈카다리야강 선착장이었다. 그리고 당일 소그드 입국 절차를 마치고 일행은 소그드의 영역인 카르시에 발을 들여놓을 수 있었다. 이처럼 입국이 쉬운 건 소그드가 외지인의 입국에 대해 제한을 두지 않기 때문이었다. 또 양안(兩岸)을 오가는 도선들이 상시 운행 중이어서 가능한 일이기도 했다.

소그드 쪽 카르시에 온 뒤 옴마나스가 몸살로 식사를 거의 못 했다. 대신 수유차를 마셨다. 누적된 피로와 일행들의 안전에 대한 책임감에 마음고생이 컸던 탓이 아닌가 했다. 그 바람에 일행들은 옴마나스가 쾌차할 때까지 카르시에 머물게 되었다. 사람과 짐승이 다 같이 여독을 풀고 차후 여정을 위해 기력을 충전한다는 의미에서 꼭 나쁜 일만은 아니었다. 나메가 옴마나스를 위해 약재를 달였다. 의원이 자신의 약을 처방한 격이 됐지만, 의원도 사람이라 아프면 도리 없었다. 이틀쯤 지나자 옴마나스가 식사를 할 정도로 몸 상태가 호전되었다.

파무체카가 환전차 외출을 했다가 숙소인 객잔에 오는 길에 버덕*에 익힌 양고기를 사 왔다. 담백한 맛에 옴마나스도 고기를 몇 점 들었다.

카르시에 온 지 나흘째 되는 날 오후, 옴마나스가 시장에 가 봤으면 했다. 파무체카는 옴마나스의 몸 상태가 완전치 않아 만류하고 싶으나 시장이 인접해 있는 점을 고려해 옴마나스의 뜻을 따랐다. 그러나 숙소를 나선 건 둘만이 아니었다. 나메와 키쿠소마르, 도데와 함께였다. 모처럼 일행 전원이 시장 나들이를 하는 셈이 됐다.

시장은 길을 사이에 두고 형성돼 있었다. 추운 날씨 탓인지 장꾼이나 행상은 찾아볼 수 없고 가게만 문을 열고 있었다. 그나마 문을 열었다 해도 곡물과 농·축산물, 말린 과일 등을 파는 가게 몇 곳과 고기와 면 요리, 과일 빵* 등의 음식점이 있을 뿐이었다. 시장 끝머리에 공산품과 옹기 등을 구비한 잡화 가게가 한 곳 있어도 물건은 많지 않았다. 큰 시장은 대상들이 주로 묵는 카르시 중심부의 호나코** 인근에 있다고 하나 일행들이 거기까지 가야 할 이유가 없었다. 옴마나스가 시장에 가자고 한 건, 약

---

*   버덕(Boodog) : 불에 달군 돌들을 고기와 함께 가축의 뱃속에 넣어 익히는 요리 방식.

*   과일 빵 : 밀가루 반죽에 건과일, 호두 같은 견과류를 넣어 화덕에서 구운 둥글고 납작한 빵.

**   호나코(Khanaka) : 객사, 객잔.

재 때문이었다. 그렇지만 빈손은 아니었다. 건포도와 호두, 음식점에서 구운 양고기와 교자를 사서 돌아왔다.

다음 날, 날이 밝자 옴마나스가 떠날 채비하라고 일행에 일렀다. 파무체카가 옴마나스의 건강을 염려해 '하루쯤 더 있다가 가자'라고 하였으나 옴마나스가 받아들이지 않았다. 다행히 추위가 전날보다 심하지 않았고 바람도 잦아 걱정을 조금은 덜 수 있었다. 떠나기 직전, 나메와 키쿠소마르가 가게에 가서 밀가루와 율무가루, 리뽀슈카*를 넉넉히 사 왔다. 밀가루는 빵과 면 요리용이고 율무가루는 버터와 함께 음용하기 위함이었다.

카르시를 벗어날 때쯤 우중충한 하늘에서 눈발이 희뜩거렸다. 눈이 온다는 건 좋은 조짐이 아니었다. 길에 눈이 쌓이거나 쌓인 눈이 녹기라도 할 양이면 그 자체가 장애이며, 나아가 수십 마리의 낙타를 운용하는 대상들의 지체로 인해 통행이 원활치 않을 수 있었다. 날이 포근해 눈은 길에 쌓일 것 같지는 않았다.

날이 저물 무렵, 하늘은 여전히 어두웠으나 눈은 더 이상 내리지 않았다. 땅이 젖어 노숙하기가 마땅찮은 참인데, 마침 불을 밝히고 손을 맞는 객잔이 있어 노숙에 대한 심려가 공연스러웠다.

아침이 되자 날씨부터 살폈다. 구름이 끼고 바람이 일었다.

---

* 리뽀슈카 : 논(Non).

옴마나스, 발흐를 떠나 마지막 여정에 오르다 101

기온은 어제와 비슷했다. 객잔을 나서자 멀리, 한 무리의 낙타를 이끌고 능선 길을 가는 대상이 눈에 들어왔다. 늘 겪는, 익숙한 정경이지만 같은 행로를 간다는 동질감에서 안연한 느낌으로 다가왔다. 길은 북으로 향해 있고 일행의 목적지는 케슈였다.

북쪽으로 갈수록 추위와 바람이 매서웠다. 객잔이나 숙소가 없어 노숙이라도 하는 날엔 일행들은 어두워지기 전에 바람이라도 피할 수 있는 후미진 곳을 찾아야 했다. 사람도 추위를 면해야 하지만 함께 길을 가는 말과 낙타, 노새도 마땅히 배려해야 했다. 그래서 야크 털 천막과 여타 덮을 것을 짐승들에게 내어주고 일행 모두는 하나뿐인 유르트에 비좁게 앉아 해가 뜨기를 기다렸다. 케슈에 닿을 날을 손꼽으며……
산 능선 길을 가는 도중에 수레에서 삐걱거리는 소리가 계속해서 났다. 살펴보니 바퀴 가운데의 축이 헐거워진 때문이었다. 고장은 아닐지라도 수리는 해야 할 것 같았다. 다행히 경유지인 케슈까진 하루 거리여서 그때까지는 수레가 굴러가기를 바랄 수밖에.

케슈에 도착한 이튿날, 파무체카와 키쿠소마르는 수레를 끄는 나귀와 더불어 대장간을 찾았다. 객사 주인의 일러준, 시장통에 있는 대장간이었다. 대장간이 제법 크다 싶었는데 농기구를

관용

만드는 곳과 수레 같은 비교적 큰 철물을 취급하는 곳이 나란히 붙어 있어 그렇게 보였다.

대장장이가 수레바퀴의 심부와 축을 점검하더니 '심부*와 축은 이상이 없으나 축을 감싼 테두리를 갈아야 한다'라고 했다. 심부 내의 쇠가 닳았다는 게 이유였다. 덧붙여 테두리 양쪽을 모두 갈려면 반나절의 시간이 걸린다고 했다. 당일 수리가 된다는 뜻이었다. 비용은 선금이라는 말에 파무체카가 소그드 은화로 비용을 치렀다.

갓 오후, 키쿠소마르가 수레를 가지러 대장간에 가겠다며 옴마나스에게 허락을 구했다. 함께 있던 파무체카가 '시간이 아직 이르니 나중에 가는 게 어떠냐'고 했으나 키쿠소마르가 굳이 가려는 눈치여서 허락할 수밖에 없었다. 날씨가 춥고 낯선 곳이긴 해도 대장간이 객사에서 멀지 않고, 키쿠소마르가 대장간 위치를 안다는 것을 참작한 때문이었다. 그런데 잠자코 있던 도데가 덩달아 키쿠소마르를 따라가겠다고 했다. 키쿠소마르가 반색을 했다. 하지만 옴마나스가 탐탁지 않았는지 고개를 저었다. 도데가 파무체카를 쳐다봤다. 도와달라는 눈치였다. 파무체카가 미소를 머금고 '키쿠소마르를 혼자 보내는 것보다 도데와 같이 가도록 하는 게 낫지 않겠느냐?'고 도데를 편들자 옴마나스도 마지

---

*   심부(深部) : 수레바퀴 가운데에 있는 축을 끼는 곳.

못해 그러라고 하였다.

키쿠소마르와 도데가 나가고 나니 어른 셋만 남았다. 파무체카가 입을 뗐다.

"옴마나스 님! 키쿠소마르의 모친 고향이 이곳 케슈라고 했잖습니까? 그래서 안달을 한 것 같습니다."

"나도 그렇게 생각했어요. 그러나 날도 춥고 지리도 생경할 텐데 되도록 빨리 돌아왔으면 합니다. 그나저나 날씨라도 풀렸으면 좋겠네요."

"이제 삼월이니 차츰 풀리지 않겠습니까."

"그래야겠지요."

시장통이 저만치 보이자 키쿠소마르의 걸음이 빨라졌다. 나귀가 잘 따라오고 있는데도 고삐를 당기는 것을 보곤 도데가 볼멘소리를 했다.

"형! 서두르지 말고 천천히 가. 대장간이 이 근처 아냐?"

"알았어. 다른 볼일이 있어서 그래."

"그 볼일이 뭔데?"

"이따 말해줄게."

대장간에 와보니 수레는 한창 수리 중이었다. 대장장이의 말로는 한두 시간이면 수리가 끝날 거라고 했다. 일찍 온 건 키쿠소마르가 의도한 것이지만 문제는 도데였다. 도데를 데리고 다니기도 그렇고, 여기 두고 자신의 볼일을 보는 것도 내키지 않았다. 그래서 도데의 의사를 확인한 뒤 갈피를 잡을 수밖에.

"도데야! 형이 아까 말한 볼일을 봐야 하는데 나귀와 여기 있을래? 아니면 형하고 같이 갈 거니?"

"형 좋을 대로 해. 잠깐이라면 내가 나귀와 여기서 기다릴게."

"정말 그렇게 할 수 있어?"

"물론이야. 형 볼일을 보러 가는 데 내가 방해가 될 수 없잖아."

기특한 녀석이었다. 도데를 두고 가도 될 성싶었다.

"그럼, 형이 볼일을 보고 올게. 여기 있어."

키쿠소마르가 수레를 수리하고 있는 대장장이에게 다가가 말을 붙였다.

"아저씨! 뭐 좀 물어볼 게 있어요. 여기 사신 지 오래됐어요?"

"왜 그래? 이곳에 산 지는 한 십 년가량 돼."

"예, 제 어머니 고향이 이곳이어서 혹시 제 어머니를 아시나 해서요."

"어머니 성함이 뭐니?"

"붓체네입니다. 고제 붓체네, 나이는 서른일곱여덟쯤이고요."

"고제 붓체네……? 언제 들어본 적이 있는 것 같기도 한데……. 동네 이름을 뭐라고 하셨어?"

"하샤르라고 하신 것 같습니다. 정확한지 모르겠습니다."

"하샤르가 아니고 하샤레겠지. 이 시장이 하샤레야. 물론 동네도 하샤레라고 부르지. 그렇지만 붓체네는 모르겠어. 동네는 맞는 것 같은데……."

"동네가 맞는다면 혹시 제 어머니를 아는 사람이 있지 않을까요? 제겐 중요한 일이라서……."

"그럼, 기다려봐. 내가 알아볼게."

그 말끝에 대장장이가 안으로 들어갔다. 그리고 풀무질을 하고 있던 사람에게 큰 소리로 뭐라고 하더니 그 사람을 데리고 나왔다. 허리가 굽고 수염이 허연 걸 보니 연세가 있어 보였다.

"내 삼촌이야. 이 동네 토박이지. 궁금한 게 있으면 여쭤봐. 귀가 어두워. 크게 말해."

"감사합니다."

키쿠소마르가 삼촌이라는 노인에게 공손히 인사를 했다. 노인이 키쿠소마르의 얼굴을 빤히 들여다봤다. 귀뿐만 아니라 눈도 어두운 것 같았다. 키쿠소마르가 목청을 한껏 돋우었다.

"어르신! 제 어머니가 이 동네에 사셨어요. 성함이 붓체네입니다. 제 외할아버진 이 시장통에서 제화점을 하셨고요. 호라 분이었어요. 아시겠어요?"

노인이 고개를 끄덕였다. 안다는 것 같았다. 그러고서 노인이 띄엄띄엄 말을 꺼냈다.

"붓체네는 생각이 안 나……. 제화점은 지금도 있긴 하지

관용

만……. 오래전에 호라족 사람이 장터에서 가죽신을 팔았어. 수선도 하고……. 아마 그 사람이었을 거야. 나보다 나이가 한참 위야……. 죽은 지 꽤 됐어……. 딸들이 있었는데 큰딸은 소를 키우는 남자와 결혼을 했다고 하였지……. 작은딸은 어떻게 됐는지 몰라……. 빨래터 있는 데서 살았어……."

빨래터란 말에 키쿠소마르는 어머니가 자신에게 들려줬던 옛 얘기들이 선연히 떠올랐다. 더 지체할 필요가 없었다.

"빨래터가 어딘데요?"

대장장이가 나서서 대답했다.

"여기서 가까워. 하지만 빨래터는 예전이고 지금은 우물이야. 대장간 우측에 있는 골목을 가다 보면 보일 거야."

"잘 알았습니다. 도데야! 형, 갔다 올게."

키쿠소마르는 나귀의 고삐를 쥔 채 자리 지킴을 하는 도데에게 한마디 던지곤 대장간 모퉁이로 사라졌다.

키쿠소마르의 머릿속은 어머니에 대한 기억으로 가득했다. 그 기억은 어머니의 추억담이자 키쿠소마르 자신의 회상이기도 하였다.

'애야, 네 외할아버지는 신발과 가방 만드는 일을 하셨단다…….' '사마르칸트에서 그 기술을 배우셨고……. 케슈에 오셔서 시장통에 신발 가게를 여셨지……. 그때 같은 호라족 외할머니를 만나 결혼을 하셨고…….' '안타깝게도 네 외할머니는 우리 자매를 놔두고 병으로 세상을 뜨셨어.' '……네 이모인 언니는 나와 세 살 터울인데 내게 어머니처럼 굴었지……. 언니가 너무 보고 싶네…….' '……동네에 석류나무가 심어진 빨래터가 있는데 늦봄이면 주황의 꽃이 피어 참으로 볼 만했지.' '여름날, 물길을 따라 늘어선 버들이 바람에 은빛 잎새를 일렁이면 한낮 더위도 저만치야…….' '동네 친구들과 물장구치고 술래잡기를 하던 그 시절이 참으로 그리워…….'

예전 빨래터인 우물은 쉽게 찾을 수 있었다. 집이 몇 채뿐인 골목 언저리에 낮게 쌓은 축담과 뒤편의 나무들 때문이었다. 계단을 통해 우물로 내려갔다. 우물은 뚜껑이 없고 둥글게 턱만 두른 형태였다. 우물을 들여다보니 물이 고여 있지 않고 어디론가 흘러가고 있었다. 수원이 땅 밑을 흐르는 카레즈*라는 의미였다. 물에서 보일 듯 말 듯한 김이 피어올랐다. 키쿠소마르가 손으로 떠서 입으로 가져갔다. 물은 차갑고도 깨끗한 맛이었다. 문득, 어머니도 이 물을 먹었다는 생각에 가슴이 미어졌다. 고개를 들어 하늘을 봤다. 생전의 어머니 모습이 저 먼 푸른 공간에 아련히 그려졌다.

---

*   카레즈(Karez) : 지하 수로.

          관용

나무들 사이에 흰 꽃을 피운 난초처럼 생긴 풀이 있어 눈길이 갔다. 끝내 손을 뻗쳐 줄기째 꺾었다. 그 바람에 나뭇가지에 앉았던 새가 푸드덕 날갯짓하며 날아갔다. 어떤 여인네가 딸인 듯한 아이와 함께 우물 입구에 서 있는 걸 그제야 알았다. 항아리를 들고 있어 물을 길으러 왔으리라. 키쿠소마르는 말을 붙이려다 관두었다.

우물을 나와 옆길로 해서 낮은 언덕을 올랐다. 곧 키가 큰 나무들과 누런 황토의 집들로 이루어진 마을이 한눈에 들어왔다. 마을은 과히 멀지 않았고 키 큰 나무들이 언덕과 마을 사이를 잇듯 줄지어 있었다. 어머니가 말한 버드나무 같았다. 그렇지만 물길(수로)은 보이지 않았다. 생각건대, 물길을 복개(覆蓋)한 것으로 짐작했다. 버드나무들이 가지를 드러내고 있어도 꿋꿋한 게 증거였다.

키쿠소마르는 앞에 펼쳐진 풍경을 모두 눈에 담기라도 하듯 언덕에서 한참을 버드나무와 마을을 바라봤다. 어머니에 대한 그리움이 간절하리만치 사무쳤다. 마음 같아선 어머니의 자취가 깃든 이곳에 살고 싶었다. 하지만 그럴 형편이 안 된다는 것을 알기에 그리움의 감정을 못내 억제했다. 그리고 도데가 기다릴 거로 생각하며 발길을 돌렸다.

대장간에 오니 도데는 보이지 않고 뜻밖에도 파무체카와 나메가 와 있었다. 키쿠소마르가 미안쩍어하자 파무체카가 다가와 말없이 등을 토닥였다. 나메가 키쿠소마르의 손에 있는 꽃을 보더니 '봄의 전령사인 보이체착(설강화)'인데 '복과 건강을 가져다 주는 꽃'이라면서 환하게 웃었다.

케슈에서 이틀을 더 묵은 뒤 옴마나스 일행은 사마르칸트(마라칸다)로 출발했다. 사마르칸트까진 7, 8일 거리였다. 늘 그렇듯 파무체카가 앞장섰다. 나귀가 끄는 수레가 다음이었고 키쿠소마르와 도데가 번갈아 나귀를 몰며 뒤를 따랐다. 옴마나스가 맨 후미였다. 일행이 말이나 낙타에 의존해 갈지라도 길이 평탄치 않거나 오르막과 내리막이 계속되면 말과 낙타에서 내려 걸었다. 숫제 사람이 수레를 끌 때도 있었다. 어린 도데나 여성인 나메도 예외가 아니었다. 그 점에 대해 옴마나스는 항상 마음이 짠했다. 그렇다고 내색할 수는 없었다. 일행을 이끄는 자의 고뇌라고 할까.

해가 산등성이에 걸린 늦은 오후, 입구에 큼직한 노둣돌이 놓인 객잔이 목격되었다. 케슈를 떠난 이래 연이어 보는 객잔이다. 길은 좁고 험해도 객잔이 드물지 않다는 게 좋은 일이었다. 객잔은 상인이나 길손에게 음식과 쉼터를 제공하는 이상으로 안전의 의미를 지니고 있었다. 산골짜기의 길을 가노라면 신변의 안위를 도외시할 수 없었다. 언제 나타날지 모르는 도적 떼 때문이다. 도적 떼는 적게는 서너 명, 많게는 10여 명 이상이어서 사실상 대처할 방법이 없었다. 불행히도 도적 떼의 습격을 받을지라도 재물만 빼앗기고 목숨은 잃지 않기만을 바라야 했다. 신의 보살핌인지 옴마나스 일행은 발흐를 떠나 지금에 이르기까지 도적 떼를 만나지 않았다.

파무체카가 말을 멈추고 옴마나스를 돌아봤다. '객잔에 들르겠냐'고 묻는 것이었다. 옴마나스가 그러겠다고 손을 치켜들었다. 그렇지 않으면 손을 저었을 것이다. 파무체카의 말이 객잔으로 향했다.

외진 곳에 있는 객잔은 대체로 술과 음식을 파는 것 이외에 숙소를 겸하고 있었다. 옴마나스 일행이 객잔에 찾아들자 소년티가 나는 점원이 나와 맞았다. 점원이 일행을 마구간으로 안내했다. 마구간은 객잔 뒤에 있었다. 비록 나뭇가지로 지붕과 벽을 얼기설기 엮어 만든 마구간이지만 여정의 동반자인 말과 낙타들이 그나마 밤 추위를 피할 수 있어서 좋았다. 마구간에는 이미 선객들이 들여놓은 말과 낙타들이 10여 마리 있었다.

객잔 안은 훈훈했다. 식욕을 돋우는 음식 냄새가 진하게 풍겼다. 화롯불 곁에서 술과 음식을 먹던 몇몇 남자가 일행을 쳐다봤다. 그러나 예사로운지 시선을 거두고 자신들의 음식에 눈을 돌렸다. 술기 탓일까 음식을 먹다 간혹 큰소리가 났다. 그 소리에 옴마나스와 파무체카가 서로 쳐다보며 미소를 지었다. 그들이 소그드 말이 아닌 페르가나 말을 하는 까닭에서였다. 페르가나는 소그드는 물론, 아게스 밀과도 인접한 국가(연합체)이고, 옴마나스와 파무체카가 오래전 머문 적이 있는 곳이기도 했다. 그런 연유로 둘은 미소를 지었고 잠깐이나마 그때를 떠올렸다.

얼마 후 주문한 음식이 나왔다. 국물이 걸쭉한 슈르빠*와 빵, 그리고 팔로브**였다. 음식은 양이 넉넉했다. 맛도 그런대로 괜찮았다.

객잔에서 일박 후 일행은 다시금 길을 떠났다. 하루가 다르게 추위가 누그러지는 것을 피부로 느꼈다. 그러나 날씨는 아직 겨울이었다.

케슈를 떠난 지 엿새가 되는 날, 아침나절인데도 오가는 대상 행렬이 잇따랐다. 사마르칸트에 가까워졌다는 증거였다. 아닌 게 아니라 능선 너머로 멀리의 도시 모습이 가끔 보이기도 하였다. 오늘 중에 사마르칸트에 닿을 수 있을 것 같았다.

산의 도랫굽이를 지나자 계곡을 막고 선 높고 견고한 요새가 눈에 들어왔다. 소그드에 들어온 이래 소초는 몇 번 봤어도 군대가 주둔함 직한 이런 요새는 처음이었다. 길은 요새로 이어져 있었다. 요새 아래에 관문이 있는 까닭이다. 대상들이 바로 통과하는 거로 봐선 검문이나 검색을 지레 불안해할 일은 아닌 듯싶었

---

* 슈르빠(shurpa) : 고기와 야채를 넣고 푹 끓인 요리.

** 팔로브(palov) : 닭고기와 채소 등을 다져 만든 볶음밥의 일종.

다. 예상대로 관문에 여러 명의 병사가 있었지만, 그 누구도 일행을 제지하지 않았다. 언필칭 요새는 삼엄해도 관문을 지키는 병사들은 호의적이고 선량한 것 같아 왠지 덕을 본 느낌이었다.

좋은 건 그게 끝이 아니었다. 관문을 통과하자 홀연 장엄하기조차한 눈의 산맥과 그 아래 분지가 눈앞에 펼쳐졌다. 분지는 아스라할 정도로 넓었고 크고 작은 집과 건물들이 분지에 터를 잡아 도시를 이루고 있었다. 소그드국의 중심 도시인 사마르칸트였다. 모두는 걸음을 멈추고서 환한 햇살에 둘러싸인 사마르칸트를 바라봤다. 아직도 먼 여정이지만 그동안의 고생을 잊게 하는 푸근한 정경이 아닐 수 없었다.

산자락 완사 길에 무슨 일인지 낙타들이 가지 않고 서 있었다. 등에 짐이 실려 있어 사마르칸트로 가는 대상의 낙타들로 추측되지만 길을 가지 않는 이유가 궁금했다. 저 앞쪽에 여러 사람이 모여 있는 것을 목도하고서야 궁금증이 풀렸다. 사람들은 웅성거리는 듯했고 다급한 목소리도 흘러나왔다. 가서 보니 사람들이 모여 있는 이유를 알 수 있었다. 동료인 듯한 한 사람이 길섶에 쓰러져 있기 때문이었다. 예사롭지 않았다. 그런 가운데 사람들이 쓰러진 사람의 팔과 다리를 주무르는 등 일어나기를 바랐다. 하지만 쓰러진 사람은 의식이 없는지 별 반응이 없었다.

옴마나스는 모른 척 지나칠 수 없었다. 자신이 병을 치료하는 의원이 아닌가. 사람들에게 다가가 말을 붙였다.

"어떻게 된 일입니까? 상태를 한번 살펴봐도 되겠습니까?"

사람들이 옴마나스를 흘긋 쳐다봤다. 달갑지 않으니 참견하지 말라는 표정들이 역력했다. 그중에 양털로 만든 전립을 쓴 중년인이 퉁명스럽긴 해도 대꾸를 했다.

"우리 일이니 그만 가시오! 신경 쓰지 말고……."

옴마나스가 엷게 미소를 지었다.

"나는 의원올시다. 가라면 가겠으나 얼굴이 창백한 걸 봐선 기혈이 순환되지 않거나 심장의 문제일 수 있습니다. 그래서 상태를 살피겠다는 것이외다."

그제야 사람들의 표정과 태도가 달라졌다. 중년인도 뭔가 느끼는 게 있는지 조금 전과는 딴판으로 굴었다.

"제가 의원님인 줄 알았다면 어찌 마다했겠습니까? 언짢게 여기지 마시고 상태를 잘 살펴봐주십시오."

"좋습니다. 이 사람이 왜 이 지경입니까?"

중년의 사람은 걱정이 큰지 한숨부터 쉬었다. 그러고서 연유를 얘기했다.

"예, 가슴이 답답하고 숨쉬기가 힘들다면서 주저앉더니 끝내 쓰러지는 것이 아니겠습니까? 평소 아무 탈이 없었는데 졸지에 이리 되니 황망하기 짝이 없습니다."

"그래요? 그럼, 어디 한 번 볼까요."

옴마나스가 환자 곁으로 가자 둘러선 사람들이 주춤주춤 물러섰다. 환자는 젊은 남자였다. 옴마나스가 환자의 숨결을 확인하기 위해 환자의 코에 손목을 갖다 댔다. 미약하나마 숨결이 느껴졌다. 그사이 나메가 약상자를 갖고 왔다. 옴마나스가 환자의 상태를 좀 더 확인하기 위해 중년인에게 환자의 윗옷을 풀어헤칠 것을 시켰다. 환자의 가슴팍이 드러나자 옴마나스가 가슴팍을 몇 차례 눌러보곤 가슴에 손을 얹었다. 그리고 심장의 움직임을 살폈다. 심장이 뛰는 걸 알 수 있으나 빈도가 불규칙했다. 이대로 두면 죽을 가능성이 농후했다. 환자는 여전히 반쯤 의식을 잃은 상태였다.

옴마나스가 중년인의 도움을 받아 환자의 등을 무릎으로 받쳐 올렸다. 자연 몸이 활처럼 휘어졌다. 환자의 호흡을 원활히 하기 위함이었다. 잠시 후 환자가 헉! 하고 소리를 냈다. 옴마나스는 그 상태에서 다시금 환자의 가슴에 손을 얹었다. 아까보다는 심장 박동 상태가 다소 나아진 것 같았다. 옴마나스가 환자의 상체를 일으켜 세웠다. 그때 환자가 눈을 뜨더니 크게 숨을 몰아쉬었다. 사람들 사이에 와!! 하는 짧은 탄성이 터졌다. 사람들의 탄성은 동료가 깨어나 기쁘다는 반응일 테지만 옴마나스에 대한 찬사라고 해도 과언이 아니었다.

옴마나스가 중년인더러 환자를 부축하도록 한 뒤 약상자를 열었다. 그리고 환으로 빚은 약을 꺼냈다. 사향과 장뇌*가 주성분인 고가의 약이었다. 이제 환자가 의식을 되찾은 듯 보였지만 스스로 몸을 가눌 정도는 아니었다. 그래서 중년인에게 약을 건네며 "물을 적게 해 약을 풀어 마시게 하세요"라고 시켰다. 당부도 잊지 않았다.

"환자가 의식을 찾았다고 해서 병이 나은 게 아닙니다. 귀가하면 무리한 일을 삼가고 술과 고기를 멀리해야 합니다. 무엇보다도 의원에 가서 병을 진단받고 그에 따른 약제를 꾸준히 복용해야 한다는 것이외다."

"예, 의원님의 말씀을 잘 숙지하겠습니다. 의원님이 아니었다면 전주(錢主) 어른을 어떻게 뵐지 지금 생각해도 눈앞이 캄캄합니다. 정말 감사합니다."

"이제 걱정하지 않으셔도 됩니다. 그럼, 이만……."

옴마나스가 돌아섰다. 중년인이 황급히 앞을 막았다.

"사례해야 하는데 어찌 그냥 가려고 하십니까?"

"사례는 무슨 사례, 당연한 일을 했을 뿐이오."

"그렇지 않습니다. 진료비와 약 값을 드리겠으니 잠시만 기다려주십시오."

"허어! 이러지 마십시오. 혹여 사마르칸트에서 나를 보게 되

---

* 　장뇌(長腦) : 인위적으로 씨를 뿌려서 기른 산삼.

면 차나 한잔 사 주시오."

"정말 그렇게 해도 됩니까?"

"……"

중년인은 더 이상 옴마나스를 잡지 않았다. 옴마나스는 마음이 홀가분했다. 환자가 의식을 회복한 게 다행이기 때문이었다. 그게 사례였다.

일행이 기다렸다가 옴마나스를 반겼다. 그때 옴마나스는 자신의 말 등에 홍, 백, 흑, 삼색의 기가 꽂혀 있는 것을 봤다. 분명 파무체카 소행일 테지만 노여워할 일은 아니었다. 깃발로 말미암아 옴마나스는 야르칸드와 페샤와르 등지를 유랑하던 때가 떠올라 잠시 감회에 젖었다.

일행은 해 질 녘에 사마르칸트에 도착했다. 사마르칸트가 발흐 못잖게 큰 도시라는 것을 익히 들었어도 이렇듯 발전되고 번영을 누릴 줄은 몰랐다. 외형적이긴 해도 반듯한 건물들과 박석(薄石)*이 깔린 넓은 길, 잘 정비된 시가지와 규모 있는 상가들, 깨끗한 옷차림으로 거리를 오가는 사람들에게서 그러한 느낌을 불러일으켰다. 특이한 광경을 목격했다. 행인과 말, 수레가 다니는 거리에 검은 문양이 든 회색 번(천)으로 몸을 감싼 10여 명의

---

* 박석(薄石) : 편평하고 번듯한 돌.

사람들이 줄을 지어 가는 것이었다. 필시 사마르칸트 어느 사찰에 주거하는 알란족* 승려들일 테지만 이 도시가 그만큼 안정되고 자유롭다는 의미로 받아들여졌다.

옴마나스 일행은 시내 초입에 있는 한 객잔을 숙소로 정했다. 도시 중심에서 떨어져 있어도 변두리 같진 않았다. 객잔은 삼 층 구조에 식당과 마구간까지 갖추고 있었다. 편의성과 청결 면에 있어서 이제껏 묵은 숙소 중 가장 나았다. 방을 두 개로 잡았다. 이 층 방을 원했으나 남은 방이 이 층에 하나뿐이어서 부득이 방 하나는 아래층 방을 얻을 수밖에 없었다. 객잔 주인이 이 층 방이 비면 우선으로 주겠다고 하나 일행들은 달갑지 않았다. 당분간 묵을 예정이어서 그 말이 귀에 와닿을 리 만무했다.

이 층 방은 옴마나스와 파무체카, 키쿠소마르가 사용하고 아래층 방은 나메가 도데와 함께 쓰게 되었다. 둘의 방은 세면 시설이 돼 있고 크기도 적당하나 식당과 붙어 있어 손님들이 떠드는 소리가 들렸다. 일행은 식사 후 일찍 잠자리에 들었다.

날이 밝았다. 옴마나스가 아래층에 내려가봤다. 나메와 도데의 방 앞에서 잠시 기척을 살폈다. 둘은 여태껏 자고 있는지 아무런 기척이 없었다. 방문을 두드리고서 문을 조금 열었다. 나메는 보이지 않고 도데만 자고 있었다. '나메가 어디로 갔을까? 마

---

* 알란족(Alans): 중앙아시아 북부 등지에 살던 이란계 유목민족.

구간에 갔나?' 옴마나스는 방문을 닫고 마구간으로 걸음했다. 생각대로였다. 나메가 그곳에 있었다. 나메가 옴마나스를 보곤 엷게 미소를 지었다.

"방에 갔더니 자네가 보이지 않아 와봤어. 잠자리는 불편하지 않았나?"

"불편하지 않았습니다. 잘 잤습니다."

따스한 온기 같은 밝은 햇살이 나메의 얼굴을 비췄다. 그 때문일까. 나메의 얼굴이 평소와 달리 맑고 예쁘게 느껴졌다. 옴마나스는 새삼스러운 감정에 지레 쑥스러워졌다. 뭐라고 말을 해야 하는데 말이 쉽게 나오지 않았다. 마침 파무체카 이쪽으로 걸어 왔다. 그도 나메처럼 말과 낙타, 나귀를 살피기 위해서일 것이다. 옴마나스는 곧 자신의 감정을 다스렸다.

"불편하지 않았다니 다행이군."

옴마나스는 파무체카를 기다렸다가 셋이 마구간에 들어갔다. 길동무들은 별 이상이 없어 보였다.

오후에 옴마나스와 파무체카는 나귀를 끌고 시장을 찾았다. 장터는 몇 군데 있으나 시장은 단 한 곳, 시내 한복판에 있었다. 시장도 사마르칸트에 걸맞게 컸다. 하기야 전국 곳곳은 물론 여러 나라의 각종 산물이 모이는 곳이어서 당연히 그럴 터이나, 사방 눈가는 데가 모두 가게이고 음식점이어서 그 범위를 어림하기가 어려웠다. 단지 겨울철이라서 시장을 찾은 사람들이 많지 않았고 문을 연 가게와 음식점도 띄엄띄엄해 한산한 편이었다.

두 사람이 시장에 온 건, 물을 저장할 수 있는 여분의 수낭을 사기 위함이었다. 그러나 가게를 쭉 들렀으나 수낭을 살 수 없었다. 어쨌든 사마르칸트를 떠나기 전에 한 번 더 시장에 와야 하므로 마냥 찾아다닐 일은 아니었다. 시장에 간 김에 마침 문을 연 약재상이 있어 필요 약재를 얼마간 샀다. 또 빵 가게에서 타래과*를, 식품을 파는 곳에서 염소젖으로 만든 버터도 샀다.

객잔에 오니 뜻밖에도 기다리는 사람이 있었다. 어제 산자락에서 봤던 예의 중년인이었다. 그는 상전인 전주의 심부름을 왔다고 하였다. 그의 용건은 간명했다. 전주가 '위급한 사람을 치료해준 보답으로 옴마나스 일행을 저녁 식사에 초대하고 싶다'라는 거였다. 덧붙여 '옴마나스가 치료한 사람은 전주의 아들'이라고 했다. 옴마나스는 적이 당혹했다. 갑작스러워 생각할 여지가 없기 때문이었다. 파무체카를 넌지시 쳐다봤다. 그도 내키지 않은지 별 반응이 없었다. 옴마나스는 그래서 '초대는 고마우나 생각해보겠노라'라고 거절 의사를 표명했다. 그러나 중년인

---

* 타래과(매작과) : 밀가루를 꿀로 반죽해 얇게 펴 기름에 지진 과자의 일종.

은 단념치 않았다. 매달리다시피 하며 옴마나스의 승낙을 얻고 자 했다. 간곡한 그의 태도에 옴마나스도 마음이 흔들렸다.

"전주님이 외부인을 저녁 식사에 초대하는 건 흔치 않은 일입 니다. 그만큼 큰 은혜를 입었다고 여기기 때문입니다. 전주님의 저택은 여기서 가깝습니다. 잠시 짬을 내신다고 생각하셔서 초 대에 응해주시기 바랍니다."

이번에 파무체카가 옴마나스를 되쳐다봤다. '이쯤 하면 초대 에 응해도 괜찮지 않으냐'는 뜻으로 이해됐다. 옴마나스가 결정 을 내렸다.

"그대를 봐서 초대를 받아들이겠습니다. 시간은 언제입니까?"

중년인의 얼굴이 단박 펴졌다.

"숙소에 계시면 해 질 녘에 제가 모시러 오겠습니다."

"그렇게 알겠습니다."

파무체카가 중년인에게 한마디 했다.

"우리가 이 객잔에 묵는 걸 어떻게 아셨소?"

중년인이 좋은 낯빛으로 대답했다.

"제가 동료를 시켜 의원님 일행이 어디에 묵는지를 살피게 하 였습니다. 은혜를 입었는데 보답하지 않으면 그게 어디 사람입 니까?"

"그렇군요."

저녁 무렵, 푸른색의 한 덮개 마차가 객잔 앞에 멈춰 섰다. 마부는 연해 그 중년인이었다. 미리 대기하고 있던 옴마나스와 파무체카가 밖으로 나왔다. 중년인이 반겨 맞았다.

"이 마차로 모시겠습니다. 그런데 왜 다른 분들은 보이지 않습니까?"

"사정이 있어 우리 둘만 가기로 했습니다."

"그렇습니까? 소인은 의원님 일행 모두를 모셔오라는 분부를 받았는데……. 전주님이 책망하실까 염려됩니다."

"그 점은 염려하지 마세요. 내가 잘 말씀드릴 테니……."

옴마나스와 파무체카가 마차에 오르자 마차가 출발했다. 마차는 느릴 만치 천천히 달렸다. 방향은 동북간이었다. 그 속도로 얼마를 갔을까 마차는 시가를 벗어나 사잇길로 접어들었다. 차츰 정원을 낀 크고 번듯한 집들이 눈에 띄었다. 일대가 부자들이 사는 동네로 짐작되었다.

두 그루의 우뚝 솟은 나무가 대문 기둥처럼 좌우에 배치된 어느 저택에 이르러 마차가 섰다. 전주의 저택인 모양이다. 기다렸다는 듯 대문이 활짝 열렸다. 한 남자가 모습을 내밀었다가 안쪽으로 총총 사라졌다. 마차가 열린 대문 안으로 들어갔다.

마부가 내리자 옴마나스와 파무체카도 뒤따라 내렸다. 날이 어둑했지만 마당은 군데군데 불을 밝혀 환했다. 저택의 창들에도 불빛이 어려 있었다.

중년인이 한걸음 앞서서 두 사람을 인도했다. 자신들이 타고 온 마차 외에 다른 두 대의 마차가 마당 한편에 나란히 주차해 있었다. 그런데도 마당이 널찍했다. 집은 이 층 구조로 보이나 윤곽만으로는 크기나 형태가 가늠이 안 되었다. 조금은 고즈넉하게 느껴지는 가운데 저택 뒤, 어딘가에 마구간이 있는지 말 울음소리가 그쪽에서 간헐적으로 들려왔다.

몇 사람이 현관 앞에 나와 있다가 옴마나스와 파무체카를 응접해주었다. 개중에 아는 척하는 이가 있어 얼굴을 살폈으나 생소했다. 아마 산녘에서 자신들을 봤을 거라는 생각이 들었다. 응접 나온 사람들을 따라 현관으로 들어갔다. 그런데 안쪽이 의당 실내이려니 했으나 그게 아니었다. 현관이 통로이고 안쪽은 뜰이었다. 즉 집 가운데에 정원이 있는 셈이었다. 규모는 알 수 없으나 집 내에 별도의 정원을 꾸밀 정도라면 저택이라기보다 왕족이 사는 궁과 다름없었다. 그리고 전주가 이런 저택의 소유자라면 재력도 상당하리라는 것을 능히 알 수 있는 일이었다.

뜰을 지나 안내된 곳은 탁자와 보료가 놓인 방이었다. 접빈실인지 거실인지 알 순 없으나 방이 자못 호사스러웠다. 바닥 전체에 두터운 융단을 깔았고, 탁자와 보료도 고급스러웠다. 방 한쪽을 차지한 큼직한 청동 난로와, 벽에 마주 걸린 등잔마저도 달과 별을 조합한 특이한 모양새만큼이나 예사로운 물건들 같지 않았다. 그러나 더욱 돋보이는 건 벽과 천장을 치장한 푸른색이었다.

짐작이 맞다면 푸른색 칠감은 청금석*일 터이다. 청금석은 값비싼 보석과 진배없어서 궁전이나 신전에서나 사용하리만치 귀한 것이기에 눈길이 자연 유심할 수밖에 없었다.

때맞춰 반대편 문을 통해 연청색 비단옷을 입은 두 사람이 방에 들어왔다. 허우대가 부골스런 사람과 상대적으로 체구가 작고 병약해 보이는 노인인바, 방 안의 사람들이 그들을 보더니 일제히 머리를 조아렸다. 필시 전주이거나 상전에 해당하는 인물들일 테지만 옴마나스와 파무체카도 손님의 입장에서 인사를 차렸다. 두 인물도 똑같이 상응의 예를 표했다. 서로 인사를 나누는 중에 중년인을 제외한 사람들이 조용히 방을 나갔다.

부골스런 사람이 집주인이자 전주인 줄 알았는데 전주는 실상 왜소한 노인이었다. '우소데바'라는 이름의 전주 노인은 부골스런 사람을 자신의 처남이라고 소개했다. 그의 이름은 '사르토파우'이고 나이는 사십 전후로 보였다.

전주 노인의 처남 사르토파우가 옴마나스와 파무체카에게 자리를 권했다. 얼굴에 웃음을 띠고 친절히 굴어도 체통에 걸맞지 않게 다소 경망함이 엿보이는 인물이었다. 나대는 거동과 헤픈 웃음이 그런 인상을 갖게 했다. 모두 자리에 앉자 병약하게 보이

---

* 청금석(靑金石) : 아프가니스탄 바다흐산에서 산출되는 푸른색 광석(보석).

관용

는 노인이 입을 열었다. 목소리가 의외로 또렷했다.

"두 분께서 이렇듯 저의 초대에 응해주셔서 감사합니다. 의원님 덕분에 지금 제 자식이 살아 있습니다. 그 보답을 어떻게 해야 할지 참으로 큰 은혜를 입었습니다. 혹시 저에게 바라는 게 있다면 기탄없이 말씀해주시면 그것을 받들까 합니다."

옴마나스가 응답했다.

"저희에겐 송구한 말씀입니다. 저희는 당연히 해야 할 일을 한 것뿐입니다. 그리고 초대가 곧 보답이니 이걸로 충분합니다."

"겸손이 지나치십니다. 저는 보답을 해야 마음이 편합니다. 무엇이든지 말씀하십시오."

옴마나스는 곤혹스러웠다. 자신은 아무것도 원치 않는데 전주 노인은 굳이 보답하겠다니 대처가 여의찮을 수밖에 없었다. 게다가 전주 노인의 하는 양을 봐선 자기 뜻을 거둘 것 같지도 않았다. 그때 옴마나스는 불현듯 시장에서 구하지 못한 수낭에 생각이 미쳤다. 그리고 수낭 정도라면 무례한 부탁은 아닐 거라는 판단이 들었다.

"정 그러시면 저희가 돌아갈 때 수낭이라도 하나 주시면 감사히 받겠습니다."

그 말에 전주 노인을 포함한 상대방 사람들이 허! 허! 하고 웃었다. 그 웃음은 '바라는 게 고작 수낭이냐'는 어처구니없다는 의미일 수 있었다.

"수낭은 저희한테 얼마쯤 있습니다. 하나만 달라고 하시니 정녕 믿기지 않습니다. 수낭 외에 금전이나 다른 것도 드릴 수 있습니다."

잠자코 있던 파무체카가 옴마나스를 거들었다.

"의원님은 곤경에 빠진 사람을 대가 없이 진료한 적이 한두 번이 아닙니다. 이번 경우도 그런 것 같습니다. 전주님께서도 그렇게 여기시고 수낭 정도로 마무리했으면 좋겠습니다."

"그렇습니다. 제 동행인이 말대로 저는 애초에 대가를 바라고 자제분을 진료한 게 아닙니다. 그러니 제 마음을 헤아려주셨으면 합니다."

그제야 전주가 자기 뜻을 거둘 기미를 보였다.

"의원님의 생각이 정 그러시니 제가 더 고집하면 결례가 될 것 같습니다."

그때 전주 노인의 말이 끝나자마자 처남인 사르토파우가 성급히 끼어들었다.

"매형께서 두 분을 초대해 융숭히 대접하고 진료의 대가도 후히 지불하시려고 했는데, 두 분이 내켜 하지 않으니 저 역시 섭섭합니다. 돌아가실 때 수낭만은 꼭 챙겨드리겠습니다."

처남이라는 사람이 무슨 의도에서 한 말인지 몰라도 듣기에 따라서 가살로울 수도 있었다. 그렇지만 옴마나스는 별 내색 없이 가벼이 응대했다.

관용

"말씀만으로도 감사합니다."

중년인이 전주의 눈치를 살피며 공손한 어조로 몇 마디 했다. 식사에 관한 얘기인 것 같았다. 전주가 고개를 끄덕이자 중년인이 자리를 떴다. 잠시 후 안쪽과 면한 문이 열리며 여성들이 순차적으로 음식을 날라와 탁자 위에 차렸다. 음식은 종류가 다양하나 대부분 육류로 된 것들이었다. 또 술과 다과가 별도로 나왔는데 차는 향보다 단맛이 강해 음료라고 하는 편이 적절했다. 옴마나스와 파무체카는 술을 거의 입에 대지 않았다. 술은 사르토파우와 중년인이 주로 마셨다. 이채로운 건 잔과 음식을 담은 그릇들이었다. 가볍기도 하려니와 온통 검은빛이어서 호기심을 보이자, 전주 노인이 '동쪽의 먼 대국(중국)에서 들여온 칠기*'라고 알려주었다. 그리고 덧붙여서 '이 칠기는 왕족과 재상** 등 극소수만 사용하는 것'이라며 은근히 자랑했다.

식사 중에 다시금 안쪽 문이 열렸다. 속이 비치는 얇은 천으로 몸을 감싼 고혹한 자태의 여성들의 등장이었다. 그녀들은 각기 카필 하프와 비파를 갖고 있어 한눈에 봐도 악기를 다루고 가무를 하는 기녀들임을 알 수 있었다. 그들은 전주 노인을 향해 절을 하고선 창 쪽에 자리를 잡았다. 방에 들어와 자리를 잡기까지의 행동들이 너무나 자연스러워 마치 일상적 행위처럼 비쳤

---

*   칠기(漆器) : 중국에서 생산되는 옻칠을 한 목기.

**   재상(宰相) : 사마르칸트를 통치하는 삼부 대신.

다. 곧 가볍고 명랑한 음률이 방에 울려 퍼졌다. 옴마나스는 전주 노인이 성찬도 모자라 기녀까지 동원해 자신들을 대접하는 것에 대해 성의가 과하다는 생각이 들었다. 하지만 언급할 일은 아니었다. 그나마 전주 노인이 옴마나스의 성품이 곧고 점잖은 것을 알고선 가무로 이어지지 않고 탄주로 끝났다.

기녀들이 물러간 뒤 술잔에 손길이 잦던 사르토파우가 취기가 올랐는지 말이 많아졌다. 자기네의 일과 연관된 얘기이나 그릇 자랑 이상이었다. '동서남북 여러 나라의 물건들을 사들여 중계하는데 그 규모가 사마르칸트에서 세 손가락 안에 들 정도이고……' 그러다 '이 나라의 삼부 대신이 자신들의 뒷배……'라는 취언까지 일삼아 전주마저 눈살을 찌푸렸다. 보다 못한 중년인이 사르토파우를 부축하다시피 해서 데리고 나갔다.

전주 노인이 못내 미안쩍어했다.

"제 처남이 본래 술을 즐기지 않는데 오늘따라 과음한 것 같습니다. 대신 사과드립니다."

"별말씀을 다 하십니다. 저희는 전혀 마음에 두고 있지 않습니다."

"감사합니다. 사실 제가 중계무역을 하면서 매사 정의롭고 공정하게 일을 처리하려고 노력은 합니다만 장사꾼이라 그렇지 않을 때도 가끔 있습니다."

관용

조금 전, 처남인 사르토파우가 '삼부 대신이 자신들의 뒷배'라고 한 취언이 마음에 켱겨서 하는 말인 것 같았다. 파무체카가 전주 노인의 의중을 알아채고 분위기를 전환하기 위해 서둘러 물었다.

"전주님께서 중계무역을 크게 하시는 거로 알고 있는데 어떤 품목을 취급하시는지요?"

"예, 윗대부터 해온 일이어서 그런 소문이 났나 봅니다. 취급하는 물품이나 물건은 여러 가지이고 대부분 이국(異國)의 것들이지요. 한나라(中國)의 비단, 칠기 등과 남쪽 나라에서 나는 청금석과 정향, 아위 같은 향신료 외에, 서쪽 파르티아(페르시아)의 직물과 장신구, 유향 등이라고 할 수 있습니다. 간혹 장뇌와 사향 같은 약재도 취급합니다만 주문이 있을 시에 매입하니 드문 편이라고 하겠지요."

"자제분 근황이 궁금합니다. 건강 상태는 어떠신지요?"

옴마나스의 말에 전주 노인의 안색에 순간 그늘이 졌다. 그리고 대답에 앞서 가는 한숨부터 쉬었다. 입을 열었어도 울적함이 배어 있었다.

"부하라에 업무차 가고 없습니다. 집에서 정양하라고 엄명을 했는데도 끝내 제 고집대로입니다. 의원에서 진료도 받고 약도 복용하는 중이고 부하라로 갈 때도 의원을 붙이긴 했으나 영 마음이 놓이지 않습니다. 독자라서 애가 탑니다."

"의원이 동행했다면 크게 심려할 일은 아닌 듯합니다."

"그래도 의원님 같은 명의만 하겠습니까? 아까 처남을 데리고 나간 살보*에게도 얘기를 했습니다만, 의원님 같은 명의만 곁에 계신다면 무슨 걱정이겠습니까. 그래서 말이 나온 김에 청을 드릴까 합니다만……."

말끝을 흐린 전주 노인이 옴마나스와 파무체카를 번갈아 보고 나서 말을 이었다. 청이란 말에 두 사람도 자세를 고쳐 앉았다.

"염치없지만 의원님께서 이곳에서 개업해주십사 하는 말씀을 드립니다. 그렇게 해주신다면 제가 관내에서 가장 큰 의원(醫院)을 그냥 지어드리고 운영비도 넉넉히 지원해드리겠습니다. 허투루 하는 말이 절대 아닙니다."

옴마나스는 전주가 자신들을 초대해 성찬을 베풀고 기녀까지 동원한 이유가 자신들을 이곳 사마르칸트에 머물게 하려는 의도였음을 절로 알게 되었다. 한마디로 어림없는 일이었다. 설령 아게스 밀로 가야 하는 목적이 없다 해도 전주가 자기 아들을 위해 의원을 열어달라는 것은 선의일 수 없기 때문이었다.

"한낱 이름 없는 의원에 불과한 저를 높이 평가해주시니 감사할 따름입니다. 하지만 사마르칸트가 도성일진대 저희보다 의술

---

* 살보(薩寶) : 대상(隊商)을 이끄는 우두머리.

관용

이 뛰어난 의원이 많지 않겠습니까? 그러니 훌륭한 의원을 찾아 병을 돌보게 한다면 자제분의 건강이 유지될 것입니다."

그때쯤 전주 노인이 살보라고 지칭한 중년인이 자리로 돌아왔다. 그는 옆방에서 대화를 엿들었는지 전주 노인의 노심초사를 빌미로 좀 더 구체적인 조건을 제시했다.

"사실 저희 전주님이 자제분 걱정에 주무시지 못하고 연일 뜬 눈으로 밤을 새우다시피 하고 있습니다. 오죽하면 '아들의 병을 고칠 수 있다면 나의 전 재산을 들여서라도 그렇게 하겠노라'라고 하시니 저 역시 걱정이 이만저만 아닙니다. 의원님께서 이곳에서 개업하신다고 하면 모든 편의를 봐드리고 발흐에 있는 의원도 저희 사람들을 보내 잘 정리토록 하겠습니다."

파무체카가 그 말을 받았다.

"참으로 말씀은 고마우나 저희도 여러 사정이 있으니 이삼 일 생각할 여유가 있어야 하지 않겠습니까? 어쨌든 돌아가서 전주님의 제안을 고려해보겠습니다. 의원님도 널리 의술을 펴서 많은 이를 병고에서 구할 염원을 갖고 계시니 여건만 되면 어디서 하든 지역의 구애는 받지 않을 것입니다."

"꼭 그렇게 해주십시오. 결정을 하시면 언제라도 객잔 주인에게 말씀하시면 됩니다. 제 아들이 의원님을 만난 인연이 계속되기를 간절히 바랍니다."

"잘 알겠습니다. 과분한 대접, 감사합니다."

돌아올 때도 중년인이 마차를 이용해 객잔까지 데려다주었다. 중년인을 그냥 보낼 수 없어 옴마나스는 불면증을 겪는다는 전주 노인을 위해 가시오가피와 산조인과 단삼, 원지 등으로 조제한 처방약을 중년인 편으로 보냈다.

3일 후, 수낭을 사기 위해 옴마나스와 파무체카가 다시금 시장에 들렀다. 그리고 시장을 헤맨 끝에 운 좋게 수낭 두 개를 살 수 있었다. 용량이 작아 마음에 차지 않으나 내일 사마르칸트를 떠날 예정이어서 수낭을 구했다는 점에서 만족이었다. 다른 필요 물품도 연해 시장에서 모두 샀다.

떠나기로 한 날 아침, 청천벽력 같은 일이 벌어졌다. 나메와 도데가 감쪽같이 사라진 것이다. 잠자리에서 일어난 옴마나스가 나메와 도데의 방에 가보니 둘 다 보이지 않아 내처 마구간으로 가봤다. 그러나 거기에도 나메와 도데는 없었다. 이 층으로 돌아와 파무체카와 키쿠소마르를 깨워 나메와 도데가 눈에 띄지 않는다고 말한 뒤, 곧장 객잔 주인을 찾아가 나메와 도데를 보지 못했느냐고 물었다. 하지만 그 또한 못 봤다는 대답이었다. 옴마나스는 그길로 파무체카와 키쿠소마르와 더불어 객잔 주변은 물론, 멀리까지 나가 나메와 도데를 찾았으나 허사였다.

관용

옴마나스는 둘이 사라진 게 믿어지지 않았다. 사라질 이유가 전혀 없기 때문이었다. 둘 다 이곳이 연고지가 아니어서 갈 데도 없거니와 함께 사라졌다는 점에선 납득할 만한 동기를 찾기 어려웠다. 더욱이 잠을 잔 흔적은 있는데 사람만 증발하듯 없어졌으니 이런 황당한 일이 있나 싶었다. 단지 둘을 보지 못했다는 객잔 주인 말이 사실이라면 간밤에 무슨 일이 있었을 거라는 짐작은 들었다.

옴마나스와 함께 방을 살피던 파무체카가 '짐은 있고 옷가지와 신발이 없다는 건 혹시 외출했을 수도 있다'라면서 '기다려보자'라고 했다. 그렇지만 옴마나스는 그 말이 귀에 들어오지 않았다. 둘이 오늘 떠나는 것을 알고 있는 이상 외출할 리가 만무하고, 또 외출한다면 자기에게 미리 알렸을 텐데 그러지 않았기 때문이었다. 그럼에도 일말의 기대를 갖고 기다렸다.

시간이 차츰 흘렀다. 그런 가운데서도 옴마나스를 비롯한 셋은 아침 식사도 거른 채 나메와 도데가 나타나기를 내내 기다렸으나 소용이 없었다. 점심 식사 후 세 사람은 재차 나메와 도데를 찾아 나섰다. 거리 곳곳을 한참을 돌아다녔어도 둘의 모습은 보이지 않았다. 옴마나스는 낙심천만이었다. 행여 잘못되지는 않았나 하는 불길한 예감에 가슴이 타들어갔다.

셋은 객사에 돌아오자마자 둘의 방부터 들렀다. 행여나 했지만, 여전히 사람은 없고 짐과 침구만 덩그러니 놓였다. 허탈감에 표정들이 더욱 어두워졌다.

옴마나스와 파무체카는 방 여기저기를 거듭 살폈다. 앞서 살피고 둘러봤어도 특이한 점을 발견하지 못했는데도 거듭 살피는 것은, 어떻게 하든 두 사람의 행방과 관련해서 실마리라도 찾으려는 아비 된 자의 절실한 바람에서였다.

방문 빗장과 벽에 난 봉창을 둘러보던 파무체카가 무슨 생각에서인지 봉창으로 가서 봉창을 잡아당겼다. 여닫이 형태의 봉창이 그냥 열렸다. 잠겨 있지 않은 까닭이었다.

"잠금장치가 없는 게 이상합니다. 잠금 고리라도 있어야 마땅하지 않습니까?"

"그렇네요."

"봉창이 작아 사람은 드나들 수 없어도 봉창이 열린다면 방문도 열 수 있을 것 같습니다."

"그게 가능할까요?"

"예, 가능하다고 봅니다. 긴 장대를 이용해 밖에서도 잠근 빗장은 얼마든지 풀 수 있습니다.

"열린 봉창을 통해서 말이지요."

"예, 제 생각은 그렇습니다."

옴마나스가 몸을 일으켜 손수 방문을 닫고 빗장을 질러보았다. 그리고 다시 풀었다. 빗장이 나무로 된 데다 끼우는 부분이 헐거워서 쉽게 풀렸다. 몇 번을 시도해도 결과는 마찬가지였다. 만일, 이 결과대로라면 둘의 실종과 관련해 중요한 실마리를 얻은 셈이었다. 더 나아가 나메와 도데가 제 발로 방을 나가지 않았음은 물론, 납치되었다는 심증까지 갖게 했다.

"누군가가 봉창을 통해 방문 빗장을 풀었다면 납치된 게 맞겠지요."

"소관도 그렇게 보고 있습니다."

옴마나스는 암담한 심정으로 방을 나왔다. 그때 우연히 객잔 주인과 마주쳤다. 그가 걱정된다는 듯 위로의 말을 건넸다.

"식구들의 행방이 묘연해 심려가 이만저만이 아니겠습니다. 저와 제 일꾼들도 찾아보고 있으니 곧 소식이 있지 않겠습니까?"

그런데 그는 옴마나스를 맞쳐다보지 못하고 시선을 비켜 뭔가 숨기고 있는 듯한 눈치였다. 그러잖아도 나메와 도데의 실종과 관련해 그를 미심쩍게 여기던 터라 옴마나스는 순간적으로 '이자의 소행일지 모른다.'라는 생각에 분기가 솟구쳤다. 그리고 당장 '네가 납치하지 않았느냐?'고 멱살을 틀어잡고 싶었다. 그러나 증거가 명백하지 않은 이상 차마 그럴 수는 없는 노릇이었다. 옴마나스는 분기를 억제하고 "고맙습니다"라는 한마디로 그를 지나쳤다.

이 층 방에 돌아왔어도 옴마나스는 마음이 착잡했다. 나메와 도데의 안위에 대한 걱정과 둘을 납치한 자들은 누구이며, 또 목적이 무엇인지를 알 수 없다는 것 때문이었다. 벽에 등을 대고 지긋하니 생각에 잠겨 있던 파무체카가 나지막이 말했다.

"옴마나스 님, 변고의 실마리를 파악했으니 이제 대책을 세워야 하지 않겠습니까?"

"당연히 그래야지요. 한데 나는 나메와 도데가 납치된 이유를 모르겠어요. 객잔 주인이나 혹은 다른 자들이 납치했을지라도 분명 목적이 있을 텐데 그 목적을 파악하기가 어렵다는 것이외다."

"소관도 납치의 목적을 두고 여태껏 생각했습니다. 목적에 대해 단적으로 말씀드리기는 이르나 적어도 객잔 주인이라면 한밤중에 그것도 납치라는 거친 방법을 택하지 않았으리라는 것입니다. 그렇다고 객잔 주인이 납치와 무관하다고는 보지 않습니다. 그는 필시 납치를 묵인했거나 조력한 것이 자명합니다. 그럼 납치를 도모한 주체가 누구냐 하는 것인데, 소관은 우리를 아는 외부인의 소행으로 보고 있습니다."

"외부인 소행이라면 혹 짚이는 인물이라도 있습니까?"

"우리와 이해관계에 있는 특정 인물이 아니겠습니까? 소관은 우릴 초대했던 전주 노인과 그 처남, 또 살바라는 중년인을 염두에 두고 있습니다."

"그러면 그 셋이 납치를 도모했다고 봅니까?"

"옴마나스 님께서도 전주 노인이 한 말을 기억하실 것입니다.

전주가 식사 중에 '이곳에서 개업을 해달라'고 간청하면서 '승낙은 객잔 주인에게 하면 된다'라고 한 그 말입니다. 그래서 소관은 그들 짓이라고 단정하는 것입니다."

"이해가 됩니다. 저들이 나메와 도데를 납치한 건 둘을 볼모로 자신들의 요청을 들어달라는 것일 테지요. 그때까지 둘을 잡아둘 테고……."

"그럴 것 같습니다."

"돌이켜보니 그런 야비한 자들과 연을 맺지 말았어야 했는데 후회막급입니다. 그렇다고 후회만 하고 있을 수는 없지 않겠습니까? 둘을 구할 방안을 마련토록 합시다. 객잔 주인이 지금이라도 납치에 관여했다고 자복하고 함께 관청에 가면 좋으련만, 참으로 애끓는 심정입니다."

"너무 심려 마십시오. 범인이 드러난 이상 해결할 방법이 있지 않겠습니까."

다음 날 아침, 옴마나스와 파무체카는 객잔 주인을 이 층으로 불러 '납치에 관여한 것을 알고 있으니 협조를 하면 불문에 부치겠다'라고 좋게 구슬렸다. 하지만 그는 되레 '무슨 근거로 납치에 관여했다고 하느냐? 생사람 잡지 말라'면서 역정을 내고 완강히 잡아뗐다. 결국, 두 사람은 객잔 주인이 자복하지 않을 거라는 판단에서 관청에 가서 납치 사실을 알리고 도움을 청하기로 했다.

그러나 두 사람이 관청에 갔어도 아무런 도움을 받지 못했다. 소관 관리를 만나 '납치 사실과 관련자들의 신원을 알려주고 시급히 조치를 해달라'고 하였지만, 관리는 '조사는 해보겠다'라며 미온적 태도로 일관했다. 짐작건대 납치당한 사람들이 타국인이어서 그렇다기보다 납치 주모자를 굴지의 무역상인 우소데바로 지목한 게 관리에게 부담으로 작용한 듯싶었다. 옴마나스와 파무체카는 적이 실망하였으나 나메와 도데를 구하려는 의지가 꺾인 건 아니었다.

옴마나스와 파무체카는 오후에 재차 관청을 찾았다. 키쿠소마르도 함께 갔다. 세 사람은 객잔을 나설 때, 관청에서 납치자들에 대해 응당한 조치를 하지 않으면 그 자리에서 한 발짝도 움직이지 않기로 각오를 다졌었다. 그러나 외국인인 그들에게 있어선 관청의 문턱은 너무 높았다. 오전과 달리 쉽사리 관리를 만날 수 없었을뿐더러 오래 기다려 다른 관리를 만났어도 결과는 마찬가지였다. 분통이 터질 노릇이었다. 사람이 납치돼 안위가 위태한데 관리들이 손 놓고 있으니 '이런 법이 어디 있느냐?'는 항의가 절로 나올 수밖에 없었다. 급기야 키쿠소마르가 젊은 혈기를 참지 못하고 관리에게 언성을 높여 항의했고, 그 바람에 관리와 세 사람 간에 큰소리가 오고 갔다. 그런데 그 광경을 본 관원과 관졸들이 우르르 몰려왔다. 그리고 다짜고짜 세 사람을 함부로 움켜잡고 끌고 가려 했다. 서로 언쟁만 했지 물리적 접촉이 없었는데도 관리에게 대들었으니 본때를 보일 양이었다. 더 항의하다가는 험한 꼴을 당할 판이었다. 그러나 세 사람은 호락호락 굴하지 않았다. 몸은 비록 제압당했어도 할 말은 했다. 그런 분연한 기개가 외려 득이 된 것일까.

그때 관청 안쪽에서 "무슨 짓들이냐!!"라는 버럭 호통이 들려왔다. 동시에 관모와 복색이 여타 관리와 다르고 위엄이 서린 한 사람이 모습을 나타냈다. 관원과 관졸들의 볼썽사나운 행동을 암암리 지켜본 모양이었다. 관원과 관졸들이 그 사람을 보더니 옴마나스와 파무체카, 키쿠소마르를 놔주고 물러섰다.

관원과 관졸들에게 호통을 친 사람은 이곳 관청의 수령이었다. 그리고 뜻하지 않게 수령으로 말미암아 옴마나스와 파무체카는 납치 문제가 해결될 수 있으리라는 한 가닥 희망을 품게 되었다. 하지만 곡절이 없지 않았다. 그가 고맙게도 봉변당할 뻔한 자신들을 구했고, 납치에 대해 자초지종을 밝힐 기회를 줬으나 태도는 극히 냉담했다. 그뿐만 아니라 "우소데바가 사람들을 납치했다? 이거야 원!" 하고 곧이 들으려 하지 않았다. 또 "납치가 허위이면 모두 옥에 가두겠다!"라고 눈을 부라리며 으름장을 놓기도 하였다.

　나중 옴마나스가 지푸라기라도 잡는 심정으로 "납치당한 나의 자식은 대월지 태정관 구취각이 양아들처럼 여기고 있소. 나 또한 그의 자문관올시다." 하고 품속에서 구취각이 선물한 뿔이 셋 달린 황소의 머리가 음각된 은접시를 꺼내 보여줬다. 수령이 그걸 보더니 구취각의 증표로 알았는지 낯빛이 변했다. 낯빛만 아니라 말투와 태도도 달라졌다. 그리고 마침내 "납치 문제를 소관이 조사하여 엄정히 조치하겠습니다." 하고 약속하기에 이르렀다.

　관청의 수령은 본시 대신인 '누르키사'를 경호하는 한낱 자갈*이었다. 그랬던 그가 누르키사의 눈에 들어 측근 군장이 됐고, 나중 관청의 수령에까지 올라 그 직을 수행하던 중이었다. 사마르칸트를 포함한 소그드 도시 연합국은 군권, 외정, 내정을 각각 전담하는 대신들이 통치하고 있었는데, 그중 군권을 쥔 누르키사라는 대신의 권력이 가장 강했다. 그 권력에 힘입어 자갈의 군장이 남쪽 관청의 수령이 될 수 있었던 것이다.

　수령이 옴마나스의 은접시를 보고 태도가 급거 달라진 건 그럴 만한 이유가 있었다. 구취각이 대월지의 왕이 되었다는 것을

---

*　자갈(Chakhar) : '차하르'라고도 함. 일종의 근위병.

　　　　　　　　　　　　　　　　　　관용

아는 까닭이었다. 그래서 관청의 수령은 옴마나스가 구취각의 자문관이라고 밝히자 옴마나스를 공대했고, 납치 건도 '엄정히 조사해 조치하겠다'라고 천명한 것이다.

두 달 전, 쿤두스에서 은거하던 휴밀가의 휴밀이 야심할 때를 이용해 발흐성을 공습(攻襲)하는 일이 있었다. 그러나 그의 휘하 부장의 배신으로 휴밀군은 발흐성 군사들에 의해 격퇴됐고, 휴밀 또한 목숨을 부지하지 못했다. 그리고 변란이 수습되는 과정에서 왕인 그레오쿠스가 휴밀과 내통한 게 드러나 차도위가 죄를 물어 왕을 교살하기에 이르렀다. 그 뒤 차도위는 모든 권력을 자신의 차자인 구취각에게 물려줬고, 이어서 구취각을 왕으로 세운 것이었다.

신산한 밤이었다. 옴마나스를 위시한 세 사람은 잠자리에 들수 없었다. 납치당한 나메와 도데에 대한 안위 때문이었다. 그리고 시간이 꽤 지났음에도 낮에 관청의 수령이 약속한 '납치와 관련한 조치'를 취했다는 전갈이 없다는 것도 걱정에 더한 초조함이었다. 오죽하면 키쿠소마르가 '마냥 손 놓고 있을 수 없으니 전주의 저택에 잠입해서라도 두 사람을 찾아보자'라고 할 정도로 방 안 분위기는 무거웠다.

한밤중인지 새벽녘인지 알 순 없으나 방문 밖에서 인기척이 들렸다. 옴마나스는 설핏 잠이 든 탓에 자리에서 몸을 일으켰다.

파무체카도 인기척을 들었는지 뒤따라 일어났다. 그때였다. 밖에서 누군가가 기침 소리와 함께 가볍게 방문을 두드렸다.

"밖에 누구요?"

"객잔 주인올시다. 뵙기를 청합니다."

객잔 주인의 목소리였다.

"알았소. 잠시 기다리시오."

옴마나스와 파무체카는 어둠 속에서 옷을 찾아 걸치고 문을 열었다. 객잔 주인이 맞았다. 그런데 혼자가 아니었다. 등불을 든 객잔 주인의 뒤쪽에 음영한 모습의 다른 한 사람이 서 있었다. 그 사람은 고개를 약간 숙이고 있지만 왠지 생소한 사람 같지 않았다.

"두 분께 긴히 드릴 말씀이 있어 이렇듯 실례를 했습니다. 번거롭지 않으시다면 아래층 식당에서 말씀을 드렸으면 합니다."

"알았소. 식당에 가리다."

옴마나스와 파무체카는 객잔 주인이 납치 건으로 찾아왔음을 직감적으로 느꼈다. 적이 긴장되는 가운데 객잔 주인의 입에서 어떤 말이 나올까 하는 조바심에서 몸과 마음이 급해졌다.

식당에 들어서자 뜻밖에 살바라는 중년인이 그곳에 있었다. 객잔 주인의 등 뒤에 있던 사람이 중년인일지 모른다는 생각을 안 한 게 아니었다. 그런데 막상 그를 보자 분노해야 하는데도

관용

마음이 오히려 차분해졌다. 나메와 도데의 안위가 무엇보다 궁금했기 때문이었다. 그러나 정작 중년인은 옴마나스와 파무체카를 보더니 머리부터 조아렸다. 죄스러워하는 태도가 역력했다. 옆의 객잔 주인도 면구하다는 듯 고개를 떨구었다. 파무체카가 중년인을 질책했다.

"납치한 두 사람은 지금 어디에 있소?"

"죄송하게 됐습니다. 저와 함께 가시면 만나실 수 있습니다."

"은혜를 원수로 갚다니……. 사람의 탈을 쓰고 어찌 그런 짓을 할 수 있소?"

"거듭 죄송하다는 말씀을 드립니다. 전주님도 이번 일로 크게 노하고 계십니다."

지켜보던 옴마나스가 입을 뗐다.

"전주는 납치와 무관하다는 말이오?"

"예, 그렇습니다. 납치는 전주님도 모르는 일이며, 전적으로 처남인 사르토파우가 도모한 거로 밝혀졌습니다. 전주님도 관청의 관리들이 찾아와서야 납치 건을 알았고, 조사를 받는 과정에서 사르토파우가 자신이 한 짓이라고 자복하는 바람에 혐의를 벗었습니다. 사르토파우는 지금 관청의 옥에 갇혀 있습니다."

"그래요……? 옥에 갇혔다면 합당한 대가를 치를 테지요. 그대와 함께 가면 납치당한 두 사람을 만날 수 있다는데 그곳이 어딥니까?"

"동쪽 교외에 있습니다. 거리는 멀지 않지만 찾기가 쉽지 않습니다. 제가 거기로 안내하겠습니다."

"알았소."

파무체카가 말했다.

"옴마나스 님, 이왕 떠나기로 했으니 짐을 모두 챙기는 게 어떻겠습니까?"

"음, 그게 낫겠지요."

옴마나스와 파무체카는 다시 방으로 돌아왔다. 이미 깨어 있던 키쿠소마르에게 떠난다는 것을 알리고 짐을 모두 챙기라고 일렀다. 그리고 두 사람도 각자의 짐과 소지품을 챙긴 뒤 마구간으로 가서 자신들 소유의 말과 낙타, 나귀를 끌고 나왔다. 그새 키쿠소마르가 나메와 도데의 방에 있는 짐을 포함하여 모든 짐을 밖에 내놓았다. 객잔을 떠나기에 앞서 옴마나스는 자신과 나메와 도데가 묵었던 방을 둘러보며 혹 빠뜨린 게 있는가를 살폈다. 수레와 낙타에 짐을 실을 때 객잔 주인과 중년인이 거들었다. 출발하기 전, 옴마나스가 객잔 주인에게 숙박비를 치르려는데 객잔 주인이 '받을 게 없다'라고 극구 사양했다. 그렇지만 옴마나스는 기어이 숙박과 식비에 따른 값을 치렀다.

사마르칸트를 벗어날 때쯤 차츰 동이 텄다. 저 먼 산 능선에서 해가 솟아 햇살이 누리에 퍼졌다. 평소 같으면 찬연하게 느꼈

관용

을 테지만 지금은 아무런 감흥이 없었다.

사마르칸트를 벗어난 지 한 시진쯤 됐을까. 언덕과 언덕 사이에 있는 고만고만한 가옥(게르) 세 채가 눈에 띄었다. 돌과 모래와 누런 잡초뿐인 고원이나 가옥 주변에 양과 소들이 흩어져 있고 우리도 있어 사람이 산다는 증거였다. 중년인의 말머리가 그쪽으로 향했다.

가옥이 가까워지자 중년인이 돌아보며 말했다.

"저곳입니다. 제가 무슨 면목으로 말씀을 드리겠습니까마는 식구분들은 아무런 위해 없이 있는 거로 압니다."

"아무런 위해가 없다니? 납치 자체가 위해가 아닙니까?"

파무체카의 힐난에 중년인은 입을 봉하고 묵묵히 앞만 보고 갔다.

천막 가옥들에서 한 명의 아이를 포함해서 서넛 사람들이 나와 있었다. 중년인을 앞세운 옴마나스 일행이 오는 것을 본 모양이었다. 중년인이 가옥들을 저만치 두고 말에서 내리자, 가죽옷 차림의 두 남자가 다가와 알은척을 했다. 서로 통하는 사이 같았다. 중년인이 두 사람에게 뭐라고 하자, 남자들이 일행을 힐끗 쳐다보곤 가옥으로 되돌아갔다. 그 직후 중년인이 옴마나스에게 말했다.

"곧 가족을 만나게 될 것입니다. 그간 마음고생이 상당했겠습니다. 거듭 사죄의 말씀을 드립니다."

"나는 그대의 사죄 말보다 내 가족들의 안위가 우선이오. 만에 하나 그들이 해를 입었거나 다쳤다면 그 책임을 엄중히 물을 것이오."

"여부가 있겠습니까."

그때였다. 가옥에서 홀연 도데가 나왔다. 키쿠소마르가 도데를 불렀다. 그러고는 도데에게 바삐 다가갔다. 도데도 일행을 보더니 "아버지!!" 하고 소리치며 달려와 옴마나스 품에 안겼다. 연이어서 나메도 모습을 나타냈다. 언뜻 봐선 별 탈이 없는 듯 보였다. 옴마나스는 적이 안심이 되었다. 나메가 울먹였지만, 표정은 밝았다. 일행 모두가 모였다. 이틀간의 악몽에서 헤어난 것이다. 일행은 잠시 상봉의 기쁨을 나눈 뒤 각각 말과 낙타에 올라탔다.

막 떠나는데 중년인이 뭔가를 가져왔다. 일전에 사르토파우가 언급한 수낭이었다. 옴마나스는 필요한 용품이긴 해도 사르토파우의 얼굴이 떠올라 짐짓 고개를 돌렸다. 그러자 중년인이 파무체카에게 가서 '용서를 바란다'라면서 수낭을 내밀었다. 파무체카가 못 이기는 척 수낭을 받았다.

옴마나스는 그냥 있을 수 없었다.

"그대의 처신에 대해 무슨 말을 해야 할지 모르겠소. 다만 지난 일에 대한 죄는 묻지 않겠다고 전주께 전해주시오."

"감사합니다. 그렇게 전하겠습니다."

그가 허리를 깊이 숙였다.

파무체카가 변함없이 선두로 나섰다. 길의 흔적이 없어도 방향을 북동쪽으로 잡았다. 옴마나스가 돌아보며 도데에게 말을 걸었다.

"도데야! 저 사람들이 너와 나메 이모를 어떻게 대했느냐?"

"해코지는 하지 않았어요. 그렇지만 도망을 갈까 봐 옷과 신발을 숨겨서 추웠어요."

"그래, 고생했구나. 나는 나메 이모와 네가 해를 당하지 않았다는 것만으로 다행으로 여긴단다. 이제 그 일은 잊도록 해라."

"네, 아버지."

일행은 얼마 가지 않아 길을 만났다. 사람과 수레가 다녀도 샤슈(타슈켄트)로 가는 행로가 아니었다. 그래서 행인을 붙잡고 물었더니 '길 따라 한참을 가다 보면 우측 길이 나오는데, 그 길로 가라'고 일러주었다.

정오 무렵에 몇 척의 거룻배들이 매여 있는 자라프샨강 나루터에 다다랐다. 강 저편, 대상로와 연결되는 지점이기도 했다. 강은 폭은 넓으나 군데군데 하상(河床)이 드러나 깊지는 않은 것 같았다. 물의 흐름은 완만했다. 그러나 거룻배를 이용하지 않고 강을 건너기는 어림없었다.

나루터에 문을 연 객잔이 두 곳 있었다. 점심때인데도 객잔을 드나드는 사람은 거의 없었다. 일행은 시장기를 달래기 위해 나루터 가까이 있는 객잔에 들렀다. 국물 음식이 먹고 싶어 주인에게 슈르빠를 시켰으나, 주인은 라그만*, 코크탈(생선 튀김)밖에 안 된다고 했다. '손님이 없어 재료를 준비하지 않았다'라는 게 이유이나 변명처럼 들렸다. 그나마 논과 간식거리인 타래과가 있다는 말에 논과 겸해 사가기로 했다.

음식을 가져온 주인에게 일행의 말과 낙타, 나귀와 수레를 강 건너로 실어다 줄 배편을 알선해달라고 부탁했다.

식후 짧은 휴식 중에, 객잔 주인과 함께 사공으로 보이는 젊은 사람 몇몇이 일행에게로 왔다. 모두 네 명이었다. 배는 두 척 정도면 될 성싶은데, 사공이 여럿인 것은 말과 낙타 등을 안전하게 도강시키기 위해서라고 했다. 그렇다 해도 객잔 주인까지 합세한 건 이해가 되지 않았다. 다분히 돈 욕심 때문이라는 것을 알면서도 그들이 원하는 대로 할 수밖에 없었다.

문제는 비용이었다. 사공들은 그들의 배가 아니면 일행이 도강할 수 없다는 것을 빌미로 은화 열 닢을 요구했다. 예상 금액의 세 배가 넘는 적잖은 금액이었다. 그것도 소그드 돈이 아니면

---

* 　라그만(Lage mon) : 쇠고기나 양고기, 채소 등을 함께 넣어 만든 면 요리(고기국수).

안 된다고 못을 박았다. 도강하려면 어쩔 수 없이 요구를 들어줘야 할 판이었다. 수중에 있는 소그드 돈을 어림해보니 사공들이 요구하는 금액은 맞출 순 있을 것 같았다. 옴마나스는 기왕 요구에 응할 바에는 좋게 하자는 마음에서 선선히 수용했다. 거래가 성사됐다. 도강 비용 중 절반은 선금으로 주고 나머지는 도강 후에 주면 되었다.

거룻배 두 척을 이용해 일행과 짐, 말과 낙타, 나귀와 수레까지 강 이편으로 건너왔다. 약조한 대로 나머지 비용을 지급한 뒤 일행은 강변에서 새로 행장을 꾸렸다. 여전히 이곳 강변이 소그드 땅이지만 사마르칸트 사람들에 대한 감정은 좋을 리 없었다. 그러나 한편 생각하면 납치당한 나메와 도데가 무사히 풀려났다는 것이 얼마나 다행인 줄 몰라 애써 감정의 응어리를 삭였다. 저쪽 나루터로 돌아간 사공 중 한 명이 이쪽을 향해 소리치며 손을 흔들었다. 키쿠소마르와 도데가 그 모습을 보곤 똑같이 손을 흔들어 답례했다.

샤슈(타슈켄트)는 먼 거리였다. 날씨도 춥지 않고 길도 대상로인 까닭에 여정의 고달픔은 덜했다. 그러나 일행 모두가 납치 사건을 겪으면서 정신과 육체적으로 지쳐 있는 상태였다. 특히 납치당했던 나메에게서 그런 낌새가 두드러졌다. 그렇다고 쉬엄쉬엄 갈 수는 없는 노릇이었다. 옴마나스는 진작부터 나메와 도데의 고생이 안쓰러워 마음이 편치 않았다. 그래서 객사나 객잔을 보면 충분히 쉬어가자고 파무체카와 의논을 했어도 그래봤자 고작 하루나 이틀쯤 머물 뿐이었다.

샤슈에 못 미친 어느 한 산촌에 이르러서 결국 나메가 몸살기를 보였다. 내처 갈 수 없는 노릇이어서 가료할 만한 곳을 찾았다. 산촌이라 객사가 있을 리 만무했다. 그나마 좀 더 큰 촌락에 가서야 가까스로 방 하나를 구할 수 있었다. 방은 가축우리를 개조해 만들었는지 겨우 비와 바람을 피할 수 있는 정도로 허술했다. 그런데도 다리를 뻗고 누울 수 있어서 나메가 안정을 취하는 데 절대적으로 도움이 됐다. 일행도 가까운 빈터에 유르트를 쳤다.

옴마나스가 지은 약은 키쿠소마르가 약탕기에 넣어 달였다. 그러면 도데가 그 약을 나메에게 가져갔다. 도데는 탕약 심부름 외에도 나메의 병구완까지 도맡았다. 옴마나스는 그런 아들이 대견했지만 내색하지 않았다.

나메가 차도를 보인 건 사흘이 지난 후였다. 또 그때부터 음식도 그런대로 섭취했다. 떠나는 날을 하루 앞두고 집주인이 키우는 양을 한 마리를 사서 일행은 체력을 보했다. 촌락에 머문 지 나흘 만에 다시 길을 떠났다.

일행은 그로부터 이틀이 지나 소그드의 북방 관문이자 페르가나*와 국경을 접한 샤슈에 도착했다. 샤슈는 옴마나스와 파무체카에게 있어서 처음이 아니었다. 십수 년 전이긴 해도 옴마나스와 파무체카는 아게스 밀에서 추방돼 떠도는 중에 한때 머문 적이 있기 때문이었다.

　샤슈는 소그드 연합체에 속한 도시이나 사마르칸트와 여러 면으로 비교되었다. 무엇보다 거주 인종이 다양했다. 인구의 절반을 차지하는 소그드인 이외에 스키타이인**, 페르카나인, 토하리(발흐)인 등이 어울려 사는데, 샤슈가 구자(쿠차), 감주(장액), 장안(전한[前漢])에 이르는 북방 교역로의 주요 거점이라는 점 때문이었다. 물론 여러 인종이 섞여 살다 보니 언어 상통에 문제는 있으나 그 점이 서로를 배타시하는 요소는 되지 않았다. 오히려 교역도시에서 함께 살아간다는 대의가 샤슈를 한층 자유롭고 개방적으로 만들었고, 이는 포용의 의미와 크게 다르지 않았다.

　다음 날, 일행 모두 객잔을 나섰다. 시장을 둘러볼 겸 식당에 가는 길이었다. 샤슈 시장은 동쪽 성문을 중심으로 형성돼 있었다. 즉 성문 밖이 농산물과 생필품, 용기 등 사소한 물건들을 거

---

*　페르가나(Ferghana): 소그드 동쪽에 있는 스키타이인과 페르시아계 유목민의 연합체.

**　스키타이(Scythia): 북방계 몽골 유목민.

래하는 곳이라면, 성내는 길을 사이에 두고 옷과 가구, 철물 등 비교적 값이 나가는 생활용품과 외국에서 들여온 카펫, 장신구 등을 팔았다. 굳이 구분하면 성문 밖은 난전(장터)이고, 성문 안쪽은 상점가였다. 그러나 먹거리나 음식을 파는 가게나 식당은 성문 안팎, 어디든 눈에 띄었다.

일행은 시장과 상점을 둘러보다가 외관이 돋보이는 한 식당에 들렀다. 성내 거리에 있는 고급스러운 식당이었다. 그간 사마르칸트를 떠나 이곳 샤슈에 오기까지 제대로 된 음식을 먹지 못한 데 따른 보상 격이라고 할 수 있었다.

음식을 골고루 시키다 보니 종류가 예닐곱 가지나 됐다. 그중 새삼스럽지 않은 슈르빠, 팔로브 외에 탄두르*에서 구워낸 양고기 요리도 있는데 맛과 향미 때문에 너 나 없이 탄두리 요리에 손이 갔다. 옴마나스는 그런 모습이 보기가 좋아 흐뭇했지만, 한편은 '장도에 오르면 이런 성찬을 다시금 접할 수 있을까?' 하는 마음에 일행들이 안쓰럽기도 하고 또 미안하기도 하였다.

"옴마나스 님! 이 집 양고기구이가 별미입니다."

파무체카 말에 옴마나스도 맞장구를 쳤다.

"그렇고 말고요. 맛이 그만이네요. 많이 드세요."

일행은 맛있는 음식을 양껏 포식한 탓에 어느 때보다 표정들

---

* 탄두르(Tandoor) : 흙으로 빚은 화덕.

이 밝고 웃음이 잦았다. 게다가 식당을 나설 때쯤, 키쿠소마르와 도데의 손에 식당의 특제 간식인 꿀빵이 한 보따리씩 들려 있어 둘의 걸음걸이마저도 호기로웠다. 시장 나들이에 따른 소소한 행복이자 즐거운 한때였다.

일행은 이틀을 쉰 후 샤슈를 떠날 준비를 했다. 준비는 음식 재료인 밀가루, 옥수숫가루와 건과일, 감자 등을 시장에서 사는 것인즉슨, 늘 그렇듯 장을 보러 가는 건 옴마나스와 파무체카 몫이었다. 그러나 나메도 살 것이 있다고 해서 같이 가게 되었다. 그런데 나귀를 끌고 시장을 가려는 참에 키쿠소마르가 급하게 불러 세웠다. 세 사람은 걸음을 멈추고 돌아섰다. 키쿠소마르가 바삐 왔다. 도데가 뒤따랐다. 키쿠소마르의 손에 뭔가 들려 있었다. 시장에 가니 무슨 부탁할 거라도 있지 않나 싶었다. 하지만 예상이 빗나갔다. 그가 와서 벙글거리며 "이것 보셔요!" 하고 세 사람에게 내민 것은 작은 가죽 주머니였다. 그러나 작은 가죽 주머니는 단순한 주머니가 아니었다. 놀랍게도 그 속에 금화가 들어 있었다. 그것도 다섯 개나 되는 소그드 금화였다.

"도대체 이게 어떤 금화냐?"

"제가 수낭들을 점검하다가 불룩한 게 만져졌어요. 이상히 여겨 꺼내보니 바로 금화가 든 주머니였습니다."

파무체카가 옴마나스에게 넌지시 말했다.

"옴마나스 님, 전주가 여러모로 미안한 나머지 수낭 속에 암 암리 넣어 보낸 것 같습니다."

"나도 그 생각을 했어요. 금화 다섯 개는 큰돈인데 써도 될지 모르겠네요. 선물도 아니고……."

"선물은 아닐 테지요. 그렇다고 돌려주기에는 너무 멀리 오지 않았습니까? 그리고 우리에게 준 이상 우리가 쓴들 누가 탓하겠 습니까?"

그 말에 옴마나스가 고개를 끄덕였다.

"일전, 살바에게 전주를 '용서한다'라고 했고, 돌려주는 것도 사실상 어려우니 도리 없이 우리가 쓸 수밖에 없네요."

키쿠소마르와 도데의 얼굴에 웃음이 번졌다. 그렇지만 옴마 나스는 납치 당시가 머릿속에 떠올라 기분이 씁쓸했다.

날이 밝자 일행은 객잔을 떠나 다시금 여정에 올랐다. 목적지 는 마지막 경유지인 키질쿰 사막의 동쪽, 붉은 사암의 고을 오트 라르였다. 샤슈에서 오트라르까진 대략 20여 일 거리였다. 염려 되는 점은 대상로가 아니어서 길을 잃는 것이나, 쾌청한 날이 계 속된다면 별문제는 없을 터이다. 늘 그래왔듯 낮은 해의 움직임 으로, 밤엔 북극성을 보고 방향을 가늠해 온 까닭에서였다. 그렇 더라도 노정 대부분이 고원과 산지여서 객잔을 보기 어려울 테 고, 사람 사는 마을을 만나지 못하면 식량이나 식품 조달이 어려

관용

울 수 있었다. 다만 척박한 곳을 가는 만큼 도적 떼의 출몰은 근심하지 않아도 좋을 듯싶었다.

샤슈를 벗어나자 바람이 불었다. 고원의 맞바람이지만 모래바람도 아니고 길을 더디게 할 정도로 강하지도 않았다. 일행에게 있어서 출발의 전조치곤 그리 나쁘지 않았다.

늦봄인가 했는데 어느새 초하(初夏)였다. 오트라르를 이삼 일 거리에 둔 시르강(시르다리야)에 다다르자 강변이 온통 꽃밭이었다. 활짝 핀 푸른 엉겅퀴와 노란 민들레, 붉은 양귀비꽃이 한데 얼려 바람결에 하늘거리는 모습을 보니 탄성이 절로 나왔다. 현란한 꽃 풍경은 아이 어른 할 것 없이 마음을 뺏기에 충분했다. 그러잖아도 잠자리를 위해 유르트와 천막을 쳐야 할 일몰 시각이어서 모두는 느긋하니 만개한 꽃들을 바라봤다. 고달픈 여정에서 만난 뜻밖의 눈 호강이었다.

평상시는 밀가루나 혹은 옥수숫가루를 물 반죽해서 불에 익혀 말린 살구나 버터를 곁들이면 그만인 식사인데, 꽃의 강변에서 맞는 저녁 식단은 특별했다. 남은 쇠고기와 감자, 호양나무 숲을 지나다 딴 버섯을 넣어 만든 스튜 때문이었다. 맛있는 음식 냄새에 만드는 사람이나 보고 있는 사람 모두 미소를 감출 수 없었다. 식후, 아껴뒀던 꿀빵이 간식으로 돌려졌다. 접때 샤슈의 식당에서 산 것인데 딱딱하게 굳었어도 여전히 맛있었다. 꿀빵도 그것이 다였다.

일행은 저녁 식사 때 피운 불 곁에 둘러앉았다. 만족스러운 식사 여흥이 가시질 않아 도란도란 주고받는 얘기에도 웃음꽃이 피었다. 시간은 강물처럼 흐르고 그들만의 오붓한 즐거움도 짙어지는 어둠 속에 서서히 사위어갔다.

강변을 벗어나 내륙 쪽으로 갈수록 길 사정이 간단치 않았다. 길의 흔적을 지우듯 앞을 가로막는 언덕과 거친 풀들 때문이었다. 예상 밖의 험로였다. 그나마 길은 끊어지지 않고 이어져 있었다. 이따금 가축을 모는 목부나 게르*가 목격돼 고립무원의 오지라는 느낌은 들지 않는 게 위안이라면 위안일 수 있었다. 기실 샤슈에서 처음부터 아랄해로 흐르는 시르강을 따라 북상하는 행로를 검토했었다. 하지만 여정은 수월할지 몰라도 시일이 오래 걸린다는 점에서 내륙 길을 택한 것이다.

그로부터 사흘 만에 오트라르에 당도했다. 샤슈를 떠나 길을 가는 동안 내내 야영을 했는데도 다들 표정이 밝았다. 이제 객사에서 푹 쉴 수 있다는 것 때문일 테지만, 아게스 밑 억양의 소그드 언어를 쓰는 사람들에 대한 정겨움도 피로를 잊게 하는 요인이었다. 우연인지 모르겠으나 객잔 출입문 위에 포도와 빵을 움

---

* 게르(Ger) : 나무 뼈대에 가축의 털로 짠 천을 덮은 이동식 가옥.

켜쥔 독수리* 그림이 그려져 있는바, 이는 아게스 밀에서 흔하게 봤던 그림과 별반 다르지 않았다.

소그드국에 속한 오트라르는 키질쿰 사막의 동쪽에 있는 큰 성읍이었다. 초목이 무성하고 물이 풍부해 경관(景觀)이 수려했고, 작물과 어물 등의 소산이 많아 시장은 각종 농산물과 물고기로 넘쳐났다. 시르강과 연결된 물길(관개수로)로 말미암은 혜택이었다. 이렇듯 물산이 풍족하고 자연환경이 좋다 보니 사람들의 인심도 넉넉했다. 인심이 넉넉하다는 건 의식(衣食)이 족하다는 의미이며, 달리는 정주민이 외방인에 대해 호의적이라는 뜻이기도 하였다. 이 때문에 아게스 밀 사람들이나 혹은 다른 이국인들이 이곳 오트라르에 와서 자리 잡고 사는 것일 수 있었다.

일행은 마지막 여정을 앞두고 붉은 토석집 일색인 성내를 두루 다니면서 휴식의 나날을 보냈다.

밤 시간, 옴마나스가 방으로 들어왔다. 저녁 식사 후 파무체카와 얘기를 나누는 건 봤지만 이렇듯 늦을 줄 몰랐다. 도데는 아비인 옴마나스의 침구를 펴놓고 잠들지 않고 기다리고 있었다. 그런데 방으로 들어온 아버지에게서 술 냄새가 났다. 도데는

---

* 독수리 : 제우스의 문장.

아비인 옴마나스가 술을 먹는 걸 본 적이 없었기에 괜한 걱정에 말을 붙였다.

"아버지, 심려되는 일이라도 있으세요?"

"아니다. 파무체카 아저씨하고 이런저런 얘기를 하다 보니 늦은 게다."

옴마나스는 그렇듯 대꾸를 했지만, 새삼스레 아들이 애틋하고 귀여워 손을 내밀었다.

"도데야! 가까이 오너라."

도데는 아비의 손을 마다하지 않았다. 아비가 끌어당기자 도데가 머뭇머뭇하더니 옴마나스에게 가만히 안겼다. 발흐를 떠난 이래 처음으로 안긴 아버지의 품이었다. 조금은 어색하고 부끄러웠다. 그러나 곧 아버지 체취와 온기에 묻혔다. 몸과 마음이 참 안온했다. 옴마나스도 얼굴에 홍조를 띤 도데를 자애롭게 쓰다듬었다. 세상 아버지가 느끼는 행복이 이와 같지 아니한가 하는 감열(感悅)에 젖었다.

옴마나스는 문득 고국으로 향한 이 여정이 자신의 생애의 마지막이 될지 모른다는 예감이 들었다. 그는 심신이 허한 탓으로 돌렸지만, 사람의 생사는 알 수 없는 일이니 이참에 도데에게 자신의 가문이 겪은 비극을 들려줘야겠다고 생각했다.

옴마나스가 도데의 등을 가만히 토닥거렸다. 그리고 부드럽게 말했다.

"도데야! 네게 해줄 얘기가 있단다."

도데가 옴마나스의 품을 벗어나 다소곳이 아비의 말을 기다렸다. 도데는 아비인 옴마나스가 하는 얘기라면 무엇이든 듣기를 좋아했다. 지금도 그런 기대로 눈이 초롱초롱했다. 옆방에서 나는 파무체카의 코 고는 소리가 간간이 들렸다. 옴마나스가 횃대 위의 기름불을 잠깐 응시하다가 얘기를 꺼냈다.

"……도데야, 그러고 보니 이십 년이 훌쩍 지났구나. 오래전, 아게스 밀의 대군장이셨던 네 조부 타르칸느는 당시 성주인 베스티 파메네스를 도와 아게스 밀 왕국을 세우셨지. 그러나 백색인*인 왕은 서북 국경에 사르마티아**군이 침입하자 권력을 독차지할 목적에서 조부에게 맞서 싸우도록 하였지. 뻔히 질 것을 알면서 말이야. 출정하면 왕이 증원군을 보낸다고 했으나 그 약속은 거짓이었어. 그런데도 조부는 나라를 위한 충정과 왕의 말을 믿고 출정을 한 거야. 그때 조부의 군사는 천여 명에 불과했어. 상대 군은 오천에 달하는 대군이고, 그것도 모두 전투에 능한 기병들이었어."

"……조부는 전장에서 사르마티아군에 맞서 끝까지 분전하

---

* 백색인(白色人) : 그리스, 마케도니아계 인종.
** 사르마티아(Sarmatia) : 우랄산맥 남쪽과 돈강 동쪽에 살던 아지게스, 록솔라니, 알라니, 시라케스 등의 족속을 통칭.

였지만 끝내 전사하고 말았단다. 되짚어보면, 권력에 눈먼 왕의 책략에 의해 목숨을 잃으신 게지. 애초 사르마티아군이 국경을 침범한 건 서북 국경지대가 본래 그들의 영토라는 이유에서였어. 왕은 네 조부가 전사하자 곧 사르마티아군에 사절을 보내 그들이 요구한 영토를 할양했고, 백성들에게서 긁어모은 막대한 재물까지 더해 강화를 맺었지. 자신의 목숨을 부지하기 위해서지. 그리고 얼마 후, 간악한 왕은 네 조부와의 신의를 저버리고 내가 헤르메스 신전에서 불경한 짓을 했다고 죄를 씌워 나를 나라 밖으로 추방까지 했어. 그때 아비 나이 17세였어."

"……아게스 밀을 떠나는 날, 네 조모는 내게 금과 보석을 주셨지. 그리고 우리와 같은 일족인 쥬신(朝鮮)족*이 사는 후이오챠로 가서 몸을 의탁하라고 하셨어. 그러나 그게 마지막일 줄이야. 왕은 그 뒤 우리 집에 불을 질러 네 조모를 비롯한 집안 식구들을 모두 살해하는 만행을 저질렀단다. 우리의 재산이 탐나서였지. 그때 네 조부에 대한 충성심에서 나를 따랐던 사람들의 가족도 죽임을 면키 어려웠지. 파무체카 아저씨 가족도 마찬가지였고. 세상에 이런 통분한 일이 또 있으랴……."

---

* 쥬신족(朝鮮族) : 알타이 등지에 살던 고대 유목민족.

관용

그쯤에서 옴마나스는 심정이 격한지 잠시 숨을 가다듬었다.

"……그 후 원수인 베스티 파메네스가 죽자 그의 아들인 투란 바스네프가 왕이 되었지. 그자도 사악함이 그 아비에 못지않았어. 왕은 자기에게 복속지 않는다는 구실로 후이오챠 마을에 군대를 보내 마을 사람들을 닥치는 대로 살육토록 했어. 우리를 돌봐 줬다는 이유로 마을에 피의 보복을 한 셈이지. 그때 너를 낳은 네 어미 히데아도 참화를 피할 수 없었던 거야. 아비와 파무체카 아저씨는 늘 함께하면서 굳게 맹약한 게 있어. 살아생전 반드시 원수를 갚기로 한 게 그것이야. 지금 고국인 아게스 밀로 가는 것도 그 때문이지……. 도데야! 아게스 밀의 왕인 투란 바스네프를 꼭 기억해두어라."

옴마나스의 얘기가 끝이 났다. 무거운 침묵이 한동안 부자지간에 흘렀다. 옴마나스가 굳은 표정 그대로 잠자리에 들자 도데가 조용히 방을 나왔다.

주위는 어둡고 적막했다. 처마 끝으로 보이는 하늘도 마음만큼이나 어둡긴 마찬가지였다. 도데는 눈에 고인 눈물을 소매로 닦았다. 그리고서 다시 밤하늘을 우러러봤다. 외할머니와 나메에게서 들은 어머니의 모습을 나름으로 그려봤다. 굳은 표정으로 잠자리에 든 아버지의 얼굴이 나름으로 그린 어머니 모습과

겹쳐졌다. 다시금 눈물이 났다. 너무 분해 불끈 쥔 주먹 그대로 눈물을 훔쳤다.

오트라르를 떠나는 날이었다. 날씨는 화창하다 못해 덥기조차 했다. 그렇지만 해가 지면 여전히 쌀쌀할 터이다.

객잔 주인 부부와 일하는 사람들이 밖에 나와 일행을 배웅했다. 배웅에 그치지 않고 빵과 버터, 호두가 든 보따리까지 안겼다. 참 인정스러운 부부였다. 숙객이 떠나면 그만일 터인데 이렇듯 배웅도 모자라 먹을거리까지 준비한 걸 보면 객잔 주인은 옴마나스 일행이 남 같지 않았던 모양이었다. 옴마나스는 객잔 주인의 후의가 고마워 기회가 있으면 다시 오리라고 마음을 먹었다. 그러나 자신이 없었다. 아게스 밀로 가는 것은 단순한 귀향이 아니라는 걸 그 스스로가 잘 아는 까닭에서였다.

언제나 그렇듯 파무체카가 옴마나스에게 묵례하는 것을 신호로 먼저 출발했다. 남은 일행이 순차적으로 그 뒤를 따랐다. 탈라스 사막을 우회하여 북동쪽, 추강 상류로 가는 장행(長行)이자 마지막 여정이었다.

옴마나스의 고국인 아게스 밀은 추강 유역과 남킵차크의 사리샤간 사이에 있었다. 한때 아게스 밀은 동쪽은 천산의 탈티코르간, 남쪽은 탈라스와 이식쿨에 이르기까지 영역을 넓힌 큰 왕

162   관용

국이었다. 그러나 옴마나스의 부친인 대군장 타르칸느가 사르마티아군과의 전투에서 전사한 이래 국력이 현저히 쇠퇴하였다.

길은 가도 가도 끝이 없는 광막한 황무지로 이어졌다. 간혹 구릉이나 초지가 있긴 해도 대부분 자갈과 모래, 억센 풀뿐이고, 하늘을 나는 날짐승 외는 살아 있는 것을 보기 어려웠다.

황량한 평원길을 간 지 닷새가 되었다. 물을 채운 네 개의 수낭 중, 두 개가 바닥났다. 마을이나 샘을 발견할 때까진 물을 아껴야 했다. 그렇지만 사람은 갈증을 겪더라도 말과 나귀는 조금이라도 물을 줘야 했다. 사람을 태우고 수레를 끌기 때문이다. 또한, 이즈음부터 물을 사용해 음식을 조리하는 대신 마른 빵만으로 끼니를 때웠다. 여정을 함께하는 말과 낙타, 나귀의 먹이인 건초와 곡물도 넉넉히 준비했지만 반 넘게 줄었다.

이렛날 오후, 잔가지가 많은 붉은 타마리스크(관목)가 자생하는 분지에 다다랐다. 멀리 동서로 길게 뻗은 산맥이 시야에 어른어른거렸다. 타마리스크 분지에서 일행은 얼마간 쉬었다. 쉬는 동안 손바닥만 한 빵 하나와 약간의 버터, 두 모금쯤 되는 물로 허기와 갈증을 달랬다. 말과 낙타, 나귀는 저녁때 물과 먹이를 줄 요량이다. 남은 물과 먹이를 고려해 이제부터 아침과 저녁,

하루 두 번으로 제한할 수밖에 없었다.

그날 해 질 무렵, 희미한 길의 흔적과 함께 반쯤 허물어진 돌무더기를 보게 됐다. 어워*였다. 눈이 번쩍 뜨였다. 어워를 발견한 건 더위와 갈증을 겪는 일행들에게 있어서 행운 그 자체였다. 그럴 것이 어워가 이정표이기도 하지만 근방에 사람이 사는 마을이 있다는 방증이기 때문이다. 일행들은 크게 고무됐다. 어워 옆에 유르트와 천막을 치면서 고생스러운 현실을 웃으며 얘기할 정도로 분위기가 들떴다.

다음 날, 길을 갈수록 분지가 차츰 협곡처럼 변했다. 그에 따라 양쪽 변에 불쑥 솟은 산들의 형태도 뚜렷해졌다. 능선이 가파르고 누런빛을 띤 메마른 산들이었다. 산은 높지 않으나 험하고 땅도 척박해 마을이 있을 것 같지 않았다. 어제 어워를 본 뒤여서 이쯤이면 사람이 사는 마을을 있을 거라고 기대를 했는데 낙담이 되는 건 어쩔 수 없었다. 그나마 빈약하긴 해도 연초록의 풀이 자란다는 점이었다. 일행은 풀이 나 있는 사실에 비추어 다시금 고난의 여정이 끝나려나 하고 조바심을 했다.

수낭이 또 하나 비워졌다. 물이 든 수낭은 이제 하나 남았다. 걱정되는 중에도 남은 수낭이 살바에게서 받은 용량이 큰 것이

---

* 어워(오보) : 일종의 서낭당.

어서 이삼 일은 버틸 수 있을 것 같았다. 그러나 물이 바닥나기 전에 마을을 찾아야 한다는 절박감에 말수가 줄고 표정들이 어두웠다.

오트라르를 출발한 지 꼬박 열흘 만에 너른 초원을 만났다. 초원은 공기부터 달랐다. 풀 냄새가 향긋하다는 게 새삼스러울 정도였다. 고생이 끝났다는 안도감에 모두의 얼굴이 활짝 펴졌다.

일행들은 그곳에서 가던 길을 멈추고 사방을 둘러봤다. 구릉이나 언덕에 가려 가축이나 목부는 보이지 않아도 가다 보면 분명 마을이 있을 터이다. 그 예상은 오래지 않아 적중했다. 다시 길을 나섰을 때, 게르의 윤곽이 눈에 띄었다. 가는 방향 쪽이었다. 게르는 대략 예닐곱 개쯤 됐다. 낮은 산지에 자리한 작은 마을로 추정됐다.

게르들과의 거리가 좁혀지자 일행은 적이 긴장되었다. 마을 거주민들이 자신들을 어떻게 대할지를 알 수 없기 때문이었다. 일행의 맨 뒤에 있던 옴마나스가 앞으로 나와 파무체카와 말머리를 나란히 했다. 옴마나스의 말 등에는 어느새 의원이자 예언가의 표식인 삼색(홍, 청, 흑)의 기가 세워져 있었다.

양과 염소를 치는 사람이 목격됐다. 게르 근처이고 두 사람이었다. 그중 앞쪽에 있던 사람이 옴마나스 일행을 봤는지 이쪽으로 왔다. 조금 뒤쪽에 있던 사람도 따라 움직였다. 둘이 망설이

지 않고 다가오는 걸 보면 일행을 지나가는 길손쯤으로 여긴 모양이었다. 옴마나스를 위시한 모두는 말과 낙타에서 내려 그들을 기다렸다. 생김새로 미루어 투고트(몽골계) 사람 같았다.

먼저 당도한 목부가 손을 치켜들면서 억센 억양으로 뭐라고 말했다. 가까운 거리여서 옴마나스와 파무체카는 그 말을 알아들을 수 있었다. 까맣게 잊고 지낸, 예전 자신들이 쓰던 말이기도 하였다. '어디서 오셨소? 반갑소이다!'라는 간단한 말이지만 옴마나스는 듣는 순간 가슴이 뭉클했다. 파무체카도 눈시울이 붉어졌다. 만감이 교차됐다. '이제 조상의 땅에 내 육신을 묻을 수 있겠구나'라는 의미도 없지 않을 것이다.

뒤늦게 온 상대적으로 젊은 목부도 일행에게 우호적이었다. 옴마나스는 형제간으로 보이는 두 투고트 목부가 생면부지의 외방인인 자신들을 반기는 것이 고마웠다. 또 고국의 말을 쓴다는 것에 친근감이 새로웠다. 스스럼없이 도움을 청했다.

"정말 반갑습니다. 나는 먼 외방에서 온 의원올시다. 마침 물이 떨어져 곤란을 겪고 있습니다. 물을 얻을 수 있겠습니까?"

"죄송합니다. 여긴 샘이 없고 우리도 이목* 중이어서 물 사정이 좋지 않습니다. 그렇지만 우물이 있는 큰 마을이 여기서 과히 멀지 않으니 거기서 물을 구하시는 게 나을 듯싶습니다. 오신 방

* 이목(移牧): 하절기와 동절기를 기점으로 옮겨 다니며 하는 목축업의 한 형태.

관용

향으로 곧장 가시면 됩니다.

"잘 알았습니다."

목부들이 돌아간 뒤 일행들은 남은 물을 말과 낙타, 나귀에게 고루 나눠주었다. 물은 그게 모두여서 일행들에게는 차례가 오지 않았다.

목부가 일러준 대로 한동안 갔을까. 키 큰 활엽수들 사이에 형성된 마을이 눈에 들어왔다. 큰 마을이라고 하나 호수(戶數)는 그리 많지 않았다. 대략 서른 호 남짓 됐다. 마을과 수목이 함께 있으니 필시 우물이 있다는 증거였다. 마을 주민들이 자신들을 배척하지 않는다면 물을 구할 수 있을 터이다. 그런 연유에서 마을 주민의 경계심을 누그러뜨리려고 말과 낙타에서 내려 천천히 접근했다. 갑자기 개 짖는 소리가 났다. 그리고 잠시 후 마을 초입에 주민으로 보이는 몇 사람이 나타났다. 손에 무기 같은 게 들려 있지 않아 안심은 되었다. 그런데도 신중하게 처신해야 했다.

옴마나스는 일행을 놔두고 파무체카와 둘이서 마을 사람들에게 다가갔다. 마을 사람들도 이렇다 할 움직임 없이 두 사람이 오는 걸 지켜보는 듯했다. 서로의 거리가 좁혀지자, 옴마나스가 먼저 말을 건넸다.

"저는 의원올시다. 물이 떨어져서 물을 구할 수 있을까 싶어 찾아왔습니다."

마을 주민 가운데 수염이 허연 사람이 화답했다. 역시 모국어인 아게스 밀 말이었다.

"물은 얼마든지 드릴 수 있습니다. 방금 의원이라고 하셨지요? 마을에 병을 앓고 있는 사람이 몇 명 있는데 오신 김에 진료를 해주실 수 있을는지요?"

그러잖아도 갈증에 피로가 누적돼 쉬어 가야 할 판이었다. 마다 할 이유가 없었다.

"당연히 진료를 해드려야지요. 그럼, 제 일행을 데려와야겠습니다."

잘됐다 싶었다. 마을 사람들을 진료하게 되면 하루나 이틀은 마을에서 유숙할 수 있을 터이다. 일행에게 돌아가는 두 사람의 걸음이 바빴다.

마을에서 일행들을 위해 집 하나를 온전히 내어줬다. 옴마나스는 일행들이 행장을 부리는 사이 마을 촌로를 앞세워 병자 진료에 나섰다. 방문 진료였다. 나메가 진료 용구가 든 가방을 들고 옴마나스의 뒤를 따랐다. 그런데 마을 촌로가 애초에 병자가 몇 명이라고 했지만 진료를 하다 보니 열 명이 넘었다. 의원에 가는 것도, 의원이 찾아오는 것도 쉽지 않은, 외진 마을이라 병이 들어도 참는 게 이상할 리 없을 것이다.

마을 주민들의 병은 대개 위장병 같은 소화기 쪽이고 나머지

관용

는 허리나 관절의 병이었다. 한마디로 사소한 질환에 가까웠다. 다행인 건 중병 든 환자가 없어 진료를 어두워지기 전에 마칠 수 있었다. 처방은 염증을 삭히고 진통 효과가 있는 약모밀, 금은화, 현호색(양귀비목), 감초 같은 약재를 적절히 쓰면 되었다. 모두 쉽게 구할 수 있는 일반적인 약재이고 상비한 탓에 약을 짓는 데 아무런 문제가 없었다. 약 조제는 키쿠소마르에게 맡겼다. 도데가 곁에서 조수 노릇을 하며 거들었다.

일행은 활엽수 마을에서 이틀을 머문 뒤 다시 짐을 꾸렸다. 여정의 최종 도착지인 타레올구르로 가기 위해서였다. 타레올구르는 추강 상류에 있는 투고트족의 본거 중 하나였다. 옴마나스는 어린 시절, 부친인 타르칸느 손에 이끌려 타레올구르를 간 적이 있었다. 그리고 세월이 흘러 의원이 돼 몇 번 더 방문하기도 하였다. 그런 인연으로 옴마나스는 타레올구르를 최종 도착지로 정한 것이었다.

이곳 마을에서 타레올구르까진 이삼 일이면 족했다. 그리 먼 거리가 아닌 데다 여정의 종착지여서 옴마나스와 파무체카는 어느 때보다 홀가분한 마음으로 타레올구르로 향했다.

3

추강의 물길을 돌리고,
사크람의 날을 벼르다

아침 햇살이 아려하게 느껴졌다. 초록의 누리도 더 없이 평온하고 싱그러웠다. 이따금 스쳐가는 한 줄기 바람은 사람의 기분을 상쾌하게 하는 마성(魔性)의 손길과도 같았다. 일행의 발인 말과 낙타들도 초원의 상큼한 풀 냄새와 바람이 달가운지 듣기 좋은 콧소리를 연발했다. 모든 게 여의롭고 마음은 명랑하였다. 파무체카가 흥에 겨워 카이를 읊조렸다. 마치 고향에 돌아왔다는 것을 알림하는 서가(序歌)처럼 들렸다. 귀향에 들뜬 늙은 무장의 카이에 옴마나스는 미소를 머금었다.

사흘째 되는 날 오전, 일행은 5백여 호로 이루어진 투고트족의 본거인 타레올구르에 당도했다. 발흐를 떠난 지 어언 7개월여, 마침내 고단했던 여정이 끝이 났다. 그러나 일행들은 기뻐하기엔 일렀다. 일행들의 정착을 원치 않는 젊은 대족장의 냉담한 태도 때문이었다. 예상 밖이었다. 십수 년 전이긴 해도 옴마나스는 환자를 진료하며 타레올구르에서 한동안 머문 적이 있었다. 그때는 대족장으로부터 환대를 받았을 뿐만 아니라 떠나지 말고 여기서 살아달라는 요청까지 받았었다. 그때와 다른 건 당시 대족장은 이미 고인이 되었고 그 아들이 대족장이 되었다는 것뿐이었다. 대족장도 어릴 적, 옴마나스가 타레올구르에서 병자를 진료한 사실을 모를 리가 없을 텐데, 이렇듯 냉대하는 까닭은 아게스 밀의 왕인 투란 바스네프를 의식한 그것으로밖에 생각할 수 없었다.

같은 말을 쓰고 동족과 다름없는 대족장에게 배척을 당하니 불쾌하고 분한 마음에 당장 떠날까도 생각했다. 파무체카도 기꺼이 따라줄 것이다. 그러나 마땅한 정착지가 없을뿐더러 다른 마을에 간들 자신들을 받아줄지도 미지수였다. 그래서 옴마나스는 생각 끝에 오트라르에서 산 질 좋은 시르락(양탄자)을 대족장에게 선물로 주고 정착을 허용해달라고 재차 청하기로 했다. 그 일을 파무체카에게 맡겼다. 하지만 나귀 등에 실린 시르락과 함께 어깨가 처져 돌아온 그를 보았을 때 거절을 당했다는 걸 직감했다. 파무체카는 단지 '자신만 정착을 허락했다'는 것과 '나머지 사람들은 다른 정착지로 떠날 동안 한시적으로 머무는 건 허용한다'는 대족장의 말을 전했다. 이제 대족장의 마음을 돌리는 것은 가망이 없는 듯싶었다.

옴마나스는 하는 수 없이 일행을 이끌고 마을을 나왔다. 그리

관용

고 마을에서 좀 떨어진 외곽에 유르트와 천막을 쳤다. 임시방편이고 앞으로 어떻게 할지 방안을 마련하기 위해서였다. 낙담이 안 될 리 없었다. 그렇지만 옴마나스와 파무체카는 세상 여러 곳을 떠돌며 갖은 풍파와 역경을 견딘 터라 낙담과 분노를 가라앉힐 만큼의 여유는 남아 있었다. 유르트와 천막에서 일행의 웃음소리가 이따금 새 나왔다.

옴마나스 일행이 타레올구르에 왔다는 소문이 마을에 퍼진 모양이었다. 이튿날 늦은 오후, 머리가 하얗게 세고 등이 굽은 한 노인이 용모가 여자처럼 고운 젊은이를 대동하고 일행을 찾아왔다. 노인은 얼굴에 검버섯과 주름이 가득했다. 지팡이에 의지할 만큼 나이가 많은 여성이었다.

옴마나스에게 있어서 노인이 낯설지 않았다. 아주 오래전이지만 옴마나스는 이 노인이 갓 노년일 때 교유한 적이 있었다. 노인은 '초물래'라는 이름의 차캉에브겐*이었다. 초물래는 일흔을 바라보는 나이임에도 총기와 기억력이 대단했다. 이런 점에 미뤄 여러 차캉에브겐 중에서 유독 초물래가 타레올구르는 물론 원방의 대, 소 마을에 이르기까지 투고트 제일의 신령(神靈)이라는 칭사를 듣는 것일 수도 있었다. 이렇다 보니 투고트 사람들은

---

*   차캉에브겐 : 제사나 주술을 통해 점을 치거나 앞날을 내다보는 일종의 사먼. 흰 노인이라고도 함.

초물래의 말을 귀담아듣는 걸 일종의 불문율처럼 여겼고, 마을의 큰일이나 중요 사안에 초물래의 의견이 반영되는 것은 당연지사였다.

옴마나스가 초물래를 알아본 것처럼 초물래도 옴마나스를 대번에 알아봤다. 그리고 예전 옴마나스가 지은 카이까지도 몇 소절 들려주며 변함없는 친의(親誼)를 드러냈다. 대족장이 정착을 거부해 난감해하던 일행에게 초물래는 그야말로 반가운 진인이고 우군인 셈이었다. 초물래는 그 자리에서 옴마나스와 파무체카를 자신의 당집으로 초대했다. 그리고 일행의 정착을 위해 대족장을 만나보겠노라는 의사를 내비쳐 모두를 기쁘게 하였다.

이틀이 가고 사흘이 지나도 초물래로부터 연락이 없었다. 옴마나스는 속히 오지 않는 연락을 기다리느라 은근히 조급해졌다. 물론 타레올구르를 떠나야 한다는 것만 아니면 이렇듯 초대에 목매지는 않을 터이다. 시간이 더디 가고 매시간이 무료하게 느껴졌다. 또 여정 중엔 푹 쉬었으면 하는 생각이 머리를 떠나지 않았는데 이렇듯 속절없이 죽치려니 쉬어도 쉬는 것 같지 않았다.

초물래가 다녀간 지 닷새가 지나서야 기별을 받았다. 기별 자는 일전에 초물래와 같이 왔던 젊은이였다. 그가 전하길, '해가 뉘엿뉘엿해지면 마을 가운데에 있는 당집으로 오시라'는 거였다. 기쁨보다 한시름 놨다는 게 솔직한 심정이었다.

초물래의 당집은 옴마나스가 기억하는 예전 그 자리에 있었다. 다만 당집을 둘러싼 두송나무들이 한층 우람했고 컸던 당집이 소담하게 보인다는 점이 달랐다. 그러나 청청한 기운이 감도는 건 그때나 지금이나 변함이 없었다.

당집 앞에서 연해 젊은이를 다시 보게 됐다. 미리 시간 맞춰 마중을 나온 모양이다. 그가 두 사람을 안내했다. 당집은 짙은 황토와 곧은 통나무로 지어졌는데 탱그리(천신)와 교통하는 사당과 뒤편의 별채로 나누어져 있었다. 별채는 곧 초물래의 거처이자 외부인을 맞는 접대소(接待所)이기도 하였다.

접대소에는 이미 대여섯 명의 선객이 와 있었다. 나이나 행색을 봐서 마을 원로들 같았다. 초물래가 옴마나스와 파무체카를 반기자 원로들도 자리에서 일어나 두 사람을 반겨주었다. 생각건대, 초물래가 자신들의 정착을 위해 이런 자리를 마련한 듯싶었다. 옴마나스는 새삼 초물래의 호의가 고마워서 그녀의 손을 부여잡고 머리를 숙였다. 파무체카도 무릎을 굽혀 인사를 했다. 무장다운 존경의 표시였다. 초물래가 옴마나스와 파무체카를 마을 원로들에게 소개하는 중에 자연스레 상견례가 이뤄졌다. 그런 뒤 초물래가 저녁 모임에 와줘서 고맙다는 인사말을 했다.

두 사람의 자리는 초물래 옆이었다. 옴마나스는 긴장이 누그러져 여유를 갖자 암암리 참석자들의 면면을 살폈다. 대체로 파무체카와 엇비슷한 연배이고 인상들이 선했다. 그때 옴마나스는 '자리를 함께한 사람들이 낯설어도 이들이 분명 자신이나, 자신이 진료했던 것을 기억하지 않을까?' 하고 문득 생각했다. 나아가 지금 이들의 우호적 태도까지 감안하니 정착과 관련해서 아직 실망하기에 이르지 않나 하는 기대감이 생겼다.

접대소에 불이 밝혀졌다. 이어서 음식과 술이 나왔다. 차츰 서먹함이 가시고 말을 터 교분을 나누는 자리가 됐다. 음식은 삶은 양고기와 논과 요구르트, 그와 곁들인 흥거, 양파 같은 양념 채소였다. 비록 큰 탁자에 비해 차려진 음식은 조촐하나 분위기는 여느 친목 모임과 별반 다르지 않았다. 동석자들의 연배가 비슷하고 주인 격인 초물래가 유쾌하게 분위기를 이끌기 때문이었다.

분위기가 점점 무르익어 격의가 없어지자 얼굴이 불콰한 한 원로의 입에서 카이가 흘러나왔다. 그러자 옆 원로가 술기운 탓인지 카이를 하는 원로의 팔을 끼고 함께 카이를 연창하기에 이르렀다. 나머지 원로들도 흥이 올라 덩달아 추임으로 장단을 맞추었다. 접대소는 급거 카이의 연창장으로 변했다. 옴마나스도 두 원로가 카이를 연창하는 걸 보니 마음이 동요됐다. 연창이 끝나자 옴마나스가 몸을 일으켰다. 그는 붙접이 좋은 편이 아니나 분위기를 돋을 심사에서였다. 원로들에게 가볍게 묵례를 한 뒤 감정을 최대한 끌어올려 카이를 했다. 일전에 초물래가 몇 소절 부른, 자신이 지은 그 카이였다.

축복을 받고 싶다면 흰 말을 타고 오는 이에게 청하라
미래를 알고자 한다면 흰 낙타를 타고 오는 이에게 청하라
그대의 영혼은 창공을 나는 독수리처럼 자유롭고
그대의 육신은 칸투(산)의 설표인 양 강건하구나.

안식과 부귀를 원하는 자여 말을 달려라
평원의 전사여 축복은 오직 그대의 것
거침없이 달려라 평원의 전사여, 미래는 오직 그대의 것
축복을 받고 미래를 알고자 하는 이여, 내게로 오라.

접대소가 연송하는 카이로 떠들썩할 때, 누군가가 불쑥 모임에 나타났다. 밝은 불빛에 모습이 드러난 이는 바로 타레올구르의 대족장이었다. 의외였다. 그는 그곳에 있는 원로들을 향해 허리를 숙여 깍듯이 인사부터 했다. 옴마나스 일행의 정착을 거절할 때의 시퉁한 태도와는 딴판으로 공손하기조차 했다. 옴마나스와 파무체카도 일어나 대족장에게 인사를 건넸다. 그도 맞인사를 하는데 태도가 정중했고 얼굴에 미소가 어렸다. 좋은 조짐이었다. 그에 대한 불쾌한 감정이 눈 녹듯 사라졌다. 옴마나스는

이제 정착에 대해 걱정은 하지 않아도 될 성싶었다. 파무체카도 같은 심정인지 대족장에 향한 눈길이 어느 때보다 부드러웠다.

당집에 일하는 여인이 나무 쟁반에 음식을 담아 새로 내왔다. 냄새만으로도 구미가 동했다. 투고트 사람들이 별미로 치는 타르박* 구이인데 대족장이 가져왔다고 그녀가 넌지시 밝혔다.

여흥이 파해 헤어질 무렵, 옴마나스는 초물래에 대한 감사의 뜻으로, 갖고 있던 금화로 사례를 하려 했으나 초물래가 완강히 거절했다. 초물래가 지금껏 마을 사람들의 존경을 받고 원로들과 대족장에게 영향력을 행사하는 이유를 새삼 알 것 같았다. 옴마나스는 어쩌면 초물래가 총기와 기억력, 신령에 더해 올곧은 성품과 바른 사리를 지녔기에 정녕 텡그리의 신탁자일지 모른다는 생각마저 들었다.

다음 날, 옴마나스 일행이 머무는 유르트에 측근으로 보이는 사람과 함께 한 젊은이가 방문했다. 젊은이는 바로 이곳 타레올 구르의 대족장이었다. 그는 '어제 모임 간이어서 미처 말하지 못한 게 있어서 이렇듯 걸음한 것이다'라고 했다. 옴마나스와 파무체카는 졸지에 대족장을 맞았지만 차분하게 응대했다. 유르트 안쪽에 깨끗한 시르락을 펼쳐 일단 대족장이 앉을 자리부터 만

---

*   타르박(Tarbagan) : 다람쥐처럼 생긴 대형 설치류(마못).

         관용

들었다. 그런 다음 나메더러 장뇌와 백출, 꿀로 약차를 만들 것을 일렀다.

유르트가 비좁아서 대족장과 옴마나스, 파무체카만 자리를 같이할 수 있었다. 대족장은 장뇌와 백출, 꿀로 조제한 약차를 대접받곤 맛과 향이 일품이라며 좋아했다. 그러고선 '이런 약차를 매일 마신다면 초물래 차캉에브겐처럼 장수하겠다'라고 치레인지 요구인지 모를 말을 덧붙였다. 옴마나스와 파무체카는 대족장이 자식뻘이지만 얼굴을 맞대 이런저런 얘기를 하다 보니 없던 친근감마저 생겼다. 두 사람이 그렇듯 마음을 연 건 대족장이 이곳까지 걸음했다는 것과 어젯밤 대족장의 달라진 태도가 계기로 작용했을 터이다.

대족장은 옴마나스와 파무체카를 신실한 사람들로 봤는지 자신의 고충을 털어놨다. '젊은 나이에 대족장의 지위를 승계하다 보니 마을 사람들을 이끄는 게 어렵고, 일을 처리함에서도 감정적일 때도 왕왕 있다'라는 게 요지였다. 옴마나스와 파무체카는 수긍이 된다는 듯 고개를 끄덕였으나 정작 듣고 싶은 정착에 대한 언급이 없어 속은 답답했다.

대족장과의 면대는 길지 않았다. 대족장이 얘기 끝에 작고한 자신의 부친을 입에 담았다. '몇 년 전, 타레올구르의 대족장이었던 자신의 부친이 아게스 밀 방문 중에 피살됐는데 아직도 그 경위를 알지 못한다'라고 했다. 대족장은 담담한 어조로 부친의 피살에 관해 얘기했지만, 그 얘기를 들은 두 사람은 마음이 편치 않았다. 그들 자신이 아게스 밀 사람이기 때문이었다.

대족장이 자리에서 일어나자 옴마나스와 파무체카도 배웅차 따라 일어섰다. 두 사람의 배웅을 대족장이 마다하지 않았다. 함께 걷는 중에도 정착에 대해 언급이 없던 대족장이 마을에 이르러서야 두 사람이 못내 듣고자 하던 말을 했다. '이곳 타레올구르나 원방 어디나 투고트족이 사는 곳이라면 정착해도 된다'라고 하였고, 또 '도움이 필요하면 언제든 자기를 찾아오라'라는 당부도 잊지 않았다. 두 사람은 기쁜 마음에 활짝 웃으며 감사의 뜻을 표명했다. 배웅은 거기까지였다. 옴마나스와 파무체카는 그 자리에서 대족장의 뒷모습을 잠시 지켜보다가 발길을 되돌렸다.

"소관은 대족장 부친이 아게스 밀에서 피살당했다는 게 금시초문입니다. 투고트의 대족장을 살해할 정도라면 그 배후가 투란 바스네프 아니겠습니까?"

"어떤 정치적 목적이 있어서 그렇게 했겠지요. 어쨌든 그런 불행을 겪었으니 대족장이 아게스 밀 사람들에 대해 반감을 품을 만도 합니다."

"옴마나스 님! 대족장이 피살자의 아들인 탓에 아게스 밀 사람들에 대한 반감이 쉽게 사그라지지 않을 테지만 우리의 노력으로 조금이나마 그 반감이 해소됐으면 좋겠습니다."

"그래야겠지요. 우리가 그런 비극적 사건을 안 이상 되도록 투고트족의 폐가 되지 않는 건 물론이고 진료라도 성심껏 하는 게 도리라고 봅니다. 아무튼, 대족장 부친이 아게스 밀에서 변을 당했다는 건 극히 유감스러운 일입니다."

타레올구르 동남쪽 추강의 강변, 말을 탄 두 사람이 강물이 흘러가는 방향으로 길을 가고 있었다. 빠르게 흐르는 강물과는 달리 두 사람의 거동은 여유로워 보였다. 한동안 가던 두 사람은 강이 본류와 지류로 나뉘는 곳에 이르러 말을 세웠다. 잠시 말 위에서 이리저리 둘러보던 두 사람은 망설임 없이 동으로 흐르는 지류를 택해 다시금 길을 갔다. 지류는 또 하나의 강과 다름없었다. 수량이 많을 뿐만 아니라 폭도 5, 6미터는 족히 됐다.

물줄기는 한 번의 굽이와 여러 지대를 지날수록 그 흐름이 차츰 느려졌다. 강폭이 늘어나지 않았는데도 흐름이 느려진 건 분지처럼 생긴 지형 때문이었다. 물줄기는 한참을 더 흐른 후 내로 변모했다. 그리고 완만해진 물줄기는 호수를 방불케 하는 넓은 계류지에 다다라 마침내 흐름을 멈추었다. 오직 계류지에서 흘러나온 한 가닥 물줄기가 동북간으로 흐름을 계속 이어갔다.

계류지는 어린 물고기들의 놀이터였다. 신기한 건 물고기들이 늘 가장자리에 노닐지 수심이 깊은 안쪽은 여간해서 가지 않는다는 점이다. 그 건 바로 계류지에 유입된 물이 땅밑으로 빠져나가는 현상과 관련돼 있었다. 물론 계류지의 표면이 유입되는 수량에 따라 때로 확장되거나 줄어들기도 하지만 물이 유입되는 한 큰 변동은 없었다. 즉 땅밑으로 빠져나가는 물의 양이 일정하다는 뜻이었다.

계류지에서 사라진 물은 땅밑을 통해 백 리 밖에 떨어진 북쪽 고원에서 용출되었다. 용출된 물은 그곳에서 다시금 커다란 못을 이루었다. 한마디로 자연의 기이였다. 못은 아게스 밀 사람들의 주요 수원이었다. 사람들은 일찍이 용출수가 만든 못을 일러 아칸데우스*라는 전설 속 용자(龍子)의 이름을 따서 불렀다. 아칸데우스라는 신격의 명칭을 부여한 건 자신들에게 생명수를 공여하는 보답의 차원이었을 것이다. 그렇지만 정작 아게스 밀 사람들은 이 용출수의 근원지가 어디인지는 알지 못했다. 단 두 사람을 제외하곤…….

옴마나스는 어릴 적 아칸데우스 못에 대한 비밀을 부친에게서 들어 알고 있었다. 부친 역시 타인에게서 이런 비밀을 들었는바, 그 타인은 투고트족의 어느 차캉에브겐이었다.

옴마나스가 태어나기 전, 명망이 높던 아게스 밀의 대군장을 투고트족의 한 젊은 여인이 찾아온 적이 있었다. 자신들의 마을이 알라니** 도적 떼의 잦은 약탈로 피해가 극심하다면서 도적 떼

---

* 　아칸데우스(Akhandeus) : 용의 아들, 혹은 물의 신을 뜻하는 신화적 존재.
** 　알라니(Alani) : 킵차크 초원에 살던 사르마티아계 족속.

를 소탕해달라는 청을 하기 위해서였다. 당시 부친은 아게스 밀 영역을 넓혀가는 중인 데다 투고트족이 사는 마을들도 아게스 밀 영역이라고 판단하여 여인의 청을 거각(拒却)하지 않았다. 아게스 밀의 왕도 명분이 서는 일이라면서 부친의 뜻을 존중했다.

이후 옴마나스의 부친은 자신의 병사들을 이끌고 알라니 도적 떼의 소탕에 나섰다. 그리고 수차의 전투를 치른 끝에 더는 알라니 도적 떼가 투고트족 마을을 약탈하는 일은 없게끔 도적 떼를 섬멸했다. 부친과 초물래 차캉에브겐과의 인연은 이렇게 시작되었다. 물론 투고트족 차캉에브겐인 초물래는 아게스 밀의 대군장 타르칸느에게 여러모로 감사를 표했고, 그 은혜를 늘 가슴에 담아두고 있었다. 그런 이유로 타르칸느에게 도움이 될 만한 정보라면 기꺼이 제공했는데 아칸데우스 못의 비밀을 알려준 것도 그 일환이었다.

초물래가 예사로운 여성이었다면 타르칸느 사후에 그와의 인연은 그쯤에서 끝났을 터이다. 그렇지 않다는 건 그녀가 인연과 의리를 중히 여기는 여장부라는 점에 기조한다. 그리고 그 점은 그녀가 직접 입증하기까지 했다. 얼마 전, 옛 친구의 아들인 옴마나스가 일행과 함께 타레올구르에 왔을 때 외면치 않고 도움을 베푼 게 그 예였다.

정착에 대한 불안감이 해소되자 임시 거처지만 일행들의 표정이 눈에 띄게 밝아졌다. 그런 가운데서도 옴마나스와 파무체카는 숙고하는 것이 있었다. 타레올구르에 정착하는 문제 때문이었다. 막상 타레올구르에 정착하려니 무엇보다 사람들의 이목 속에 살아야 한다는 것과 마을 구성원으로서의 책무를 다해야 한다는 것이 마음에 걸렸다. 자신들이 품은 계획을 실행하려면 비밀과 과단성이 요구되는데, 제약이 따르고 행동이 자유롭지 못하다면 달리 생각해봐야 했다. 그래서 추강에 다녀온 것이기도 했다. 추강에 이어 계류지까지 다녀온 뒤 두 사람의 마음은 거의 정해졌다. 적어도 타레올구르는 자신들의 정착지가 아니라는 점이다.

옴마나스와 파무체카는 추강을 다녀온 지 사흘 만에 재차 길을 나섰다. 이번 목적지도 추강과 계류지였다. 다만 전차와 다른 건 계류지 위주의 답사라는 점이다. 그리고 당일치기가 아닌 하루쯤 그곳에서 노숙할 예정이었다. 말에 의존해 추강을 가는 데 반나절이 걸리고, 또 추강에서 계류지로 가려면 두 시간 이상이 소요되니 당일 답사는 사실상 무리였다. 게다가 계류지 답사 후 근방도 둘러봐야 하기에 이틀이라는 시간도 그리 넉넉하지 않았다.

아침은 서늘하기조차 했지만 해가 중천으로 갈수록 무더워졌다. 옴마나스는 비교적 더위에 약한 파무체카를 배려해 이따금 쉬었다. 그늘이 드리운 큰 나무는 없어도 내리쬐는 햇살을 피할

　　　　　　　　　　　　　　　　관용

수 있는 큰 바위 아래나 으슥한 곳은 어디든 있었다.

둘은 추강을 목전에 두고 그늘이 깃든 높다란 바위 아래에 말을 세웠다. 그리고 휴식 겸해서 논과 육포로 간단히 요기했다.

두 사람은 오후 무렵에 계류지에 당도했다. 한낮 더위 속에 말을 타고 온 터라 곧장 계류지로 가서 땀에 절은 얼굴과 팔다리부터 씻었다. 말들도 주인들을 따라 계류지에 네 발을 모두 담그고 몸을 식혔다. 말들이 물을 겁내지 않는 걸 보니 계류지가 썩 마음에 든 모양이다.

둘은 말을 끌고 지난번 눈여겨봤던 둔덕 쪽으로 이동했다. 그리고 몇 그루의 미루나무들이 있는 편편한 곳에 이르러 이동을 멈췄다. 그들이 잠정적으로 정한 집터였다. 뒤쪽은 층이 진 둔덕이고 앞은 훤히 트인 계류지여서 어디를 둘러봐도 여기만 한 데는 없을 듯싶었다. 또 미루나무에 말과 낙타를 맬 수 있을 뿐만 아니라 집을 지어도 나무에 가려 자연스레 은폐도 될 터이다.

미루나무에 말 고삐를 맨 뒤 집터에서 여유롭게 쉬었다. 하늘은 구름 한 점 없이 맑고 푸르렀다. 하늘은 푸르름이 짙어질수록 시간은 흐르고 이윽고 없던 구름이 생겨 석양을 곱게 물들일 터이다. 그때는 더위도 한결 수그러지리라.

건너편 계류지 가장자리에 희고 소담스럽게 핀 뭉텅이 꽃을 응시하던 옴마나스 귓전에 파무체카의 음성이 들렸다.

"옴마나스 님, 토기 조각이 있는 걸 보니 예전에 사람이 살았던가 봅니다."

시선을 돌려 파무체카가 가리키는 곳을 보니 미처 보지 못한 작은 토기 조각이 눈에 띄었다.

"그렇네요. 이렇듯 큰 계류지라면 대여섯 가구 이상은 살았을 테지요. 하나, 마을과 멀리 떨어져 있고 돌투성이 메마른 곳이어서 가축을 기르고 농사짓기가 수월치 않았을 겁니다.

"그렇긴 합니다만 소관은 보면 볼수록 버려두기는 영 아까운 곳이라는 생각이 듭니다."

"계류지 하나만 보면 누구나 그런 생각이 들 테지요. 하지만 사람이 살지 않는 다른 이유도 있을 듯합니다. 예를 들면, 도적 떼나 질병, 혹은 황당한 미신 등으로 부득이 이주할 수밖에 없었던 사정 말입니다."

"소관은 그런 점을 미처 생각지 못했습니다. 그렇지만 황당한 미신이라면, 소관에게 말씀한 계류지 물이 땅밑으로 빠져나가는 현상과 관련 있는 게 아닙니까?"

"맞아요. 어릴 적 아버님에게 들은 얘깁니다. 아게스 밀에서 남쪽으로 사흘 낮을 가다 보면 바위 들판에 큰 못이 있다고 했어요. 그 못엔 집채만 한 뱀들이 구멍을 파고 사는데, 사람이 멋모르고 접근했다가 뱀의 먹이가 된다는 그런 내용이외다. 아마 이 계류지를 두고 하신 말씀인 듯합니다."

"이곳에 살던 사람들이 그 얘기를 들었다면 불안해서 떠나지 않고는 못 배겼을 것 같습니다."

"단정은 할 수 없지만 그런 측면도 있었을지 모르겠네요. 그리고 잦은 질환이나 괴질도 하나의 원인일 수 있어요."

옴마나스의 눈길이 다시금 건너편 계류지 가장자리에 둥그렇게 핀 흰 뭉텅이 꽃에 머물렀다. 잎과 줄기를 보니 나무는 아닌 것 같아도 키가 상당했다. 하나가 아닌 두 군데에 피었고 마치 눈덩이를 연상할 만큼 형태도 작지 않아 왠지 신경이 쓰였다. 불현듯 독초라면 사람이 계류지에 살지 않는 이유가 될지 모른다는 생각에 나중 확인해야겠다고 마음먹었다.

옴마나스와 파무체카는 집터에서 한동안 쉰 다음 다시 말에 올랐다. 계류지에서 동북간으로 흐르는 물줄기를 추적할 작정이었다. 그리고 되도록 물줄기가 소멸하는 지점까지 가보기로 했다. 물줄기의 폭이 넓지 않아 계속 뻗치지 않으리라 판단한 게 이유였다.

물줄기를 따라 한참을 갔어도 물이 줄어들거나 소멸하지도 않았다. 저녁으로 가는 오후이나 저물기에는 시간의 여유가 있는 탓에 끝을 본다는 마음에는 변동이 없었다. 계류지를 벗어난 지 두 시간여 만에 물줄기에 변화가 있었다. 유량과 폭이 줄었고 흐름도 느렸다. 실개울로 변한 것이다. 그로부터 시간 여를 더

따라갔을까. 물줄기가 두 개로 나뉘었다. 처음 물줄기를 택해 얼마를 더 갔다. 유량이 더욱 줄어 나중 흐름조차 미미했다. 이대로라면 머잖아 소멸하거나 아니면 웅덩이로 남을 듯싶었다. 확인차 끝까지 가야 할 필요가 없어졌다.

두 사람은 말을 멈추고 새삼 주변을 두루 봤다. 거친 돌, 연갈색 관목, 성근 잡초로 이루어진 다소 황막한 풍경이 눈에 들어왔다. 시선이 닿는 먼 곳도 별반 다를 바 없었다. 두 사람은 마주 보며 고개를 끄덕였다. 풍경은 실망스러우나 도적 떼 같은 외부인의 습격으로부터는 안전하리라는 그런 의미가 담겨 있었다.

계류지로 돌아오는 중에 바위 틈으로 몸을 숨기는 행동이 날랜 동물이 간혹 목격되었다. 땅을 기는 파충류도 있었다. 타르박과 독사였다.

계류지에 당도해 불을 피웠다. 날이 어두워지자 모기와 하루살이 같은 게 설쳐댔다. 사람에게 달려들기도 했으나 연기 때문인지 극성스럽지는 않았다. 준비한 논과 버터, 육포로 저녁을 때웠고 후식으로 말린 살구와 호두를 먹었다.

옴마나스와 파무체카는 계류지를 답사하고 돌아온 다음 날부터 타레올구르를 떠날 준비를 했다. 준비라고 해서 특별할 건 없었다. 마을 가게에서 밀, 옥수수 같은 식량과 육포와 말린 살구, 버터 같은 식품을 사들이는 정도이나 그것도 나귀와 낙타들이

관용

감당할 만큼이었다. 예전과 다른 건 정주(定住)에 대비해 양과 염소를 각 두 마리씩 산 것이다. 고기와 우유를 얻기 위해서였다. 그리고 당장은 아니더라도 필요한 도구나 물품은 마을에 갈 일이 있으면 그때 사면 되었다.

떠나는 날을 하루 앞두고 옴마나스와 파무체카는 나귀를 끌고 가게에서 물품을 살 겸 해서 당집에 들렀다. 초물래에게 하직 인사를 하기 위함이었다. 작은 정성이지만 장뇌와 녹용 등으로 빚은 환약도 준비했다. 보양 환약은 마지막 남은 거였다. 초물래는 당집에 있었다. 그녀는 옴마나스 일행이 마을을 떠난다는 사실을 모를 리 없었다. 그런데도 본인들에게서 떠난다는 얘기를 직접 듣고선 매우 섭섭해하는 눈치였다. 두 사람도 서운한 건 이심전심이었다. 음으로 양으로 자신들의 힘이 되어준 사람이 아닌가. '언제든 다시 돌아와도 되고, 마을에 오게 되면 꼭 들르라'라는 당부를 들어도 마음이 착잡한 건 어쩔 수 없었다.

두 사람은 당집을 나와 내처 대족장 자택으로 걸음했다. 대족장에게 줄 선물은 접때 대족장이 향과 맛이 좋다던 그 약차였다. 약차는 작은 옹기에 담아 밀봉한 상태였다. 약차도 그게 모두였다.

대족장의 자택은 당집에서 가까웠다. 처음 마을에 왔을 때 방문한 적이 있고 또 마을에서 유일하게 담을 두르고 망루까지 있어 쉽게 찾을 수 있었다. 대문 앞에 와서 문을 두어 번 두드렸다.

이윽고 대문이 열리고 안에서 누군가가 나왔다. 작달막한 체구의 남자인데 망루에서 급히 내려왔는지 숨을 채 고르지 못했다.

옴마나스가 그 남자에게 '대족장을 뵈러 왔다'라고 하자 그가 '방문하기로 약속이 돼 있느냐?'고 되물었다. 파무체카가 '약속은 하지 않았으나 인사를 드려야 할 일이 있어 찾아왔노라'라고 하니, 그 남자는 '대족장님이 지금 외출을 했는데 밖에서 기다리든가 아니면 나중에 다시 오라'는 거였다. 두 사람은 남자의 말투가 다소 비위에 거슬렸다. 그렇지만 자신들의 행색과 얼굴이 생소한 탓이려니 여기고 더는 상대하지 않았다. 대문이 다시 닫혔다. 후에 알았지만 그 남자는 마을 주민이며 순번에 따라 망루에서 망을 보던 참이었다.

대문 앞에서 얼마를 기다렸을까. 대족장의 모습이 눈에 띄었다. 지난번 임시 거처에 대족장과 함께 왔던 수행원과 함께였다. 대족장이 빠른 걸음으로 두 사람에게 왔다. 만면에 미소를 띤 걸 보니 반가워하는 기색이 여실했다.

대족장을 따라 자택으로 들어갔다. 담장 안에는 조금 큰 집과 그보다 작은 집이 두 채 있는데, 모두 흙과 돌로 벽을 쌓고 지붕은 갈대 같은 거로 엮어 덮었다. 집들은 크기만 다를 뿐 마을의 여타 토담집과 형태가 비슷했다. 새삼스럽게 대족장의 자택치곤 규모가 작고 간소하다는 느낌을 받았다.

대족장이 마당 중심에 있는 큰 집의 문을 열었다. 의자와 탁

관용

자만 놓인 빈방이었다. 내방객과 얘기를 나누거나 회의 등을 하는 방 같았다. 셋은 다시금 마주했다. 입을 축일 마실 것과 유밀과(타래과)가 나오자 서로 구애됨이 없이 담소하는 자리가 됐다. 그런 가운데서도 대족장은 내내 미소를 지었고 자신을 낮춰 한결같이 '저'라고 칭했다. 대족장의 태도는 흡사 나이 든 삼촌을 대하는 조카와 다를 바 없었다. 대족장이 진심으로 옴마나스와 파무체카를 존중하는 것이 역력했다. 두 사람은 내심 흡족하면서도 한편은 의외로 받아들여졌다. 그가 이토록 달라진 건 초물래로부터 옴마나스 부친이 투고트족의 은인이라는 말을 들은 그것밖에는 생각할 여지가 없었다.

자택을 나와 대족장과 헤어질 때 대족장이 진지한 눈빛으로 말했다.

"저는 두 분이 다시 돌아오시기를 늘 고대하겠습니다. 사정이 여의치 않아 돌아오시지 못할지라도 가끔 타레올구르에 오셔서 병을 앓는 마을 사람들을 진료해주셨으면 합니다."

"물론 그래야겠지요. 환대해줘서 고맙습니다."

두 사람은 그길로 가게로 향했다. 발걸음이 가벼웠다. 미소를 띠고 즐거워하던 대족장의 모습이 쉽게 잊힐 것 같지 않았다.

계류지 가까운 둔덕 위에 작은 유르트와 천막이 들판의 바람을 맞고 있었다. 둔덕 아래는 몇 그루의 미루나무들이 띄엄띄엄서 있는데 그 사이에 집이라도 짓는지 돌과 흙으로 벽을 쌓는 사람들이 얼른댔다. 며칠 전, 타레올구르를 떠나 거대 뱀들이 산다는 계류지에 둥지를 튼 옴마나스 일행이었다.

저녁이 오는 계류지는 그윽하고 아름다웠다. 사람들의 말소리가 들리지 않고 노을과 수초, 미루나무의 일렁임이 투사된 풍광만이라면 마냥 호젓하리라.

일을 마쳤는지 일행들이 하나둘, 계류지로 내려왔다. 작업의 흔적인 흙이 묻은 손과 발, 얼굴을 씻는 것으로 하루의 일과를 마무리했다. 새 거처인 토옥이 다 지어지기까진 작업이 계속될 터이지만 바삐 서둘 일은 아니었다.

날이 갈수록 토옥이 형태가 잡혔다. 길게 지어 칸을 나누었고 지붕은 계류지 가장자리를 따라 자생하는 식물의 줄기로 이을 작정이었다. 다만 미루나무 사이에 짓는 토옥이라서 나무들이 장애가 돼 모양새가 이상할지 모르나 장점도 있었다. 말과 낙타, 노새와 가축의 우리를 만드는 데 있어서 나무들이 기둥 역할을 하기 때문이다. 방은 모두 세 칸이고 부엌 겸해서 창고를 두기로 했다. 골조용 목재는 인근에 자라는 나무로 충당했다.

일몰의 시각, 옴마나스는 집터에서 좀 떨어진 외딴 느릅나무를 찾았다. 나무 잎새들이 일구는 바람 소리가 좋았고, 노을과 나무 그림자가 드리운 수면이 한 폭의 그림이어서 이 시간이면 으레 걸음하는 곳이었다. 언제나처럼 바람의 소리와 풀 냄새, 넓은 수면의 정경에 마음을 앗기자 번쇄한 세상사가 머릿속을 떠났다. 안식과 평온의 한때였다.

집이 그런대로 지어졌다. 근 한 달 만이었다. 토옥은 하절기보다 동절기를 대비한 까닭에 벽과 지붕을 튼실하게 하느라 시일이 다소 걸렸다. 일행들은 집이 지어졌어도 크고 작은 일들이 기다리고 있어 쉴 여유가 없었다. 그 중 옴마나스가 제일 바빴다. 한나절이 훌쩍 넘는 거리인 타레올구르를 오가며 병자를 진료하는 한편 지류의 물길을 돌리기 위한 탐사에 나서야 하기 때문이다. 물길을 돌리기 위한 탐사는 파무체카와 같이 하나, 최적의 곳을 선택하려면 추강에서 계류지에 이르는 전반적인 탐사는 필수적이었다. 더욱이 추강 본류에서 계류지 간의 거리가 두 시간이 소요될 만큼 긴 구간이라는 점과 물길의 방향까지 고려해야 하기에 노력과 시일이 필요했다. 물론 둑을 쌓고 물길을 돌리는 본격적인 작업은 수량이 줄어드는 동절기에 할 것이지만, 그 전에 탐사를 통해 지점을 확정하는 게 선행일 터이다.
　음식 준비와 집 안 청소 등의 가사는 나메가 맡았다. 그녀를 돕는 건 키쿠소마르인데, 그도 나름의 할 일이 있었다. 옴마나스와 함께 타레올구르를 가는 날을 제외하곤 말과 낙타, 가축을 돌보며 땔감을 조달하고 약용 식물을 채취하는 일을 했다. 도데도 틈틈이 나메를 거들거나 키쿠소마르를 따라 약초 채취에 나서곤 하였다. 그럴 땐 약초 이름과 그림이 있는『본초편람』*이란 책을 들고 다니며 채취할 약초와 책의 그림을 대조하는 등 나름 열심이었다.『본초편람』은 옴마나스가 이용하는 약초 책이며, 옴마나스가 후이오챠에서 의술을 익힐 때 스승인 수마혼차간으로부터 잘 간직하라는 당부와 함께 받은 책이었다.

　도데가 이렇듯 약초에 흥미를 갖게 된 계기는 푸른색 꽃을 피운 어떤 식물로 인함이었다. 도데가 계류지 부근에서 자주 눈에 띄는 푸른색 꽃식물에 대해 키쿠소마르에게 약초냐고 묻자 키쿠소마르가 아닐 수 있다고 했다. 그리고 키쿠소마르는 '약초와 독초는 잎과 줄기, 꽃 모양으론 알 수 없지만, 가축이나 짐승이 먹지 않는 풀이나 나뭇잎은 대개 독성이 있다'라고 알려줬다. 그러자 도데가 궁금증에서 '푸른 꽃을 꺾어서 염소에게 줘서 확인하겠다'라는 걸 키쿠소마르가 말렸다. '약초라고 여겨 함부로 만지다간 손에 독이 묻어 죽을 수도 있다'라며 '꼭 확인하려면 나뭇가지 같은 거로 잎사귀를 떼서 혀끝에 대보면 알 수 있다'라고 부연했다. 그러나 정작 문제의 푸른 꽃 잎사귀를 떼서 약초인지 독초인지 확인하려 한 건 도데가 아닌 키쿠소마르였다. 그가 설명만으로는 미흡하다고 여겼는지 나뭇가지 두 개를 꺾어 저만치에

---

* 　『본초편람(本草便覽)』: 중국 전한(前漢) 때 만들어진 약초에 관한 필사본.

있는 푸른 꽃으로 걸음했다. 도데가 따라갔다. 그리고 도데가 보는 앞에서 나뭇가지를 이용해 푸른 꽃을 피운 비쭉한 잎사귀 하나를 뗐다. 키쿠소마르가 도데를 보며 씩 웃더니 떼낸 나뭇잎을 혀에 대었다. 사실은 대는 척했을 뿐이다. 이어 찡그린 얼굴을 하고 침까지 뱉었다.

"형! 괜찮아?"

"혀가 얼얼해. 쓰라리기도 하고, 독초네. 독초일수록 꽃이 예쁘거나 화려하다고 하는데 그 말이 맞는가 봐."

키쿠소마르는 표정이 본래대로 돌아왔지만 도데는 자신을 위해 독초를 혀에 댄 형에게 미안한 마음이 들었다. 형인 키쿠소마르가 약초를 채취할 때는 어김없이 장갑을 끼는 이유도 새삼 알 것 같았다.

"독초는 무서운 거야. 그래서 약초를 채취할 땐 장갑을 끼고 약초가 맞는지를 세심히 살펴야 해. 무엇보다 생소한 풀이나 꽃, 나뭇잎을 함부로 만지지 않는 게 좋아."

"알았어, 형. 꼭 그렇게 할게."

키쿠소마르는 도데의 의기소침한 모습을 보곤 돌아서서 빙긋 웃었다. 그러나 예전 '생소한 풀이나 나뭇잎은 절대 만지지 말라'고 엄명하던 옴마나스의 모습이 떠올라 곧 웃음을 지웠다.

도데도 몇 달 전의 도데가 아니었다. 아비인 옴마나스로부터 비극적인 자신의 가족사를 듣고 난 뒤로 성격이 차분해지고 한결 어른스러워졌다. 발흐에 살 땐 가끔 아버지에게 세상의 현자나 기인에 관해 얘기를 해달라고 졸랐으나 이젠 그러지 않았다. 대신 키쿠소마르와 마찬가지로 자신의 아비인 옴마나스가 지닌 의술에 관심을 두고 그 의술을 배우려는 의지를 보였다. 약초 채취에 열성을 쏟는 것도 이와 무관하지 않았다. 아비의 조수는 키쿠소마르이지만 키쿠소마르의 조수는 도데인 셈이었다.

계류지 건너편에 소담스럽게 폈던 두 곳의 흰 뭉텅이 꽃은 언제부터인가 보이지 않았다. 꽃과 줄기가 시들어 말라 죽지 않았다면 옴마나스가 독초로 판단해 제거했을 터이다.

계류지에 정착한 지 두 달쯤 되었을 때 옴마나스는 아게스 밀을 잘 아는 젊은 투고트족 길잡이를 붙여 키쿠소마르를 아게스 밀로 보냈다. 필요 약재를 구입하는 명목이나 실제는 그쪽 사정을 알기 위함이었다. 그로부터 10여 일이 지나 키쿠소마르가 무사히 돌아왔다. 떠도는 소문 이상으로 전하는 소식은 어두웠다. '연전 아게스 밀에 쳐들어온 흉노군을 왕의 군대가 겨우 물리치긴 했으나 그때 왕인 투란 바스네프가 큰 부상을 입었다'는 것과, 그 증거로 왕은 궁궐에서 칩거할 뿐 성내에 모습을 내밀지 않고 있다는 것이었다. 또 '왕의 부재로 인해 사람들 사이에 흉흉한 소문이 돌다 보니 생활이 피폐해져 아게스 밀 도성을 떠나는 정주민이 한둘이 아니다'라는 등이었다. 그리고 키쿠소마르가 끝으로 들려준 소식은 자못 충격적이었다. '왕비인 아나테미스가 왕의 학대에 못 이겨 남쪽 망루에서 뛰어내려 자살을 했는데 불과 몇 달 전 일'이라는 거였다.

아이를 낳지 못한다는 이유로 아나테미스가 학대를 받고 있다는 얘기는 오래전에 들은 바 있지만, 막상 그녀의 죽음을 접하자 옴마나스는 애통한 심정을 가눌 수 없었다. 그러나 내색은 할 수 없었다.

그날 밤늦은 시각, 토옥을 나와 느릅나무로 향하는 사람이 있었다. 옴마나스였다. 아마도 아나테미스에 대한 그리움과 연민 때문에 누구의 눈치도 보지 않고 홀로 애상에 젖고 싶었으리라.

지류를 막아 물길을 돌릴 곳은 진작 정했으나, 돌린 물이 순조롭게 흘러가도록 골을 내는 일은 진척이 더뎠다. 물길을 내는 곳이 멀어 수시로 갈 수 없다는 게 주된 이유였다. 그곳을 기점으로 보면 계류지보다 본류인 추강에 더 가까웠다. 그럼에도 그곳을 택한 건 오로지 그 일대의 지표면이 가장 낮기 때문이었다. 어쨌든 닥쳐올 동절기를 감안해 적어도 물골을 내는 작업은 한 달 이내로 끝을 내야 했다. 그나마 다소 여유가 있는 건, 일단 물을 막아 물길을 돌린 뒤 보완해야 할 부분은 차차 해도 될 듯싶었다. 물론 지류의 물을 완전히 막는 게 아니었다. 물꼬를 조금 터서 작은 물줄기가 기존의 물길을 따라 흐르도록 할 터이다. 계류지에서 거주하는 한 생활에 필요한 물은 있어야 하기 때문이다. 아침저녁으로 기온이 꽤 서늘해졌다.

옴마나스가 타레올구르에 가면 빠지지 않고 들르는 데가 있었다. 바로 초물래의 당집이었다. 굳이 그럴 필요는 없으나 선친의 옛 친구이기에 인사를 하고 안부를 물어야 예의일 것 같아서였다. 물론 초물래도 옴마나스가 오면 '필요한 것이나 부탁할 게 없느냐?' 하고 유난한 정을 보이지만 옴마나스는 되도록 부담이 될 만한 말은 삼갔다. 그런 초물래가 옴마나스를 보면 입버릇처럼 하는 말이 있었다. "도데는 잘 있지요? 그 녀석이 가끔 생각이 나요." 하면서 도데를 입에 올리는 거였다. 그래서 옴마나스는 한 번 도데와 같이 와야겠다고 생각을 했다. 그러나 돌아서면 잊곤 하였다. 타레올구르는 대개 열흘 간격으로 가는데 나귀를 끌고 가지 않을 때도 키쿠소마르는 데려갔다.

계류지 토옥에서 생활한 지 석 달이 지났다. 새로 물길을 내는 작업은 웬만히 마무리되었다. 지형에 따라 지표면을 약간 파거나 가장자리를 돋우는 정도이지만 지류에서 대략 삼백여 걸음까지 물길을 조성했다. 이만큼이면 계류지 쪽으로 물이 흘러들지 않을 듯싶었다. 이왕이면 새로운 물길이 남으로 흘러 본류와 합치되길 바랄 뿐이다. 물길 작업을 할 때 캐낸 돌들은 한 군데

관용

모아뒀다. 물막이용으로 사용하기 위함이었다.

들판에 나가 가축들의 겨울 먹이인 건초용 풀을 베던 파무체카가 다른 뭔가를 할 모양이다. 어제, 동절기 시점을 알기 위해 동쪽 밤하늘의 별 무리를 관찰하더니 오늘 오후에 타르박을 두 마리씩이나 잡아왔다. 타르박이 흔해도 화살로 날쌘 타르박을 잡기가 쉽지 않다는 점에서 그의 활 솜씨가 녹슬지 않았다는 증거였다. 두 마리의 타르박은 파무체카가 즉시 가죽과 살을 분리했다. 살에 소금을 뿌려 말리는 것을 보니 저장할 생각인 것 같았다. 가죽도 손질해 나중 신발이나 모자로 만들면 방한용으로 손색이 없을 터이다.

파무체카의 만족해하는 표정을 봐선 풀 베는 일과 타르박 사냥을 병행할 듯싶었다. 동절기에 대비한다는 취지에서 바람직하게 여겨졌다.

옴마나스는 모처럼 키쿠소마르 대신 도데를 데리고 타레올구르를 향했다. 두 부자만의 단출한 나들이였다. 도데를 데려가긴 해도 진료가 목적이어서 도데가 탄 낙타의 등에는 진료 가방이 얹혀 있었다. 옴마나스에게도 달리 생각이 있었다. 이번에 도데에게 조수 일을 시켜볼 참이었다. 물론 도데가 아직은 어린 소년에 불과하나 머잖아 열세 살이 될 테고, 그간 아비가 하는 일을 누누이 봐온 터라 조수 노릇을 감당하리라는 판단에서였다.

옴마나스가 부정기적이긴 해도 진료를 하러 마을에 오는 탓에 대족장이 식품 가게 옆에 진료소를 지어주었다. 간이 진료소이지만 대족장이 편의를 봐줬다는 사실이 중요했다. 옴마나스에 대한 존대가 변함이 없음을 보여주는 것이었다.

타레올구르에도 의원이 여럿 있었다. 그러나 모두 외상이나 일상적 질환을 진료하는 수준에 지나지 않았다. 그에 비해 옴마나스는 여러 나라를 다니며 다방면에 걸쳐 의료 지식을 익히고 경험을 쌓은 터라 타레올구르 의원들보다는 실력이 한 수 위라고 볼 수 있었다. 이런 까닭에 타레올구르의 의원들도 그 점을 인정해 옴마나스가 마을에서 진료하는 것을 사실상 묵인해주었다. 나아가 묵인할 정도가 아니라 자신들의 능력 밖의 환자가 오면 옴마나스에게 진료를 받도록 권유까지 하니 옴마나스에 대한 마을 사람들의 신망이 날로 두터워졌다. 이러한 연유로 옴마나스가 의원의 표시인 홍백의 기를 진료소에 내걸면, 진료받기를 원하는 사람들의 발길이 잦음은 물론이요, 진료에 따른 수입도 생겼다. 그 수입으로 일행들의 의식에 필요한 식량이나 생필품을 사는 데 모자람이 없었다.

진료를 마치고 도데와 함께 당집에 들렀다. 초물래가 도데를 보곤 무척 반가워했다. 도데는 처음엔 서먹한 눈치였으나 초물래가 이것저것 물으며 말을 시키자 차츰 소년 특유의 활기와 명랑함이 살아났다. 그러면서도 시종 예의 바르게 굴었다. 초물래

관용

는 도데와 얘기를 나누는 게 좋은지 얼굴에 미소가 가시지 않았다. 옴마나스는 아예 뒷전이었다. 그러나 옴마나스는 전혀 섭섭하지 않았다. 섭섭하긴커녕 마치 할머니가 손자와 다정한 시간을 보내는 것처럼 보여 여간 흐뭇하지 않았다. '도데를 일찍 데려왔으면 좋았을걸' 하는 자책감마저 들 정도였다.

옴마나스는 도데를 진료소에 재우기가 마땅찮아 당집에서 잘 수 있도록 초물래에게 부탁했다. 초물래가 흔쾌히 승낙했다. 어쩌면 그녀가 바라던 것인지 모를 일이다.

"객사가 따로 없지만, 아이를 재울 여분의 방은 있어요. 아주 오래전, 그대의 부친도 여기서 한 며칠 주무신 적이 있답니다."

옴마나스는 도데를 초물래에게 맡기고 당집을 나왔지만 초물래가 '그대의 부친도 여기서 한 며칠 주무신 적이 있답니다'라는 말이 귓가에 맴돌았다. 그는 알 듯 모를 듯한 의미를 되새기며 진료소로 걸음했다.

다음 날 늦은 오전, 도데를 데려가기 위해 당집에 갔다. 그런데 초물래는 아이가 당집에 좀 더 있길 바라는 의사를 내비쳤다. 옴마나스는 뜻밖이어서 대답을 망설였다. 물론 초물래를 신뢰하는 마음은 변함이 없으나 쉬이 허락하거나 거절할 일도 아니기 때문이었다. 그런 가운데 도데가 '이곳에서 맛있는 걸 먹고 짧으나마 초물래에게서 훈육을 받는다면 굳이 데려갈 필요가 없지 않으냐' 하는 생각이 들었다. 어쨌든 도데의 의향이 중요했다. 그래서 옴마나스는 도데에게 의사를 물었다. 그런데 도데는 선뜻 대답지 않고 되레 아비를 쳐다보며 눈을 마주쳤다. 아비의 결정을 따르겠다는 무언의 표시였다. 옴마나스가 결정을 내렸다. 도데를 초물래에게 맡겨두기로.

열흘이 지난 이른 아침, 옴마나스는 파무체카와 나메, 키쿠소마르와 더불어 행장을 꾸렸다. 수레를 끌 나귀가 빠질 리 없었다. 목적지는 타레올구르였다. 그동안 일행들은 나름의 일에 매달렸기에 다 같이 타레올구르를 다녀오는 것도 괜찮을 듯싶었다. 물론 당집에 머무는 도데도 데려올 작정이었다. 또 타레올구르의 상점에서 필요 물품을 사고, 음식점도 들러 제대로 된 슈르빠나 고기 요리를 먹을 것이다. 초물래와 대족장에게 줄 선사품을 가져가는데, 그것은 파무체카가 잡아 말려둔 타르박이었다. 각기 두 마리씩이었다.

이튿날 저녁, 옴마나스는 타레올구르에서 오느라 피곤했지만 도데가 초무래의 당집에서 어떻게 지냈는지가 궁금했다. 아이에게 우회적으로 물었다.

"도데야! 여기보다 초물래 할머니 집이 좋지?"

"좋지만 조금 무료했어요. 오래 있을 곳은 못 돼요."

"왜 그렇지?"

"할머니 이외에는 모두 낯선 어른들이라 말을 걸 상대가 없

있어요. 여긴 아버지도 계시고, 키쿠 형도 있어서 심심하지는 않잖아요."

"그렇구나. 할머닌 네게 재미난 얘기를 해주던?"

"매번 같은 얘기였어요. '남자는 불굴의 용기를 가져야 한다' '비겁하지 말아야 한다' '은혜를 알아야 한다' '관용을 베풀어야 한다' 등등이었어요."

"좋은 말씀을 해주셨구나. 다른 말씀은 하지 않으시던?"

"관용을 유독 강조하셨고요. 재미있게 들은 얘기도 관용에 대한 거였어요. 제가 잊을까 봐 같은 얘기를 두 번씩이나 해주셨어요. 〈열쇠와 자물통〉이라는 조금 우스운 얘기예요."

"열쇠와 자물통이라······. 나도 아는 전래 얘기인 것 같구나. 어쨌든 할머니가 네게 맛있는 것과 편안한 잠자리, 교훈적 얘기를 해준 데 대해 고맙게 여겨야 해. 그게 바로 은혜를 아는 일이야."

"네, 아버지. 저도 할머니에게 마음속으로 고마워하고 있어요."

옴마나스는 토옥의 문을 열고 밖으로 나왔다. 달이 떴어도 구름에 가려 주위가 어두웠다. 평소 같으면 느릅나무 아래로 갈 텐데 지금은 그러지 않았다. 기분이 왠지 씁쓰레했다. 초물래가 도데에게 들려준 〈열쇠와 자물통〉 얘기가 원인이었다. 사실 옴마나스도 〈열쇠와 자물통〉 얘기를 어릴 적 부친에게서 들은 적이 있어 대강의 줄거리는 알고 있었다. 한마디로 〈열쇠와 자물통〉

얘기는 사람들이 옹졸하게 굴지 말고 관용을 지니라는 거였다. 관용은 사람이 추구하고 실천해야 할 덕목이긴 해도 복수를 앞둔 그에게는 한낱 귓가로 흘리는 말일 뿐이었다. 그런데도 옴마나스가 이렇듯 심기가 불편한 건, 초물래가 옴마나스의 귀향의 목적을 간파해 〈열쇠와 자물통〉 얘기를 빌려 복수하지 말라는 뜻을 전한 것이 아닌가 하는 의구심에서였다. 물론 초물래의 뜻이 정말 그렇다 해도 결코 받아들일 일이 아니었다. 복수를 위해 수십 년을 유랑하고 온갖 희생을 감내했는데, 이제 와서 포기한다는 건 정녕 있을 수 없는 일이었다.

열쇠와 자물통

큰 느티나무 밑동에 사는 새하얀 쿠욘차(토끼)가 여덟 마리의 새끼를 낳은 뒤 죽었다. 새끼를 낳느라 기력을 소진했고 먹을 게 없어 굶주린 탓이었다.

그런데 언제부터인가 그 느티나무 위에 한 남자가 살고 있었다. 그는 자신의 키보다 더 길고 둘레도 한 아름쯤 되는 통나무 한쪽을 뾰쪽이 깎아 손잡이를 단 뒤, 그걸 타고 나무 위에서 곧장 땅으로 꽂히곤 하였다. 그 모습은 마치 힘차게 던진 창이 땅에 내리꽂히는 것과 다르지 않았다. 땅이 푸석하고 낙엽이 켜켜이 쌓였어도 그와 그의 통나무는 늘 한 몸이 돼 땅에 꽂혔다. 남자는 늘 그런 식으로 나무를 내려오곤 하였다. 남자가 느티나무에 오르는 것도 순식간이었다. 그가 타고 내려온 통나무도 마찬가지로 순식간에 사라졌다. 사람들은 그 점에 대해 통나무 뒤쪽에 줄이 달린 까닭에 남자가 나무에 올라가 재빨리 끌어 올렸을 거라고 추측할 따름이었다.

꽂히는 남자의 신기한 재주는 목격자들에 의해 소문으로 널리 퍼졌다. 나중 나라를 다스리는 통치자의 귀에까지 들어갔다. 통치자는 반신반의하다가 어느 날, 소문을 확인하기 위해 느티나무로 행차하게 되었다. 그리고 느티나무 아래에서 위를 쳐다보며 "여봐라!!"라고 여러 번 소리쳐 남자를 불렀다. 하지만 대답이 없었다. 대답은커녕 남자의 모습조차 볼 수 없어 통치자는 속은 셈 치고 그만 발길을 돌리려고 했다. 그때 등 뒤에서 뭔가 쿵!! 하는 땅이 흔들리는 듯한 큰 소리가 났다. 깜짝 놀라 돌아보니 어떤 남자가 통나무와 함께 땅에 비스듬히 처박혀 있는 게 아닌가. '저 높은 느티나무에서 통나무를 타고 쏜살같이 내리꽂히다니…….' 남자의 재주를 직접 본 통치자는 경탄을 금치 못했다. 그때 통치자는 문득 생각했다. '이렇듯 신기한 재주를 부리는 사람이라면 필시 신통한 영험자일 수 있다'라는 것이었다.

통치자는 망설이지 않고 남자에게 청했다.

"그대의 재주를 보니 보통 사람은 아닌 듯하다. 내게 소원이 있는데 그대가 이뤄줄 수 있는가?"

남자가 대답했다.

"한 가지 소원만 가능합니다. 단, 조건이 있습니다. 여덟 나라의 각기 다른 먹거리를 가져와 제가 먹을 수 있게 해주셔야 합니다."

"그게 조건이냐? 쉽군! 음식을 차질없이 준비해서 그대에게 가져오마."

통치자가 꼽히는 남자를 만났고, 남자에게 여덟 나라의 먹거리를 주면 소원을 이뤄준다는 소문도 곧 다른 나라에까지 퍼졌다.

그 무렵, 통치자는 꼽히는 남자와의 약속을 두고 고민에 빠져 있었다. 여덟 나라의 각기 다른 음식을 구하는 건 어렵지 않으나 소문이 여덟 나라에 퍼진 이상 그 나라의 통치자들이 어떤 행동으로 나올까 하는 것 때문이었다. 사실 각 나라의 통치자들은 그와 형제지간이었다. 어려운 환경 가운데서도 열심히 노력한 덕분에 빠짐없이 각기 나라를 다스리는 통치자가 되었지만, 형제간의 사이는 매우 좋지 않았다. 모두 영토에 대한 욕심이 원인이었다. 어찌 보면 새끼 적 엄마 젖을 두고 다툼했던 것의 연장인지 모른다.

그러나 통치자는 고민보다는 소원에 더 비중을 두었다. 자기 나라 음식에 더해 은밀히 일곱 나라의 음식을 구해 느티나무 아래에 상을 차렸다. 그런데 어떻게 알았는지 상을 차리자마자 형제

관용

들인 각 나라의 통치자들이 나타났다. 최초 통치자는 심히 불쾌하고 못마땅했다. 자신의 노력을 형제들이 가로채려 하다니…….

그렇지만 최초 통치자는 상차림은 남자와 자신 간의 약속이지 형제들과는 무관하다고 판단한 나머지 거들떠보지 않고 나무 위의 남자를 불렀다. 그런데 자기 혼자만의 목소리가 아니었다. 등 뒤에 선 형제들이 기회다 싶어 덩달아 남자를 부르는 것이었다. 통치자는 분통이 터졌다. 하지만 어쩔 수 없는 일이었다.

잠시 후 남자의 모습은 보이지 않고 음성이 들려왔다.

"음식상을 차려줘서 고맙습니다. 이제 소원을 말해주십시오."

그 말을 듣자마자 통치자가 급히 응답했다.

"나의 궁전을 모두 금으로 바꿔달라!"

그러나 이번에도 최초 통치자의 소원뿐이 아니었다. 형제들도 이구동성으로 제각기 소원을 목청 높이 소리쳤다.

"나의 리뽀슈카(빵)가 여기 있다. 내게도 궁전을 지을 금을 달라!"

"나의 삼사(만두)도 여기 있다. 천 년을 살 수명을 내게 달라!"

"나의 라그만(면 요리)도 놓여 있다. 내게 하늘을 날 수 있는 능력을 달라!"

"나의 코크탈(생선 요리) 냄새가 나지 않느냐? 아름다운 여인들을 달라!"

"나의 샤슬릭(양고기 꼬치)도 보이지 않느냐? 진귀한 보화를 달라!"

*

최초 통치자는 참으로 난감했다. 그리고 화가 머리끝까지 치밀었다. '이런 염치 없는 자들이 세상에 어디 있단 말이냐. 내 다시는 이런 자들과 상종을 말아야지……'

소원이 하나가 아니고 여럿인 탓일까? 나무 위에서 아무런 말이 없었다. 그렇지만 최초 통치자와 그 형제들은 누구 하나 자리를 뜨지 않고 대답을 기다렸다. 한참 만에 나무 위에서 음성이 들렸다. 그런데 기대와는 달리 수수께끼 같은 말을 하는 것이었다.

"열쇠와 자물통의 원리를 아십니까? 열쇠가 있어도 자물통과 맞지 않으면 열리지 않습니다."

"그게 무슨 말이냐?"

최초 통치자가 성급하게 반문했다.

"소원을 들어준다고 약속했지 그게 어떤 소원인지 말하지 않았습니다. 그리고 제가 들어줄 수 있는 소원이 어떤 것인지 또한 묻지 않았습니다. 단 하나의, 원하는 소원과 들어줄 소원이 일치해야 한다는 것이 열쇠와 자물통의 원리라는 말씀입니다."

"이놈! 거 무슨 해괴한 말장난이냐? 어서 금을 내놓아라! 그렇지 않으면 당장 나무를 베 너를 잡아 눈과 혀를 뽑아버리겠다."

최초 통치자는 크게 분노했다. 자신이 능멸당했다는 기분이 들어서였다. 그런데도 나무 위의 남자에게서 이렇다 할 대꾸가 없었다.

그때 성격 급한 형제 통치자 하나가 앞뒤 생각 없이 소리쳤다.

"그럼, 네가 가진 소원이 대체 뭐냐? 돈이냐? 아니면 재물이냐?"

그러자 또다시 형제간에 경쟁이라도 하듯이 너도나도 짐작될 만한 말들을 쏟아냈다.

"천 년을 살 수 있는 영약이냐?"

"살찐 가축들이냐?"

"혹시 세상에 없는 보석이 아니냐?"

"새로운 영토를 주는 것이냐?"

*

하지만 나무 위의 남자가 지닌 소원을 맞춘 게 없는지 나무 위에서 아무런 반응을 보이지 않았다. 최초 통치자가 재차 버럭 화를 냈다.

"이놈! 네가 나를 속였구나. 애초에 소원을 들어줄 능력도 없으면서 시간과 노력, 진수성찬만 허비했구나. 병사들을 시켜 곧 나무를 베고 너를 잡겠다."

나무 위에서 응대의 소리가 들렸다.

"고정하십시오. 제가 지닌 소원은 여태껏 통치자님들이 밝힌 그것보다 훨씬 유익하고 당장 필요한 것입니다."

"그게 무어냐?"

"바로 '관용'입니다."

"관용이라니? 그런 헛소리가 어디 있느냐?"

"세상을 살아가는 데 관용보다 중요한 게 없습니다. 보석과 영약 대신 관용을 드리겠습니다."

"나는 싫다. 금을 다오!"

"저는 자물통입니다. 금은 제게 없습니다. 만약 관용만이라도 받고 싶으시면 지금 말씀하십시오. 그렇지 않으면 아무것도 드릴 수 없습니다."

그때 최초 통치자의 바로 뒤에 선 형제 하나가 혼잣말처럼 말했다.

"아무것도 못 받는 것보단 차라리 관용이라도 받는 게 낫지 않을까?"

그 소리를 들을 형제들이 또 잠자코 있질 않았다. 뒤질세라 너도나도 입방아를 찧었다. 그런데 이번에 따랐다. 한목소리였다.

"관용이라도 받겠다! 관용을 다오!!"

그러자 최초 통치자도 얼떨결에 "그래, 관용이라도 다오!" 하고 입밖에 내고 말았다. 그 순간, 멀쩡하던 느티나무가 갑자기 요동치기 시작했다. 바람이 전혀 불지 않는데도 나무가 흔들리는 건 예사로운 일이 아니었다. 통치자들은 그제야 자신들이 하늘에서 내려온 텡그리(천신)에게 불손하게 굴었다는 걸 깨닫고 두려움에 몸을 떨었다. 누가 먼저라 할 것 없이 땅에 납작 엎드렸다. 나뭇잎이 온통 떨어져 음식을 차린 상 위를 모두 덮었다. 최초 통치자를 비롯한 형제 통치자들의 몸도 남김없이 나뭇잎에 덮였다. 느티나무가 잎 하나 달려 있지 않은 맨몸을 드러냈다. 나무 위에 산다는 남자의 모습도 온데간데없이 사라졌다. 그때 어디선가 나타난 하얀 새가 앙상한 느티나무를 한 바퀴 돌더니 하늘 높이 날아갔다.

이듬해 봄이 되자 느티나무에서 신기하게도 다시 잎이 돋았다. 나라와 사람들 사이에 '관용'이 널리 성행하고 있다는 증표였다. 사람들은 관용 덕분에 다툼이 줄자, 이를 고맙게 여겨 느티나무를 위해 음식상을 차렸다. 이후 느티나무는 관용나무 혹은 소원나무로 불렸다.

날이 어지간히 찼다. 들판의 초목들도 갈색이 완연했다. 동절기에 본격적으로 접어든 느낌이다. 일행들도 덩달아 분주해졌다. 동절기 동안 먹을 양식과 생필품은 확보했지만 물길을 돌리기 위한 작업이 기다리고 있었다. 지류의 물이 줄었어도 아직은 때가 아니었다. 기온이 떨어져 얼음이 얼 정도는 돼야 했다. 짐작이나 그때쯤이면 지류의 수량이 지금보다는 더욱 줄어들 것이다.

물길을 막기 위한 시점이 됐다. 지류 언저리에 살얼음이 얼었기 때문이다. 얼음이 더 얼기 전에 작업을 착수해야 할 터이다. 얼음이 언저리뿐만 아니라 더 안쪽까지 얼면 땅도 언다는 건 당연한 이치였다. 그땐 추위보다도 땅을 파거나 돌을 채취하는 일이 여간 힘들지 않을 것이다.

계류지에 유입되는 지류의 수량이 눈에 띄게 줄고 흐름도 느렸다. 내일이라도 물을 막을 현장으로 가서 유르트와 천막을 쳐야 할 것 같았다.

이른 아침, 일행 모두가 토옥을 나섰다. 작업할 현장에 유르트와 천막을 치러 가는 길이었다. 가고 오는 데만 세 시간이 소요되나, 도착해서 속히 유르트와 천막을 친다면 해가 떨어지기 전에 토옥으로 돌아올 수 있을 터이다.

다음 날에도 일행들은 먹을거리와 작업에 쓸 도구를 챙겨 어제 유르트와 천막을 쳐둔 곳으로 향했다. 날씨가 내내 지금만 같다면 작업을 마칠 때까지 유르트와 천막에서 지내는 것이 나을 수 있었다. 작업의 효율과 현장을 오가는 시간을 고려한 까닭이지만 가축을 돌봐야 하고 또 날이 점차 더 추워지리라는 점에서 선뜻 결정할 사안은 아니었다. 그런데도 물막이 작업에 시일이 걸리는 만큼 생각할 여지가 없지 않았다.

지류를 막아 물길을 돌리는 작업이 시작됐다. 큰 돌을 지류 바닥에 쌓는 기초 작업이라고 할 수 있었다. 기초 작업이라고 해

관용

도 지류를 가로질러 양 수변에 걸쳐 쌓아야 하기에 결코 단시일에 끝날 일이 아니었다. 또 둑이 튼실해야 하므로 폭을 둬야 하고, 작은 돌로 틈새를 메워야 하니 노력이 만만치 않을 터이다.

수변 한편에 미리 불을 피워놓았다. 물에 젖은 몸을 말리기 위해선데 잠시뿐이고 돌을 쌓기 위해 물에 들어가면 다시 젖게 마련이다. 허리 높이쯤 돌을 축조하면 물에 젖지 않을 테지만 그때가 언제가 될지 지금으로선 요원하게 느껴졌다.

모두가 하나같이 작업에 매달렸다. 나메와 도데도 이것저것 거들고 삼태기로 돌도 날랐다. 다른 한편에선 키쿠소마르가 수변의 둔덕을 파고 있었다. 물막이와 병행해 새 물길을 내기 위한 작업이었다. 혼자선 벅찰 법도 한데 그는 묵묵히 그 일을 했다.

하루해가 어느덧 먼 산야의 끝자락에 머물고 있었다. 일에 열중하느라 저녁이 오는 걸 미처 깨닫지 못했다. 내일부턴 토옥으로 돌아가는 시간을 고려해 좀 더 일찍 마쳐야 할 터이다. 작업에 대한 성과보다 합심해서 함께 했다는 것에 의의가 있는 첫날은 그렇듯 지나갔다.

지류를 막아 물길을 돌리기 위한 작업이 며칠째로 접어들었다. 그런 가운데 옴마나스와 파무체카는 한동안만이라도 유르트에 머물기로 의견을 봤다. 큰 추위가 닥치면 손을 놓아야 한다는 측면에서 작업을 얼마쯤이라도 더 진척시키려는 욕심에서였다. 그렇지만 둘이서 유르트에 기숙하며 돌을 쌓은들 남은 작업이 더 많아 새 물길이 언제 날지는 가늠하기 어려웠다. 단지 동절기가 끝나고 날이 풀려 물이 불어나기 전에 일을 모두 마쳐야 한다는 데에는 생각이 같았다.

쉬는 날 없이 일한 탓에 무릎 높이 이상 축조할 수 있었다. 물막이 작업을 시작한 지 보름 만이었다. 기온이 크게 떨어지지 않은 덕분이었다. 옴마나스가 진료차 타레올구르에 가는 걸 기회로 일행들은 작업을 멈추고 한 이틀 쉬기로 했다. 키쿠소마르가 늘 그렇듯 옴마나스와 동행하였다.

사흘 뒤, 작업이 재개되었다. 기온은 여느 때와 별 차이가 없는데 바람이 매서웠다. 몸이 물에 젖기라도 하면 살을 에는 듯한 고통이 뒤따랐다. 그럴 적마다 불을 쬐어 언 몸을 녹이는 외는 도리가 없었다. 그런 와중에도 늘 하던 일이고 손에 익어 작업은 그럭저럭 진행되었다. 키쿠소마르도 축조 작업에 합세했다. 땅이 얼어 둔덕을 파는 일이 여의치 않기 때문이었다.

추위에 손발이 오그라들고 일이 힘들어도 일행들에게 소소한 위안거리는 생기기 마련인가 보다. 당일 작업을 마치면 모처럼 염소고기를 먹을 것인바, 어제 파무체카가 숫염소 한 마리를 잡은 까닭에서였다.

추위가 심해 작업을 하는 날보다 하지 못하는 날이 더 많았다. 그런데도 애초 목표로 했던 허리께는 아니더라도 근접한 높이로 축조하기에 이르렀다. 무엇보다도 축조물이 수면보다 한결 높아져 물에 몸이 젖지 않고 작업을 할 수 있게 된 게 다행이었다. 지류의 수심은 무릎 언저리에 머물고 있었다. 이제는 지류를 막기 위한 축조보다 지류의 둔덕을 허물어 새 물길을 내는 일에 전념해야 할 판이다. 그래야 물이 넘치지 않을 테니.

새 물길을 내는 작업이 중단과 재개되기를 근 두 달 가까이 반복됐다. 추위가 심하면 토옥에서 쉬어야 했고, 추위가 덜하면 모두가 현장으로 가서 작업에 임했다. 그런 노력을 기울인 결과 둔덕의 일부를 허물어 새 물길마저 낼 수 있었다. 하지만 그것으로 모든 작업이 끝난 게 아니었다. 마무리 작업이 남아 있었다. 지류를 막은 축조물을 기존의 물 높이보다 좀 더 쌓아야 하고, 물이 새는 걸 막을 겸 해서 축조한 바깥면을 돌과 흙으로 보완할 필요도 있었다.

문제는 날씨였다. 날씨만 좋다면 옴마나스와 파무체카의 바람대로 동절기 중에 작업을 끝낼 수 있을 터이다. 이미 해가 바뀠으나 추위와 바람이 사나운 동절기가 끝나려면 족히 석 달은 더 있어야 할 것 같았다.

시일이 감에 따라 추위가 조금씩 누그러졌다. 작업에 큰 도움이 됐다. 그러나 날씨는 여전히 영하를 오르내렸다. 수변의 둔덕을 허물어 지류의 폭 이상으로 넓혔다. 작업이 대략 3분의 2 이상 진척된 듯싶었다. 지류의 물줄기가 새로운 지형으로 순탄하게 흘러갔다. 하절기가 돼 수량이 크게 불어나도 조성한 둑이 넘치는 일이 없기를 바랐다.

축조물 보완 작업을 하기 전 마지막 남은 염소를 잡았다. 우리에는 이제 양만 두 마리 남았다. 양에게서 젖을 얻고 있지만, 일행들의 체력이 고갈되면 양도 부득이 도살해야 할 형편이다.

모두가 전심전력으로 일한 탓에 축조물 보완 작업도 그 끝이 보였다. 사소한 잔일밖에 남지 않아 지류를 막아 물길을 돌리는 본 작업은 마무리 단계에 접어든 셈이었다. 축조물도 수변의 둔덕 높이로 쌓았고, 축조물 바깥면은 둔덕을 허물 때 나온 흙과 돌로 두텁게 보강을 했다. 물도 새지 않을뿐더러 이 정도면 큰물이 나서 넘칠지언정 축조한 둑이 허물어지지는 않을 터이다. 이제 새로 난 물길에서 작게 물꼬를 터 물줄기가 계류지로 흐르도록 하면 더 손댈 일은 없을 것이다. 이 물줄기도 장차 막을 예정이었다.

지류를 막아 물길의 방향을 돌리는 작업이 모두 끝났다. 찬바람이 기분 좋게 느껴지는 3월 초순의 어느 날이었다. 작업의 출발점이자 이정표가 됐던 유르트와 천막을 해체하는 일행들의 모습이 한결 여유로웠다. 작업에서 헤어난 탓이지만 추위와 삭풍

속에서도 노력을 다한 뒤라 의당 성취감도 있을 법했다. 또 눈을 들어 자신들이 이룩한 둑과 새 물길을 볼라치면 벅찬 감회는 아닐지라도 함께 애쓴 날들만큼은 오래 기억될 터이다.

이튿날, 옴마나스와 파무체카는 계류지를 둘러보며 모처럼 한가한 시간을 가졌다. 물길이 끊긴 계류지는 우묵한 부분은 제외하곤 군데군데 바닥이 드러나 있었다. 바위 밑이나 수초 사이에 나뭇잎처럼 말라 죽은 물고기도 더러 보였다. 계류지 한가운데는 여전히 희고 반질반질한 얼음이 덮고 있었다. 그쪽은 얼음이 녹지 않았다는 표시였다. 그렇지만 얼음 아래는 공간일 가능성이 컸다. 적어도 물이 빠지는 구멍이 실재한다면 그럴 터이다. 어쨌든 얼음이 모두 녹고 바닥이 말라야 확인할 수 있는 사항이었다.

파무체카는 요사이 옴마나스가 어딘지 얼굴이 그늘지고 말수도 줄어 은근히 마음이 쓰였다. 마침 둘만 있는 걸 기회로 옴마나스에게 우회적으로 말을 붙였다.

"옴마나스 님! 계류지를 보니 동절기 전에 작업이 끝나 여간 기쁘지 않습니다. 이제는 휴식을 취해야 하지 않겠습니까?"

"그래야겠지요. 다음 계획을 위해서라도……."

"소관은 계류지 가운데가 녹으려면 시일이 걸리니만큼 그전에 푹 쉬어 체력을 회복하는 게 우선이라고 생각합니다. 그래서 하는 말씀입니다만, 소관이 뵈기엔 옴마나스 님께서 몸이 많이 축난 것 같습니다. 매사 제쳐놓고 휴식의 시간을 가졌으면 좋겠습니다."

"축난 건 나나 그대나 매일반 아닌가요. 넉 달여 동안 노역을 했으니 어려하겠어요. 사실 그대의 연세를 감안해 늘 걱정이 앞섰어요. 이제 물길을 돌리는 일이 마무리됐으니 그대부터라도 휴식의 시간을 가지세요."

"고마우신 말씀입니다. 지금도 그렇지만, 소관도 옴마나스 님의 건강이 염려됐습니다. 그래서 작업이 끝난 게 기쁘고 또 얼마나 홀가분한지 모릅니다."

"홀가분하다는 말이 가슴에 와닿는군요. 나도 같은 심정이에요. 한데 괜한 연민일지 모르나 계류지에 사는 뭇 생명과 주변 동식물에 대해 신경이 쓰이네요."

파무체카는 옴마나스의 속내가 계류지의 물길이 끊김으로써 희생된 동식물에 대한 것임을 짐작하자 마음이 놓였다. 그러나 한편은 지류의 물길을 돌릴 수밖에 없는 대의보다 사소한 동식물들의 희생을 염두에 두고 있는 옴마나스가 예전 같지 않게 느껴졌다. 옴마나스의 성품이 사려 깊고 온화하나 중요한 결정에 있어선 강단 있게 처리한다는 점 때문이었다. 물론 파무체카 그 자신도 계류지 뭇 생명의 희생을 달가워하는 바는 아니었다. 그렇지만 계류지가 물이 없는 분지가 될지라도 그에 적응하는 또 다른 생명이 자리를 튼다는 점에서 희생을 변화나 순환쯤으로 치부해도 될 성싶었다. 그런 관점에서 옴마나스가 나약해진 것일까 하는 의구심마저 들었다.

"무슨 생각을 하고 있습니까?"

"소관은 그 점에 대해선 어쩔 수 없었다고 생각합니다. 우리의 숙원이 훨씬 중차대하기에 그러합니다."

"그래요? 그대는 행여 내가 계류지 뭇 생명의 희생에 대해 마음 아파하는 사람으로 보입니까?"

의외였다. 옴마나스가 분명 뭇 생명과 주변 동식물들의 희생이 신경 쓰인다고 했는데 지금은 그렇지 않은 양 되물으니 어떻게 대답을 해야 할지 당혹스러웠다. 그럼, 앞서 한 말은 진심이 아니란 말인가.

"사실, 계류지의 동식물 희생도 희생이지만 아칸데우스에서 물이 공급되지 않으면 결국 아게스 밀 성민들이 고통을 겪게 될 테니 그게 마음의 부담이 됐던 것이외다."

파무체카는 옴마나스의 본의가 따로 있음을 깨닫자 자신의 섣부른 짐작이 겸연스러웠다. 아울러 옴마나스의 의지가 변함이 없다는 것을 확인할 수 있었다는 점에서 기쁘기도 하였다. 무슨 위무의 말이라도 해서 옴마나스의 기분을 가볍게 해주고 싶다는 마음이 우러났다.

"소관은 옴마나스 님의 깊은 의중을 미처 헤아리지 못했습니다. 그러나 한 말씀 드린다면 아게스 밀엔 아칸데우스 수원 말고도 발하슈호(湖)*에서 유입되는 물이 있지 않습니까? 그 물이 아 칸데우스 수원에 못잖으니 한동안은 견딜 수 있으리라 봅니다.”

“발하슈호의 물이라……. 성내 저수조에도 물이 있을 테지 요. 하지만 아칸데우스에서 물이 공급되지 않으면 결국은 성민 들 절반 이상이 큰 고통을 겪을 겁니다. 물론 왕을 잘못 세운 걸 탓해야 하겠지요.”

그 말끝에 옴마나스가 그렇지 않으냐는 듯 파무체카를 쳐다 봤다. 파무체카는 그 시선에 기분이 고양되었다. 옴마나스가 인 간적 고뇌를 할지라도 복수는 철저히 이행할 것이라는 믿음에서 였다.

“당연한 말씀입니다. 왕을 받들고 왕의 악행을 묵인까지 했으 니 그 정도의 대가는 치러야 합니다. 인과응보가 아니겠습니까? 하, 하…….”

“인과응보라……? 아주 적절한 표현입니다.”

4월이 되자 계류지는 마른 분지로 변했다. 한가운데는 아직 물기가 남아 있어도 그 주변이 평평한 암반층이어서 발이 빠질 염려는 없었다. 옴마나스는 얼음이 모두 녹는 대로 침수 원인을 확인하려고 했었다. 하지만 얼음이 진작 녹았는데도 바닥이 대

---

* 　발하슈호(Lake Balkhash) : 카자흐스탄 동남간에 있는 큰 호수.

체로 무르고 수초까지 거치적거려 침수 확인을 차일피일 미뤘다. 그러다 파무체카와 함께 기어이 그 일을 결행했다. 불과 이틀 전이었다.

계류지 가운데는 표층이 내려앉아 널따랗게 파인 형태였다. 침하의 범위는 넓으나 깊진 않았다. 사람의 키 높이쯤 됐다. 예상대로 파인 중심부에 침수공(沈水孔)이 있었다. 그런데 한 곳이 아니었다. 한 군데의 틈새와 여러 개의 작은 구멍들로 침수대(沈水帶)를 이루고 있었다. 특이한 점은 내려앉은 밑부분도 표층과 마찬가지로 녹색을 띤 암반이라는 점과 틈새나 구멍 모두 암반에 나 있다는 사실이었다. 인공이 아닌 자연적으로 생성된 게 분명했다. 경이로우나 이로써 계류지의 물이 갈라진 틈새와 구멍들을 통해 백 리 밖에 있는 아칸데우스 못으로 유입되는 것을 확인한 셈이었다.

옴마나스는 조심스럽게 밑으로 내려가 갈라진 틈새를 들여다봤다. 틈새 폭이 한 뼘 조금 넘는 정도라 사람이 빠질 일은 없겠으나 깊이를 알 수 없어 몸이 절로 움츠러들었다. 그러나 호기심을 충족시킬 만한 특별한 건 없었다. 단지 짙은 어둠과 냉기, 그리고 비릿하기조차 한 냄새가 다였다.

옴마나스가 다시 위로 올라왔다. 파무체가 실망스러운지 농기로 맞아주었다.

"소관은 큰 뱀은 아니더라도 작은 뱀은 몇 마리는 있을 줄 알았습니다. 그런데 말라비틀어진 물고기들만 눈에 띄니 소문과는 영 딴판입니다."

"그래서 소문이라고 하지 않습니까? 만약 소문대로라면 우리가 어디 이곳에 접근이나 할 수 있었겠소. 어쨌든 물이 빠지는 침수공을 눈으로 확인했으니 헛수고는 아니 한 셈입니다. 다소 맥빠지긴 하지만……."

"소관이 실없는 소리를 했어도 속마음은 그렇지 않습니다. 허, 허……."

"나도 압니다. 이제 체력도 웬만히 회복됐으니 금명간 다음 계획을 의논토록 합시다."

엿새 후, 파무체카와 키쿠소마르가 함께 길을 떠났다. 목적지는 아게스 밀이었다. 지난번과 마찬가지로 아게스 밀의 내부 사정을 염탐하는 게 주목적이었다. 파무체카는 아칸데우스 못의 상태를 확인할 겸 해서 동행하는데, 전적으로 본인이 원해서였다. 원래 옴마나스와 키쿠소마르가 가기로 돼 있었으나, 파무체카가 출발을 하루 앞두고 옴마나스 대신 자신이 가겠노라고 해서 키쿠소마르와 동행하게 된 것이었다. 이번에도 길잡이를 세웠다. 길잡이는 지난번 키쿠소마르와 아게스 밀을 다녀온 연해 투고트족 젊은이였다. 젊은이는 키쿠소마르보다 서너 살 위로 나이는 많지 않았다. 그런데도 장사꾼인 아버지를 따라 소년 시절부터 아게스 밀을 왕래한 터라 그쪽 지리에 대해선 누구보다도 밝았다. 아칸데우스 못이 위치한 곳도 안다고 했다.

젊은이를 길잡이로 주선한 건 초물래였다. 물론 길잡이에 대한 대가가 없지 않았다. 지난번에는 양 두 마리 값에 상응하는 소그드 은화를 줬으나 이번에는 양 세 마리 값에 상응하는 소그드 은화를 주기로 하였다. 양 한 마리 값을 더 얹어주는 건 아칸데우스 못을 들르고, 수레를 끄는 나귀를 데려가기 때문에 시일이 더 걸리는 까닭에서였다. 수레에는 물과 식량 이외에도 파무체카가 틈틈이 잡은 타르박 표피(가죽)가 실렸다. 개수는 얼마 되지 않아도 표피를 팔러 가는 단순한 투고트 사람처럼 보이기 위함이었다.

옴마나스는 잠에서 놀라 깨었다. 악몽을 꾼 때문이나 심신이 허한 탓으로 돌리기엔 꿈이 너무나 생생했고 두렵기조차 했다. 한 아름이 넘는 거대한 뱀이 새빨간 혀를 날름거리며 계류지에서 나와 자신과 파무체카에게 달려들었는데, 자신은 가까스로 피했으나 파무체카는 그만 뱀에게 감겨 계류지 물속으로 사라지는 꿈이었다. 옴마나스는 불현듯 아게스 밀로 간 파무체카에게 어떤 나쁜 일이 생긴 게 아닐까 하는 불길한 예감이 들었다. 그러나 한낱 꿈인데 하고 불길함을 떨쳤지만 꿈이 예사롭지 않다는 생각은 지울 수가 없었다.

자리에서 일어나 앉았다. 저쪽 벽 가까이에 도데가 미동도 없이 곤히 자는 게 어렴풋이 보였다. 밖은 컴컴했다. 날이 새기엔 먼 시각처럼 느껴졌다. 다시 잠자리에 누웠다. 떠나기 전날, 해거름에 파무체카가 자신의 사크람의 날을 세우기 위해 숫돌에 가는 모습이 머릿속에 떠올랐다. 이상하게도 그 모습이 서글프게 느껴져 눈물이 나오려고 했다. 날이 밝으면 나메와 도데를 데리고 산책이라도 해야겠다고 생각하며 다시 잠을 청했다.

아게스 밀로 갔던 파무체카 일행이 돌아왔다. 떠난 지 20여일 만이었다. 옴마나스는 그간 파무체카의 안위를 걱정했지만, 불행하게도 걱정이 현실이 될 줄이야. 그는 병색이 완연한 모습으로 수레에 누운 채 옴마나스를 맞았다. 옴마나스에겐 더할 수 없는 충격이었다. 그리고 곧 슬픔에 휩싸였다. 파무체카는 옆구리에 큰 상처가 나 있었다. 옴마나스는 서둘러 파무체카를 나메의 방으로 옮겼다.

옴마나스가 파무체카의 옆구리에 난 상처를 살피다 말고 한숨을 쉬었다. 한숨만이 아니었다. 표정도 어느 때보다 어두웠다. 파무체카의 상처가 위중하기 때문이었다. 키쿠소마르의 응급처치가 아니었다면 어쩌면 파무체카는 살아서 옴마나스를 보지 못했을지 모를 일이었다. 옴마나스가 치료에 나섰다. 상처는 칼에 찔려 생긴 것이었다. 상처가 깊은 데다 찔린 부위가 곪은 상태였

관용

다. 장기에는 손상이 없는 것 같아도 상처가 심해 살 수 있을지는 장담할 수 없는 일이었다.

옴마나스는 일단 파무체카의 고통을 덜어주기 위해 양귀비 진액(아편)을 물에 타서 파무체카에게 먹였다. 파무체카가 '이제 괜찮다'며 희미하게 미소를 지었다. 지금으로선 출혈을 멎게 하고 환부를 소독하는 것 외엔 달리 방법이 없었다. 마침 키쿠소마르가 아게스 밀에서 산 약재 중에 출혈을 멎게 하는 강향과 열을 내리고 염증을 삭히는 황련이 있어 조금은 위안이 됐다.

모두가 파무체카의 치료와 구완에 매달렸다. 특히 키쿠소마르와 나메는 파무체카의 곁을 지키며 밤을 꼬박 새웠다. 이튿날부터 파무체카 상태가 호전된 듯 보였다. 옴마나스는 때때로 파무체카의 환부를 살피고 소독하는 중에도 몸소 양을 잡아 황기를 넣고 고았다. 파무체카의 기력을 북돋우기 위해서였다.

저녁 무렵에 파무체카가 옴마나스에게 '뵐 면목이 없다'고 했다. 옴마나스는 '무슨 소리냐'며 파무체카의 손을 잡고 다독였지만, 속마음은 그지없이 착잡했다.

하루가 또 지났다. 옴마나스의 전심적 치료 덕분인지 파무체카는 짧게나마 자신의 의사를 표명했다. 옴마나스가 나메와 도데에게 파무체카에게 될 수 있는 대로 말을 시키지 말라고 했는데, 파무체카가 스스로 말을 하는 것을 봐선 조금은 안심이 되기도 하였다. 그러나 옴마나스의 표정은 여전히 어두웠다. 그 역시 누구보다도 파무체카가 낫기를 바라나 지금으로선 텡그리(천신)의 도움 없이는 가능성이 희박하다는 걸 아는 까닭이었다. 또 파무체카가 겉으로 봐선 상태가 좋아진 듯해도 통증을 완화하는 양귀비 진액과 고깃국물 덕분이라는 것을 그가 모를 리 없었다. 키쿠소마르로부터 '아칸데우스 못의 물이 대폭 줄었다'는 얘기를 듣고도 옴마나스는 '그러냐' 하는 정도로 받아주었다. 마음이 온통 파무체카와 파무체카 상처에 쏠려 있는데 그 얘기가 귀에 들어올 리 만무했다.

파무체카 돌아온 지 사흘째가 되었다. 파무체카의 상처에서 출혈이 멎은 듯 보였다. 곪은 것도 덜해 옴마나스는 기적을 믿고 싶은 심정이었다. 다만 파무체카에게 열이 있다는 게 마음이 걸렸다. 열을 내리게 하는 황련을 좀 더 써야겠다고 생각하며 방을 나왔다.

그날 밤, 환부를 살피고 소독까지 마치고 방을 나오려니 파무체카가 옴마나스의 옷자락을 잡았다. 할 얘기가 있는 듯 보였다. 칼에 찔린 사정을 키쿠소마르를 통해 개략적으로 들었지만, 본인이 그와 관련해서 말하려는 것 같았다. 그리고 둘만 있고 싶어하는 눈치여서 나메와 키쿠소마르를 밖으로 내보냈다.

파무체카가 몸을 일으키려 했다. 옴마나스가 허리 쪽에 침구

관용

를 대 등을 받쳐주었다. 파무체카가 만족한지 미소를 지었다. 옴마나스는 파무체카가 미소를 지었음에도 그 모습이 애잔하게 보여 마음이 아팠다.

"파무체카, 상처가 점점 낫고 있어요. 힘들더라도 조금 더 용기를 내세요."

"감사합니다. 옴마나스 님을 보필해야 할 소관이 이렇듯 폐가 되니 면목이 없습니다."

"아니요. 참으로 장한 일을 했어요. 내가 할 일을 그대가 대신하다 이 지경이 됐는데 할 수만 있다면 그대의 상처와 고통을 내가 감당하고픈 심정입니다."

"그런 말씀 마십시오. 의당 소관이 할 일이었습니다. 소관이 목적한 바는 이루었지만 쿠스케, 그놈의 부하에게 일격을 당한 게 분하고 부끄럽습니다."

"그럼 애초에 아게스 밀에 간 건 쿠스케를 처단할 생각에서였습니까? 왜 나한테 말하지 않았나요?"

"말씀드리고 싶지 않았습니다. 말씀드리면 분명 만류하실 테고, 또 혼자 결행하는 게 좋을 것 같았습니다. 아게스 밀에 도착한 후 사람들이 알아볼까 싶어 되도록 날이 저물면 밖을 나갔습니다. 아게스 밀이 많이 달라져 예전 같지 않았습니다. 도착 당일, 투고트 청년에게 쿠스케가 살아 있는지 또 어디 사는지 알아봐달라고 부탁을 했는데, 며칠 뒤 투고트 청년이 쿠스케가 궁궐 근처에 살고, 왕의 재정 담당관이라는 것을 알아냈습니다. 아울러 쿠스케가 자주 다니는 술집이 있다는 것도 소관에게 귀띔해주었습니다."

"파무체카, 쾌유한 뒤 나머지 얘기를 듣는 게 어떨까요? 상처가 악화할까 염려가 됩니다."

"아닙니다. 소관은 괜찮습니다. 마저 말씀드리고 싶습니다."

옴마나스는 파무체카가 무리한다고 생각했지만, 그의 의사를 존중할 수밖에 없는 노릇이었다. 얘기가 길지 않기를 바랐다.

"쿠스케가 자주 간다는 술집을 찾아가봤습니다. 성내에 있는 고급 술집이었습니다. 예전부터 있던 술집이 아니고 어느 벼슬아치가 살던 저택을 개조한 것이었습니다. 다행스럽게도 객사에서 그 술집까지 거리가 멀지 않았고, 담벼락에 틈이 있어 숨어서 살피기에 적당했습니다. 해가 지면 어김없이 술집 담벼락에 숨어 쿠스케를 기다렸습지요. 그러기를 사나흘 했을까, 마침내 쿠스케가 부하 두 명과 함께 술집에 나타났습니다. 살이 쪄 약간 뒤뚱거려도 등불에 비친 얼굴 모습과 거동을 보니 쿠스케가 틀림없었습니다. 얼마쯤 기다렸다가 각오를 단단히 하고 술집으로 들어갔습니다.

하늘의 도움인지 사람이 많지 않았습니다. 술집 주인에게 쿠스케 댁에서 보낸 심부름꾼인데 쿠스케에게 전할 말이 있다고 하자, 별 의심 없이 쿠스케에게 안내해주었습니다. 술집 안쪽에 있는 쿠스케가 전용하는 방이었습니다. 방문 앞에 그의 부하가 지키고 있었지만, 주인이 간 뒤 사크람으로 곧 처리했습니다. 그리고 방으로 뛰어들었습니다. 여자 두 명을 끼고 술판을 벌이던 쿠스케와 마주쳤는데 그가 소관을 알아보곤 몹시 놀라는 눈치였습니다. 소관이 즉각 그의 목에 사크람을 들이대고 호통을 쳤습니다. '이 배신자야! 너를 죽이려고 이제껏 살았다. 할 말이 있느냐?' 그가 사색이 된 얼굴로 '살려달라'고 했습니다. 망설임 없이 사크람으로 그의 목을 벴습니다. '살려달라'는 말은 곧 배신을 자인하는 것이 아니겠습니까?

일을 치르고 나오는 중에 다른 한 명의 부하를 간과한 게 화근이었습니다. 갑작스럽게 칼에 찔렸는데 정신은 잃지 않았습니다. 그래서 즉각 반격해 그 부하마저 해치웠습니다. 그리고 객사로 돌아와 응급처치를 받자마자 그곳을 떴습니다. 키쿠소마르에게 응급처치를 받지 않았다면 소관이 어찌 옴마나스 님을 뵙겠습니까."

"연세가 많은데도 불구하고 참으로 대단한 일을 하였습니다. 정말 장합니다. 이제 그만 쉬어야 합니다."

"주군께서 소관의 얘기를 들어줘서 감사합니다. 다소간이나마 복수에 대한 응어리가 풀려 마음이 평온합니다."

얘기를 마친 파무체카는 힘겨운 듯 눈을 감았다.

옴마나스는 밖으로 나오면서 생각했다. 파무체카가 주군이라고 호칭한 게 마음에 걸렸다. 30여 년을 파무체카와 함께 지냈어도 파무체카로부터 주군이라는 호칭을 들은 적이 없기 때문이었다. 느낌이 좋지 않았다. 그러나 '왜 주군이라고 하느냐?'고 되묻고 싶진 않았다.

날이 채 밝지도 않았는데 나메가 옴마나스를 급히 깨웠다. 옴마나스가 일어나자 그녀가 울음을 터트렸다. 그 바람에 키쿠소마르와 도데도 깨어났다. 옴마나스는 순간, 파무체카가 잘못되었음을 직감했다. 곧장 옆방으로 갔다. 파무체카는 어젯밤 등을 받쳐준 그 상태였고 움직임이 없었다. 모습은 편안해 보이나 숨이 멎은 것 같았다. 옴마나스는 소용없는 짓인 줄 알면서도 파무체카 이름을 연속 부르며 가슴에 손을 얹고 줄곧 눌러댔다. 아무런 반응이 없었다. 몸도 차가웠다. 옴마나스가 털썩 그 자리에 주저앉았다. 얼마쯤 예견은 했어도 억장이 무너졌다. 옴마나스는 통곡을 했다. 나메와 키쿠소마르, 도데가 뒤따라 오열을 했다. 옴마나스에겐 파무체카는 육친 그 이상이었다. 그와 함께했던 지난날을 돌이키자 울음을 주체할 수 없었다.

파무체카의 시신을 토옥에서 멀지 않은 벌판에 묻었다. 땅을 파서 머리를 아게스 밀이 있는 북쪽으로 향하게 한 뒤 돌을 쌓아 짐승들로부터 훼손되지 않도록 하였다. 남은 일행들이 다시금 파무체카의 무덤 앞에서 생전의 모습을 기리며 눈물을 삼켰다. 충성심과 용맹함이 세상에 누구와도 비견할 수 없었던 용사 파무체카는 그렇듯 저세상으로 갔다. 옴마나스가 마지막으로 그를 위해 카이를 헌송했다. 파무체카가 예전 귀향의 즐거움에 들떠 흥얼거리던 그 카이였다.

까작의 초원에서 투고트의 전사를 보았는가
야만타우산정에서 사이론*을 보았는가?
사르디스 왕국**은 영화로운 우리의 본향
아! 어서 가자꾸나 푸른 희망에 심장이 뛰누나.

에실***의 강가에서 하얀 새 떼를 보았는가
킵차크의 초원에서 분출하는 태양을 보았는가
사르디스 왕국은 영원한 우리의 본향
어서 말을 달리자! 옛 친구가 우릴 기다린다.

며칠 후 옴마나스는 도데를 데리고 타레올구르로 향했다. 평소라면 키쿠소마르를 데려갈 테지만 파무체카가 없는 이상 토옥

---

* 사이론(Cyron) : 눈표범의 일종.
** 사르디스(Sardis) : 터키 트몰로스산의 기슭, 헤르무스 계곡 높은 돌출부에 위치한, 리디아 왕국의 수도.
*** 에실(Emil) : 카자흐와 러시아를 경유하는 이르티시강의 지류(이심강).

에 남아 나메를 보호해야 하기 때문이다. 타레올구르는 근 한 달 만의 방문이었다. 낙타의 등에는 키쿠소마르가 아게스 밀에서 산 약재 보퉁이가 여느 때보다 크게 올려져 있었다.

길을 가면서도 부자간에는 별 대화가 없었다. 아직 파무체카의 죽음을 받아들일 여유가 없는 탓이었다. 도데에게 있어선 파무체카는 근엄하지만 자상한 할아버지였고, 옴마나스에겐 장형과 다름없는 충직한 동반자였는데, 그를 잊기엔 아직은 시간이 일천했다.

옴마나스가 타레올구르에 당도했을 때 뜻밖의 소식을 듣게 됐다. 소식은 비감 그 자체였다. 그리고 배리(背理)였다. 옴마나스를 음으로 양으로 성원하던 차캉에브겐 초물래가 이레 전 세상을 떴다는 것과 가게 옆에 자리한 진료소가 없어진 게 그것이었다. 초물래의 죽음을 친면이 있는 가게 주인이 얘기해 알았지만, 막상 초물래의 당집에 가서 그 사실을 확인하자 애통한 마음을 금할 수 없었다.

초물래의 당집은 초모(草帽)를 쓴 어떤 늙수그레한 사람이 차지하고 있었다. 그 사람은 상심한 표정의 옴마나스 부자를 멀뚱히 쳐다볼 뿐 위로는커녕 한 잔의 물도 건네지 않았다. 옴마나스는 아들과 함께 발길을 돌렸다. 그리고 가게 주인을 재차 만나 진료소가 없어진 연유를 듣고자 했다. 그는 자세한 내막은 모

관용

르며 본 것만 애기한다고 하면서, '초물래가 죽은 뒤 타레올구르 의원 몇이 와서 진료소를 허물었다'는 게 요지였다. 가게 주인의 애기를 더 들을 필요가 없었다. 대족장과 원로들의 묵인하에 벌어진 일이라고 판단했다. 대족장을 만나볼까 하다가 단념했다. 도의(道義)보다 이해관계를 쫓는 세상 인심을 누구보다 잘 알기 때문에 그를 만난들 무슨 소용이 있으랴 싶었다. 또 초물래가 죽은 이상 타레올구르에 와서 진료를 해야 할 이유가 없어진 터라 오히려 잘된 일일 수도 있었다.

옴마나스는 약재가 든 보퉁이를 부렸다. 그리고 가게 주인더러 대족장이나 의원들이 오면 약재를 넘겨주라고 일렀다. 가게 주인은 어안이 벙벙한 표정이었지만 옴마나스는 담담한 심정이었다.

그는 지체하지 않고 그곳을 떠났다. 긴 시간이 아니어도 자신의 발자취가 남은 타레올구르에 대한 감회가 없지 않았다. 특히 초물래와 관련해서 여러 기억이 떠올랐다. 자신의 부친과의 인연에서부터 자신에게 베푼 도움에 이르기까지 어느 것 하나 소중하지 않은 게 없었다. 그러나 언제까지 초물래에 대한 회억에 젖을 수 없었다. 그 자신도 이제 늙었고 할 일이 남았다는 것을 자각한 까닭에서였다. 옴마나스 부자는 잔잔한 슬픔을 안고 강변길을 갔다.

옴마나스는 물길을 돌린 곳에 이르러 쉬어 갈 겸 해서 길을 멈추었다. 말에서 내리자마자 축조한 둑부터 살폈다. 이상이 없는 듯 보였다. 물이 작업할 때보다 많이 불어나 있었다. 남으로 돌린 물길도 순조롭게 흘렀다.

옴마나스가 생활용수로 쓰기 위해 작게 물꼬를 튼 데 와서 도데에게 말했다.

"도데야! 이 작은 물줄기가 어디로 가는지 아느냐?"

"네, 아버지! 우리가 사는 곳으로 갑니다. 전에 아버지께서 생활용수로 쓰기 위해 물길을 낸다고 하셨지 않습니까?"

"잊지 않았구나. 그래서 네게 일러두지만, 지금 우리가 사는 토옥을 떠날 적엔 이 물길도 막아야 한다. 이 일은 네가 해야 할 일이야."

"네, 아버지. 꼭 그렇게 하겠습니다."

옴마나스는 타레올구르를 다녀온 후 느릅나무를 찾아 홀로 있는 시간이 잦았다. 특히 저녁 식사 후는 거의 매번이다시피 느릅나무로 걸음했다. 느릅나무로 가는 것뿐만 아니었다. 키쿠소마르가 용케 타르박을 잡았어도 그다지 기뻐하는 것 같지 않았다. 또 나메가 말을 붙여도 무덤덤한 표정으로 대답하는 이원 달리 말하는 법이 없었다. 식솔이라고 해도 다 합쳐야 네 명에 불과한데 가장 격인 옴마나스가 저렇듯 울적한 모습이니 토옥의 분위기도 자연 침잠하고 대화도 뜸했다.

여느 때처럼 느릅나무로 가는 옴마나스를 나메가 가로막았다. 파무체카의 죽음 때문이라는 걸 모를 리 없지만, 그녀는 더는 두고 볼 수가 없었다.

"옴마나스 님! 외람됩니다만, 느릅나무로 가는 이유가 무엇입니까? 우린 옴마나스 님을 의지해 사는데 마냥 이렇게 살 수 없잖습니까?"

옴마나스는 약간 떨떠름한 눈치였다. 하지만 대답은 순순했다.

"요새 마음이 좀 그래……. 나도 생각이 있으니 너무 염려하지 마라."

옴마나스는 느릅나무 아래에 앉아 나메의 말을 곱씹었다. 자신의 행동을 그 자신이 생각해도 실망스러운 건 사실이어서 나메에 대해 불쾌한 감정은 들지 않았다. 오히려 자신의 허랑하기조차 한 행태를 지적한 나메가 고맙기까지 했다. 어쨌든 결단을 내려야 할 때가 온 것 같았다. 사실 옴마나스는 파무체카와 초물래가 연이어 세상을 등진 것을 두고 '이제는 내 차례인가?' 하고 스스로 자문하곤 하였다. 또 연관해 파무체카가 임종을 앞두고 자신에게 쿠스케를 처단한 얘기를 굳이 하고자 한 것도, 주군이라고 칭한 것도 자신도 행동에 나서라는 의도로 이해하고 있었다. 그는 더 망설일 계제가 아니라고 마음을 다잡은 뒤 자리에서 일어났다.

어제까지만 해도 눈에 띄던 느릅나무가 사라졌다. 옴마나스가 느릅나무를 베어버렸을 테지만 나무를 벤 이유는 당사자 이외 알 길이 없었다. 나메는 엊그제 옴마나스에게 투정을 한 적이 있어 그게 마음에 걸렸다. 하지만 그 일로 나무를 벨 만큼 옴마나스가 옹졸한 사람이 아니라는 걸 알기에 그럴 리 없다고 도리질했다.

옴마나스가 식솔들을 챙기는 본래의 일상으로 돌아왔다. 그런데 낯빛에서 엄준(嚴峻)한 면이 엿보여 나메와 키쿠소마르는 물론 도데까지도 얌전하게 굴며 옴마나스의 기색을 살폈다. 옴마나스가 어떤 결심을 하거나 용단을 내릴 때의 모습을 연상케 하기 때문이었다. 아니나 다를까, 해 질 무렵에 옴마나스가 세 사람을 불러 모았다. 할 얘기가 있다고 했다. 옴마나스가 편히 앉으라고 해도 셋은 되레 자세를 바르게 가졌다. 옴마나스가 세 사람을 쭉 둘러보다가 입을 뗐다.

"우리가 헤어질 때가 된 것 같구나."

왠지 심상치 않다고 느꼈는데……. 나메와 키쿠소마르는 너무 뜻밖이고 놀라 옴마나스가 왜 이런 말을 하는지를 생각할 겨를조차 없었다. 고개를 들어 옴마나스를 빤히 주시했다.

"그래서 하는 말이네만, 발흐를 떠날 때도 여기에 도착했어도 자네들에게 왜 여기 와야 했는지를 밝히지 않았는데, 그 점은 전적으로 내 불찰이야. 특히 키쿠소마르에게 지금 와서 미안하다

관용

고 용서를 구한들 비겁한 건 마찬가지겠지. 그래도 밝혀야 하는
게 도리인 것 같구나.”

옴마나스의 눈길은 줄곧 키쿠소마르에게 향했다.

“실은 내겐 숙원이 있었어. 부모 형제도 모자라 일족까지 몰살
한 원수에게 복수를 하겠다는 그 일념 말이야. 그리고 그 숙원을
이루기 위해 여태껏 살았다고 할까. 이제 그 숙원을 풀 때가 된
것 같구나. 이미 고인이 됐지만 파무체카도 바라던 일이고⋯⋯.
하지만 그전에 키쿠소마르, 네게 용서를 구하는 게 도리겠지. 이
곳에 데려온 이유를 미리 밝히지 않은 것에 대해 말이야.”

키쿠소마르는 그제야 옴마나스가 말하고자 하는 의도를 조금
은 알 것 같았다. 자신의 원수 갚는 일에 관여하지 말고 떠나라
는 것으로 짐작됐다. 그렇지만 존경하는 스승이고 함께한 날도
적지 않은데 그 곁을 떠난다는 건 있을 수 없다고 생각했다.

“스승님! 한 말씀 드려도 되겠습니까?”

“그래⋯⋯.”

“스승님! 저는 용서라는 말씀을 감당할 수 없습니다. 제가 자
청해서 여기 왔고 선생님을 평생 모실 생각에서인데 어찌 그런
말씀을 하십니까? 용서라는 말씀이 부당합니다. 그 말씀을 거둬
주십시오. 아울러 저의 생사를 스승님께 맡긴 이상 스승님 곁을
떠날 수 없습니다.”

키쿠소마르의 말에 옴마나스가 아무런 말이 없다가 반응을

보였다.

"네 말이 참으로 고맙구나. 그래도 나는 네게 미안한 마음은 변함이 없어. 키쿠소마르야! 내가 앞서 말한 대로 이제는 고향으로 돌아가거라. 그리고 나메 이모와 도데도 함께 데려갔으면 좋겠어. 네게 짐이 될 수도 있겠지만 그간의 정리를 생각해서 부탁하는 거야."

잠자코 있던 나메가 낮은 소리로 항변을 했다.

"저는 발흐에 가지 않을 거예요. 키잘을 떠날 적에 저는 이미 굳게 다짐을 했습니다. 살아도 죽어도 옴마나스 님과 함께하겠다고 말입니다. 그런데 저더러 발흐로 가라니요. 그럴 수 없어요. 흑…….

그녀는 감정이 복받치는지 끝내 울음을 보였다. 도데도 울먹이기 시작했다. 방 안이 일순 슬픔에 휩싸였다. 키쿠소마르마저 눈물을 보이자 옴마나스는 더는 말을 할 수가 없었다. 그 역시 사람인 이상 슬프지 않을 리 없었다. 옴마나스의 눈시울이 어느새 붉어졌다. 그가 흐느낌을 뒤로하고 방을 나갔다. 그렇지만 키쿠소마르와 나메, 도데를 발흐에 보내겠다는 마음에는 변함이 없었다.

이튿날 오후, 외부인이 토옥을 찾아왔다. 면식이 있는 투고트족 길잡이 청년이었다. 사람은 반가우나 그의 용무는 그렇지 않앉다. 그는 '대족장의 심부름으로 왔다'라면서 '대족장의 모친이 회갑을 맞아 잔치를 베풀 예정인바, 옴마나스와 일행들도 참석해달라'는 말을 전하러 온 것이었다. 날짜는 사흘 후라고 했다. 그 전갈에 옴마나스는 '마땅히 초대에 응해야 하나 지금은 파무체카의 상중이라 움직이기가 어렵다'라며 좋은 얼굴로 거절을 했다. 길잡이 청년은 파무체카의 상처가 위중했다는 걸 기억하는 터라 애도를 표하고선 순순히 돌아섰다.

그런데 길잡이 청년이 가다 말고 다시 왔다. 웬일인가 싶었다. 그가 되돌아온 건 '한 열흘 있으면 아게스 밀에서 일 년에 한 번 있는 헤르메스와 켄타우로스를 위한 큰 축제가 열린다'라는 것을 알려주기 위해서였다. 그리고 부언하길 '축제는 닷새간 계속되며 그때는 볼거리는 물론, 여러 각지에서 상인들이 몰려와 살 것도 많다'라고 했다. 또 '귀한 약재들도 그때 살 수 있다'라면서 '아게스 밀에 갈 의향이 있으면 며칠 전에 연락을 달라'는 말을 잊지 않았다. 옴마나스가 축제에 대해 알려줘서 고맙다고 치사했다. 그리고 길잡이 청년을 배웅하면서 아게스 밀에 가게 되면 연락을 하겠노라고 언질을 줬다.

옴마나스는 길잡이 청년을 배웅한 뒤 돌아오면서 어릴 적 기억을 떠올렸다. 헤르메스와 켄타우로스를 위한 축제와 관련한 편린들이었다. 불현듯 아련한 그리움 같은 감정이 움텄다. 하지만 그 감정은 스쳐 가는 한낱 바람과 같았다. 그가 걷다 말고 주먹을 불끈 쥐고 하늘을 올려다봤다. 살찬 눈빛만큼이나 그의 마음도 결연한 의지로 넘쳐났다. 스스로 선택한, 자신의 운명을 재촉하는 헤르메스와 켄타우로스 축제에 대해 그는 하늘이 준 기회라고 여겼다.

옴마나스는 방 안에 사람이 없는 틈을 타 아껴둔 양피지를 꺼냈다. 그리고 비둘기 날갯깃에 오배자* 액을 묻혀 글을 썼다. 발흐의 왕인 구취각에게 보내는 일종의 청원서였다. 내용은 간결했다. '왕인 구취각의 만수무강을 빈다는 것과 왕이 자비심을 베풀어 나메와 키쿠소마르, 도데를 발흐에 살게 해달라'는 거였다. 옴마나스는 문안을 확인한 다음 청원서를 구취각의 하사품인 은접시와 함께 비단보에 쌌다.

저녁 식사 후, 낮에 길잡이 청년이 알려준, 아게스 밀의 축제와 관련해 얘기가 오갔다. 가느냐 마느냐는 옴마나스가 결정할 일이나 정작 옴마나스는 그에 대해 이렇다 할 언급이 없었다. 나메와 키쿠소마르는 아직 시일이 남은 탓이려니 생각을 하면서도 옴마나스의 의중을 알 수 없어 조금은 답답한 심정이었다.

옴마나스가 나메와 키쿠소마르에게 남은 한 마리의 양을 잡

---

* 오배자(五倍子): 붉나무에 생긴 혹 모양의 벌레집.

관용

도록 시켰다. 근자에 식솔들이 먹는 게 변변치 않아 그런 연유로 양을 잡게 하는가 싶었는데 그게 아니었다. 사나흘 후로 다가온 아게스 밀 축제에 가기 위해 잡는 것임을 알게 됐다. 잡은 양은 소금을 쳐 말렸다가 반 정도는 저장하고 나머진 아게스 밀로 가는 도중에 먹을 요량이었다.

그날 늦은 오후, 식솔들이 양의 내장과 부산물로 오랜만에 풍족한 식사를 했다. 식사 후에 옴마나스의 말을 좇아 식솔들이 파무체카 무덤을 찾았다. 무덤은 훼손된 데 없이 처음 조성한 그대로였다. 옴마나스를 비롯한 식솔들이 이따금 걸음해 돌본 까닭이었다.

나메가 붉고 푸른 야생화를 꺾어와 무덤 앞에 놓았다. 옴마나스가 추념하자며 고개를 숙였다. 석양 무렵이어서 그런지 옴마나스의 모습이 어느 때보다 엄숙해 키쿠소마르와 도데도 마음이 절로 경건해졌다.

토옥에 돌아오자 옴마나스가 얼마 전 하다 만 얘기를 다시금 꺼냈다. '축제에는 같이 가되, 이후 키쿠소마르가 나메와 도데를 데리고 발흐로 돌아가라'라는 언명이나 셋은 따를 눈치가 아니었다. '옴마나스를 남겨두고 결코 발흐로 갈 수 없다'라는 취지에서였다. 옴마나스는 셋의 의지가 결연해 설득한다 해도 소용이 없다는 걸 깨달았다. 옴마나스는 난감했다. 하는 수 없이 '발흐에 보내는 것을 고려해보겠노라'라고 한 발 뒤로 물러났다. 옴마나스로선 셋이 발흐로 떠나야 안심하고 목적하는 바를 결행할 수 있는데, 차마 그런 얘기를 입 밖에 낼 수 없었다. 축제가 목전이어서 옴마나스는 속이 탔다.

어스름한 저녁, 옴마나스가 두 개의 헝겊 뭉치를 면실유에 적셨다. 또 창고에서 밧줄과 갈고리를 꺼내 밧줄 한끝에 갈고리를 묶었다. 기름에 적신 헝겊 뭉치와 갈고리가 달린 밧줄을 가져갈 모양인 것 같았다. 그러고 나서 옴마나스는 사크람을 숫돌에 갈았다. 지난번 파무체카가 자신의 사크람을 갈던 바로 그 자리에 서였다. 키쿠소마르와 도데가 옴마나스가 하는 양을 지켜봤다. 아게스 밀로 떠나기 하루 전 날이었다.

4

세 개의 무덤과 제국의 아침, 그리고 잊힌 이름 아게스 밀

토옥을 출발해 이틀째로 접어든 날, 검은 토석과 모래뿐인 평원에 이르렀다. 아게스 밀의 영역에 속하긴 해도 일종의 접경지대였다. 키쿠소마르가 접경지대라고 해서 알았지만, 병사나 초소는 고사하고 움직이는 생명체조차 전무했다. 일대가 그만큼 척박한 불모지인 탓이었다.

길을 인도하는 키쿠소마르가 '이대로 곧장 가면 아게스 밀에 당도한다'라고 했다. 그렇지만 일행은 그 지점에서 방향을 달리했다. 아칸데우스 못이 위치한 서쪽이었다. 저 멀리 얕은 능선들이 흐릿한 풍경으로 눈에 잡혔다.

사람과 가축이 다닌 흔적을 좇아 반나절을 더 가니 고원의 언덕들에 둘러싸인 한 오아시스가 나타났다. 오아시스는 크지 않아도 언덕과 언덕 사이에 내재해 은밀한 느낌을 자아냈다. 한편은 메마른 고원에 수림이 우거진 게 신기하기도 하였다. 오아시스가 존재하는 건 바로 말로만 듣던 아칸데우스 못 때문이었다.

제법 큰 어워(돌무더기)와 함께 사람들이 눈에 띄었다. 창 같은 무기를 지녀 오아시스에 상주하는 병사들로 짐작됐다. 병사들은 대략 예닐곱 명 남짓했다. 그들은 옴마나스 일행이 가까이 가도 별 관심을 보이지 않았다. 오히려 그런 방임하는 태도가 일행은 의아스럽기도 했지만, 마음은 놓였다. 병사들이 경계의 눈초리로 다가와 검색이라도 한다면 긴장이 되고 불안할 건 자명한 이치였다. 물론 소년과 여성이 낀 소수의 인원이고, 이곳에 온 적이 있는 키쿠소마르가 '축제에 가는 길'이라고 미리 밝힌 것도 병사들이 방임하는 까닭인지 모를 일이다.

병사들은 일견 나태하고 하릴없는 모습이었다. 나무 그늘에 퍼질러 앉은 병사 중에 우두머리로 추정되는 초로의 군장도 있으나 그 역시 만사 귀찮다는 표정을 하고 있었다. 옴마나스가 그 군장에게 "여기 큰 못이 있다고 들었소. 마실 물을 얻을 수 있습니까." 하고 말을 붙이자 그가 "못이요? 못은커녕 샘도 고갈 중이외다. 직접 가서 보시오." 하고 심드렁하게 대꾸하는 것에서도 알 수 있었다.

옴마나스는 모여 있는 병사들을 지나 못으로 걸음했다. 못의 범위는 오아시스 규모에 비해 의외로 넓었다. 그러나 못은 바닥이 훤히 드러날 정도로 물이 줄었고, 한때 가득했던 샘의 흔적으로 마른 물이끼만 테를 두르고 있었다. 출수구로 보이는 곳에 물을 퍼 올릴 때 쓰는 나무 두레박이 아무렇게나 방치된 게 눈에 띄었다. 아게스 밀로 물이 공급되지 않는 게 확실했다. 더 볼 필요가 없어 발길을 돌렸다.

일행들이 떠날 때도 한 명의 병사만이 손을 들어 잘 가라는 시늉을 했을 뿐 나머지는 무심한 눈길로 쳐다봤다. 옴마나스는 조금은 씁쓸한 기분이 들었다. 따지고 보면 조국을 같이하는 동족이라고 할 수 있는 사람들이 아닌가. 병사들이 냉담하고 무기력한 모습에서 아게스 밀의 쇠락이 그려지는 게 만부득한 일처럼 여겨졌다. 일행은 오아시스를 벗어나기 전 초입에 있는 어워에 각자 돌 하나씩을 올려놓고 마음속으로 나름의 소원과 안위를 빌었다. 키쿠소마르가 다시금 선두에 나섰다. 그가 탄 말도 파무체카의 말이었다.

늦은 오후 고원을 벗어날 때쯤, 멀리 평원을 가로지른 한 성이 목도됐다. 길게 늘어진 성벽이 점점하리만치 웅대한 면모였다. 성은 햇살로 인해 희게 빛났고 푸른 하늘 아래, 먼 설산을 배면에 둔 정경이 아름답기까지 하였다. 투고트족을 비롯한 여타 종족들이, 성이 희게 보인다고 해서 '알붐 카스트룸*'으로 부르는 아게스 밀의 도성이었다.

옴마나스는 가던 길을 멈추고 일행과 더불어 성을 바라봤다.

---

*   알붐 카스트룸(album castrum) : 흰 성이라는 의미.

옴마나스로선 선조의 땅이자 자신이 태어난 곳이어서 감회가 새로웠다. 20여 년 만이었다. 나메와 도데도 감흥 어린 눈빛이었다.

해가 지기 전에 아게스 밀에 도착했다. 그리고 서쪽 문으로 해서 무난히 성내로 들어갈 수 있었다. 키쿠소마르는 애초 자신이 드나든 적이 있는 남쪽 문으로 가려 했다. 하지만 옴마나스의 생각은 달랐다. 쿠스케의 척살과 관련해 경비병들이 행여 키쿠소마르를 알아볼까 싶어 서쪽 문을 택하게 된 거였다. 한마디로 잘한 선택이었다. 서문 병사들이 옴마나스 일행을 단순히 축제를 보러 온 소그드 사람들로 판단해 까다롭게 굴지 않고 통과시켜줬기 때문이다.

축제 날인데도 성내는 조용했다. 축제가 하루 전에 시작돼 아직 분위기가 형성되지 않았다고 하나 다소 예상 밖이었다. 일행은 어렵지 않게 방을 구할 수 있었다. 성문 근처에 있는 작은 객잔인데, 위층이 침소이고 아래층이 음식점이었다.

옴마나스가 '멀리 소그드에서 축제를 보러 왔는데 거리가 조용하다'라고 객잔 주인에게 짐짓 한소리를 하자, 주인이 '이쪽은 본래 그런 곳이며 외방인들은 주로 이용하는 남문 쪽은 그렇지 않다'라고 응수를 했다.

옴마나스는 키쿠소마르와 도데가 잠이 들자 가만히 침소를 나왔다. 이런저런 상념으로 누워 있을 수가 없어서였다.

어스름한 달빛에 싸인 고즈넉한 야경이 눈에 들어왔다. 몇몇 성문 병사들과 그들이 피운 횃불, 맞은편의 고만고만한 가옥들……. 그리고 좀 더 먼, 어림잡은 자신의 옛적 동네 쪽을 보았다. 그렇지만 그곳은 마냥 어둠일 뿐이었다. 단지 근처 북쪽, 어둠에 잠긴 일대와 달리 희미한 빛이 어린 곳이 있는데 아마도 궁궐이나 신전인 듯싶었다.

옴마나스는 불현듯 궁궐에서 뛰놀던 어린 시절이 생각났다. 그리고 떠오르는 얼굴이 있었다. 아나테미스……. 청초하고 아름다웠던 그녀, 이름만 되뇌어도 가슴이 설렜던 나의 사랑 아나테미스……. 영원토록 함께하기를 맹세하였건만 가혹한 운명으로 그녀는 투란 바스네프의 여자가 되었고, 나는 덧없는 세월에 머리가 흴 만큼 나이가 들었으니……. 돌이켜보면 지난날들이 어제 같고 꿈속 같기도 하였다. 옴마나스는 슬픔인지 설움인지 모를 회억에 젖어 한참을 객사 난간에서 서성이었다.

아침나절, 옴마나스가 밖을 나가려는 키쿠소마르에게 나직이 당부했다.

"키쿠소마르야! 바깥나들이는 될 수 있으면 삼가거라. 쿠스케를 척살한 것 때문이야. 행여 그 일로 네가 병사들에게 잡히면 큰 곤욕을 치를 거야."

키쿠소마르는 옴마나스의 말에 순응하는 태도를 보였다.

"네, 그 점을 미처 생각지 못했습니다. 이제부터 스승님의 허락 없이는 밖을 나다니지 않겠습니다."

"그래, 사실 축제라는 것도 따지고 보면 장터와 별반 다를 게 없어. 사람 구경, 물건 구경하는 셈이 아니냐. 그렇게 여기고 나와 함께 객사에서 시간을 보내자꾸나. 대신 나메가 바깥소식을 전해주겠지."

키쿠소마르는 기실 축제에 가면 구경도 하고 좋은 약재를 구하리라는 기대했었다. 그런데 스승인 옴마나스가 바깥나들이를 삼가라고 하니 내심 실망이 되었다. 그러나 자신의 나들이로 인해 자신은 물론 일행에게까지 화를 미칠 수 있다고 생각하자 스승의 당부가 고깝지 않았다.

그날 늦은 오후, 옴마나스는 겉옷이 무릎까지 내려오는 소그드인 복색에 이마를 덮는 터번형 모자를 쓰고 도데와 함께 객잔을 나섰다. 도데를 데려가는 건 병사들의 검문을 피할 겸, 자신이 어릴 적 살던 곳을 보여주기 위함이었다. 그는 예전 자신의 동네 방향으로 천천히 걸었다.

옴마나스는 성내 중앙통에 이르러 걸음을 멈추었다. 그리고 잠시 둘러봤다. 사방으로 뻗친 도로와 흙벽돌로 지은 크고 작은 건물들이 들어선 거리의 경관은 옛날이나 지금이나 크게 변한 게 없었다. 하지만 거리의 풍경은 그때와는 사뭇 달랐다. 철시한

상가가 부쩍 눈에 띄었고, 오가는 행인들도 생각 외로 적었다. 축제하는 게 맞나 싶을 정도로 거리가 한산했다. 옴마나스가 소년 시절 알고 있는 이 중앙통은 늘 교역상과 행인, 짐 실은 수레로 붐벼 아게스 밀 번성의 표징처럼 보였었다. 그러나 이제는 아니라는 생각이 들었다. 사람이 뜸하고 거리의 활기가 사라졌다는 건, 아게스 밀이 돌이킬 수 없는 쇠멸의 길로 들어섰다는 증거였다. 옴마나스는 만감이 교차하는 가운데 도데의 손을 잡고 재차 이동했다. 궁궐이 있는 북쪽이었다.

궁궐 맞은편, 크기와 형태가 돋보이는 삼 층 저택 앞에서 옴마나스가 다시금 멈춰 섰다. 지금은 모습이 바뀌었지만, 왕의 방화로 온 가족이 참화를 입은 자신의 옛 집터였다. 옴마나스는 그 옛날 참혹하게 돌아가신 어머니와 두 누이를 생각하자 통분을 금할 수 없었다. 더욱이 자신의 집터에 왕이나 왕족만이 가능한 흰 석재로 집을 지었다는 것에서 투란 바스네프에 대한 그의 분노는 극에 달했다. 그러나 별일 없다는 듯이 곧 걸음을 옮겼다. 건너편에서 이쪽으로 오는 세 명의 순찰 병사를 봤기 때문이었다. 도데는 아비의 심경을 아는지 모르는지 말없이 따랐다.

궁궐 좌편, 헤르메스 신전이 있는 쪽으로 사람들이 삼삼오오 걸어가고 있었다. 아게스 밀에 온 이래 많은 수의 사람들을 목격하긴 처음이었다. 사람 중에 꽃을 든 여성이 있는 걸 봐서 신전 참배객으로 짐작됐다. 해가 기웃하고 더 들를 데도 없어 옴마나스는 객잔으로 향했다.

주인과 그 부인은 옴마나스 일행에게 매우 친절히 굴었다. 손님이 들지 않아 파리만 날리는 판에 숙식비를 후하게 쳐주고, 거친 귀리 빵과 삶은 감자, 질 낮은 요구르트가 다인 허술한 음식을 제공해도 별말이 없는 까닭에서였다. 더욱이 세숫물이 한 줌밖에 되지 않는데도 너그러운 기색이어서 주인은 미안하면서도 한편으론 감복하기까지 했다.

객잔 주인이 옴마나스 부자가 돌아오는가 싶어 밖으로 나와 봤다. 그러나 그의 기대를 충족시킬 옴마나스 부자의 모습은 보이지 않았다. 그는 낙담할 일이 아닌데도 배에 손이 갔다. 위통으로 말미암은 버릇이었다. 그런데 정말 위통이 또 시작됐다.

그는 이 위통마저도 악화된 물 사정 때문이라고 여기고 있었다. 그는 모든 걸 물과 결부하여 생각했다. 그러다 보니 나오는 게 한숨이고 쌓이는 게 근심이었다.

한 달 전만 해도 수로나, 개울에 가면 어느 정도의 물을 길을 수 있었다. 그러나 지금은 개울은 물론 수로의 물도 말라 객잔을 닫는 게 마땅했다. 이틀 간격으로 관청에 가서 적은 양의 물이나마 배급을 받기에 망정이지 그렇지 않았다면 벌써 객잔을 닫았을 것이다. 객잔을 닫으면 그 후가 문제였다. 몸이 성치 않아 다른 일을 할 처지가 못 되니 십중팔구 굶어 죽을 수밖에 없을 터이다. 그나마 물 사정이 조금 나은 남문이나 동문 쪽으로 이사를 하려 해도 사람들이 야반도주하듯 떠나 느는 게 빈집인데, 어느 누가 단돈 은화 한 닢에라도 객잔을 사려 하겠는가. 근래 들어 북쪽의 물도 줄고 있다니 '떠나는 게 상책이다'라는 이웃들의 얘기가 푸념으로 들리지 않는다. 그렇지만 지금 이러지도 저러지도 못하는 처지라서 꼭 앉은뱅이 용쓰는 격이다. 물이 없어 죽을지언정 당장 도진 위통이라도 사그라지면 좋겠다.

주인이 객잔 앞에 쪼그리고 있었다. 옴마나스와 도데가 가까이 가서야 주인이 슬며시 몸을 일으켰다. 그가 반기며 인사를 하는데 어디가 아픈지 부자연스러웠다. 옴마나스는 그렇지 않아도 팔 한쪽이 없는 그에 대해 연민과 불편한 마음을 동시에 가졌던 터라 '어디가 편찮냐'고 물었다. 그는 얼굴을 찡그리며 '위병 때문이다'라고 했다.

옴마나스는 침소에 가서 통증을 가라앉히는 환약을 갖고 아래층으로 내려왔다. 그리고 주인에게 환약을 주면서 '진정젠데 통증에 효과가 있으니 복용하라'라고 일렀다. 주인은 미덥지 않은 눈치였으나 옴마나스 진중한 기세에 눌려 받은 환약을 입으로 가져갔다.

잠시 후 주인이 이 층에 올라왔다. 표정이 밝아 위통이 가신 듯 보였다. 뒤따라 부인이 작은 상을 들고 나타났다. 상 위에 한 뼘 크기의 단지와 잔이 놓인 걸 보니 술대접할 양 같았다. 주인 내외가 방에 들어오자 키쿠소마르와 도데가 일찌감치 방을 나갔다. 옆방의 나메에게 갈 터이다. 부인도 이내 자리를 떴다.

단지에 든 건 담금술이었다. 주인이 일 년 전 자두와 복숭아를 같이 넣어 익혔다고 하나 맛은 시큼 텁텁했다. 옴마나스는 약간 맛만 보고선 잔을 내려놓았다. 주인은 한 손으로 단지의 목을 쥐고 술을 따라 잘도 마셨다. 대작이 아니라 자작이었다. 옴마나스는 주인이 하는 짓을 보니 자리를 모면하고 싶었다. 그러나 예의상 그럴 수 없었다.

주인은 취기가 오르는지 말이 많아졌다. 물 사정에 관한 얘기는 잠깐이고 대부분 신세타령이었다. 상대방이 자신과 비슷한 연배 같고 속이 넓은 사람으로 보여 자신이 처한 어려움을 하소연하는 것인지 모를 일이었다. 옴마나스는 수긍이 된다는 듯이 그저 고개만 끄덕이었다. 그의 말 중에 유의할 것도 더러 있었다. '용렬하고 비겁한 왕을 위해 전장에 나간 게 잘못이다' '한쪽 팔로 어찌 살란 말인가'라는 등의 대목이었다. 아마도 2년 전, 흉노군과의 전투를 두고 하는 말 같았다. 옴마나스가 그에게 물었다.

"전장에 나가서 팔을 잃으셨군요. 본인은 오트라르에 있을 때 흉노군을 물리치고 승리했다는 얘기를 들었소만, 전쟁이 나면 살상은 피할 수 없는 일이 아니겠소?"

그가 대뜸 코웃음을 쳤다.

"승리라니요? 완전 거짓말이외다. 모름지기 전쟁 시엔 왕이 장병들 앞에 나서서 독전을 하는 게 도리 아니오? 그렇지 않고 싸울 생각이 없다면 처음부터 강화를 맺든가 해야지. 군사들에게 싸우라고 해놓고 자신은 궁궐에 틀어박혀 있었으니 그런 비겁자를 어찌 왕이라고 할 수 있겠소."

"맞는 말씀입니다. 그렇지만 왕도 전쟁통에 부상을 당했다는 소문도 있던데 전혀 다른 얘기입니까?"

"참으로 가소롭습니다. 왕은 전세가 불리해지자, 흉노군에게 조건 없이 강화를 맺자고 했지만, 실상은 항복이었습니다. 그렇지 않다면 왕이 흉노군 진영에서 왜 흉노 장수에게 매를 맞았겠습니까? 왕은 그때 매를 맞아 허리가 부러졌는데, 그걸 부상으로 둔갑시키다니 어처구니가 없소이다. 당시 왕을 수행한 제 군장 친구가 왕이 몽둥이로 맞는 걸 제 눈으로 똑똑히 봤다는데 절대 거짓일 리 없습니다."

"그렇군요. 말씀을 듣고 보니 왕이 흉노군 장수에게 매를 맞은 게 사실인 것 같습니다. 전쟁 이후 생활이 많이 피폐했겠습니다. 흉노군에게 공물도 바쳤을 테지요?"

"말해 무엇합니까. 공물을 내야 한다고 관리들이 들이닥쳐 돈이 될 만한 것은 모두 앗는데 수탈과 진배없었습니다. 오죽하면 사람들이 공물을 대기 위해 처자식을 팔다 못해 목까지 맸겠습니까. 지금 생각해도 견뎌낸 게 용합니다. 그런데 이제 겨우 허리를 펴나 싶자, 물이 없어 이 고생이니 하늘이 무심해도 너무 무심합니다."

"하늘이 무심한 게 아니라 용렬한 왕을 탓해야겠지요. 어쨌든 물길이 말랐다는 건 좋은 현상이 아닙니다. 정 힘들면 아게스 밀을 떠나는 것도 고려해봐야 하지 않을까요? 내가 거주하는 오트라르에도 아게스 밀 사람들이 꽤 삽니다. 그 사람들도 절박한 사정이 있어서 오트라르에 온 줄 압니다"

"오트라르라면 이국이 아닙니까? 살기 좋다는 말을 들었어도 불구인 저로선 이국에 가서 산다는 게 쉽지 않은 일 같습니다. 물길이 끊긴 원인을 관청에서 조사하고 있으니 당분간 참고 기다려보겠습니다. 설마 물길이 영원히 끊기기야 하겠습니까."

"그렇기도 합니다만……."

술이 동이 났는지 주인은 더는 단지에 손을 대지 않았다. 때마침 부인이 이 층에 모습을 비췄다. 주인이 남은 한 손으로 바닥을 짚고 일어났다. 옴마나스는 다행으로 여겼다.

다음 날 오후, 옴마나스는 어제처럼 도데를 데리고 외출을 했다. 그가 가고자 하는 데는 아칸데우스 못과 연결된 수로였다. 주인이, '수로는 그리 멀지 않으며, 성벽과 주택 사이에 난 개울을 따라가면 망루를 볼 테고, 그 망루 근처에 수로가 있다'라고 하였다. 망루 근처라고 하니 수로를 쉽게 찾을 수 있을 것 같았다.

개울은 바싹 말라 물이 흘렀던 흔적만 남아 있었다. 물길이 끊긴 지 한참 된 듯싶었다. 옴마나스는 추강의 지류를 돌릴 때 예견은 했지만 막상 말라버린 개울을 보니 마음이 복잡했다.

얼마 가지 않아 우뚝 솟은 망루가 목도됐다. 높이가 상당하고 견고해 망루보다 탑 같은 느낌이 들었다. 망루가 유난히 높은 건 성 밖은 물론 성내까지 두루 볼 수 있다는 점에서 다목적 감시탑 같았다. 망루에 몇 명인지는 알 수 없으나 병사의 모습이 얼씬댔다. 성벽 위에도 감시 병사들이 여럿 있었다.

망루를 지나쳐, 성벽 밑이 고랑처럼 파이고 파인 부분을 쇠창살로 막은 곳을 보게 되었다. 외부에서 성내로 흘러드는 개울의 시작점이었다. 아칸데우스 못에 수원을 둔 카레즈, 즉 수로는 그 개울 아래 지하에 있는 거로 추정이 됐다. 개울에서 조금 비켜난 곳에 설치된 큼직한 나무 덮개가 그걸 증명하기 때문이다. 옴마나스는 바라던 바가 아니어서 실망이 컸다. 성병만 없다면 나무 덮개를 열고 지하 수로에 들어가보고 싶은 마음이 굴뚝 같았다. 그가 지하 수로에 들어가려는 이유는 그 안의 구조를 살피는 것이고, 거사 후 지하 수로를 통해 탈출한다는 계획에서였다. 그 계획은 오래전 추강의 지류를 돌릴 때부터 생각한 것이었다. 물론 추강의 지류를 돌린 건 쿠스케 같은 배덕자와 통치자인 투란 바스네프에게 타격을 입힐 목적에서였지만.

그는 지하 수로를 보겠다는 생각을 단념했다. 그러고서 '지하 수로도 개울과 마찬가지로 쇠창살이 쳐졌으면 탈출이 어렵지 않으냐' 하고 자위했다. 한편은 밧줄과 갈고리를 가져온 게 참으로 잘한 일 같았다.

새삼스레 편편한 디딤돌이 눈에 띄었다. 디딤돌은 골목 안으로 뻗쳐 있었다. 나무 덮개에서부터 일정한 간격으로 놓여 있어 단박 저수조로 가는 수로 표시라는 걸로 알아챘다. 그러나 디딤돌을 따라 저수조까지 갈 필요는 없었다.

객잔이 가까워질 때쯤, 도데가 느닷없이 물었다.

"아버지! 어제 궁궐 앞에 있던 큰 저택에 사셨어요?"

옴마나스는 뜻밖이고 영문을 몰라 적당히 얼버무렸다.

"그래, 맞아. 너도 알고 있었구나."

도데는 아비의 말에 빙그레 웃었다. 도데는 어떤 마음에서 물었고 왜 웃는 걸까? 단순한 생각이지만, 집이 크고 화려하다는 것과 결부해 아비의 어릴 적 모습을 상상한 때문에서일까. 그 상상은 내겐 고통이나 도데에겐 좋은 감정일 수 있지 않은가. 그러고 보면, 도데는 언제부터인가 자기의 감정이나 느낌을 아비에겐 잘 드러내지 않는다는 것을 깨달았다. 감수성이 예민한 아이에게 있어선 바람직하지 않은 일이었다. 전적으로 절제되고 과묵한 아비인 자신 탓이었다. 옴마나스는 갑자기 도데가 측은했다. 도데의 손을 꼭 쥐고 얼굴 가득 웃어 보였다. 도데도 아비처럼 활짝 웃었다.

객사에 돌아오니 나메가 남문 쪽 시장에 다녀왔다며 이곳 사람들이 남녀 구분 없이 입는 질 좋은 면포 옷을 사 왔다. 윗도리와 바지 일습이고 사람 수대로였다. 옴마나스가 남의 이목을 끌지 않기 위해 시킨 것이었다. 일행들은 모두 새 옷으로 갈아입었다. 어색하고 부자연스러웠지만 영락없는 아게스 밀 주민이 됐다. 시장에 다녀왔는데 먹거리가 빠질 리 없었다. 이곳 특산품인 호밀 부꾸미와 구운 말고기인데 그간 음식이 부실한 탓에 펼쳐 놓기가 무섭게 손이 갔다.

옴마나스의 행보는 사흘째 날에도 계속됐다. 이번 행선지는 궁궐 뒤편 북문 쪽이었다. 그곳 역시 성문 좌편에 감시탑이 존재했다. 그러나 궁궐이 가까이 위치하지만 성병들은 그다지 보이지 않았다. 성벽이 10미터 이상 높은 것도 이유일 수 있었다. 토옥에서 가져온 밧줄도 그 길이는 되리라 생각하며 객사로 향했다. 오면서 다시금 궁궐과 접해 있는 신전의 담의 높이를 눈짐작으로 가늠했다. 한 2.5미터 정도로 궁궐의 담보다 높이가 낮았다.

축제 마지막 날, 아게스 밀에 입성한 지 나흘째가 되는 날이기도 했다. 옴마나스가 세 사람을 불러 앉혔다. 그리고 비단보로

싼 보퉁이를 키쿠소마르에게 내밀며 무겁게 입을 열었다.

"이 보퉁이를 잘 지니거라. 보퉁이에는 발흐의 왕인 구취각에게 보내는 청원서와 하사품인 은접시가 들어 있어. 그것 말고도 금, 은화와 약간의 보석도 있지. 쓰고 남은 재산이야. 이 돈은 너희 셋이 발흐까지 가는 여비라고 생각하면 돼……."

나메가 더 듣지 않고 반발했다.

"저는 가지 않으렵니다."

단호한 어조에 결연한 눈빛이어서 옴마나스는 말을 이을 수가 없었다. 그 사이에 키쿠소마르도 자신의 견해를 밝혔다. 나메와 다를 바 없었다.

"스승님! 저도 같은 심정입니다. 어떠한 경우라도 스승님과 생사를 같이하겠습니다. 이것을 받을 수 없습니다."

도데는 말없이 아비를 쳐다보고 있지만, 표정에 슬픔이 어려 있었다. 갑자기 방 안에 침통함이 감돌았다. 옴마나스는 한숨을 내쉬며 잠시 생각했다 그도 할 수만 있다면 자신의 계획을 철회하고 싶었다. 그러나 평생의 숙원이고 죽은 파무체카를 생각해서라도 그럴 수는 없었다.

"안 될 말이다. 내가 도모할 일은 내 숙원이기 전에 대의(大義)야. 그러니 사사로운 정 때문에 일을 포기할 수 없어. 거듭 당부하지만 내가 바라는 대로 하거라. 그래야 내가 마음 놓고 일을 처리할 수 있는 게야."

관용

그런데도 나메와 키쿠소마르는 승복할 기색이 아니었다. 특히 나메가 더 완강했다. 옴마나스의 죽음을 직감한 것인지 몰라도 거듭 '가지 않겠다'라면서 고집을 꺾으려 하지 않았다. 옴마나스는 그녀의 의지가 굳어 마음을 돌리기가 어렵다는 걸 절감했다. 그녀의 의사를 존중할 수밖에 없었다. 부득이했다.

"그대의 생각이 정 그렇다면 나와 함께 일을 도모하자. 그러나 너희 둘은 반드시 내 말을 따라야 한다."

키쿠소마르는 대답이 없었다. 하지만 스승의 말을 더는 거역할 수가 없었는지 결국 승복의 뜻을 내비쳤다.

"네, 스승님의 말씀대로 하겠습니다."

도데가 그때 왈칵 울음을 터트렸다. 아비와의 영영 이별을 생각한 모양이다. 옴마나스도 가슴이 찢어질 듯 아팠다. 그렇지만 자신의 감정을 드러낼 순 없었다. 나메와 키쿠소마르가 도데를 달랬다. 분위기가 조금 안돈되자, 옴마나스는 키쿠소마르가 해야 할 일을 차근차근 설명했다. 설명의 요지는 '초경(저녁 7시~9시)에 성문이 닫히니 그전에 성문을 나와 도데와 함께 북문 쪽 탑 근처에서 기다리라'라는 것과, '만일 오경(새벽 3시~5시)을 알리는 북소리가 날 때까지 두 사람이 나타나지 않으면 지체없이 토옥으로 가라'는 것이었다.

시간이 흘러 정오가 되었다. 시간을 알리는 궁궐 북소리에 때

맞춰 나메가 밖에서 꽃을 구해왔다. 옴마나스도 거사를 위해 나름의 준비에 착수했다. 밧줄과 갈고리를 점검하고 기름이 밴 주먹 크기의 두 개의 헝겊 뭉치와 사크람도 챙겼다. 그의 생각은 꽃과 재물을 봉헌하는 부부 참배객으로 위장해 신전에 들어가는 것이었다. 그게 1차 목표였다.

다소 이른 식사 후, 옴마나스는 키쿠소마르에게 그가 해야 할 일을 재차 주지시켰다. 그러고서 나메에게 '키쿠소마르와 함께 떠나라'라고 한 번 더 설득했다. 하지만 나메는 고개를 저었다.

해가 중천에서 기울 때쯤, 옴마나스와 나메가 먼저 객잔을 나왔다. 두 사람의 손엔 각각 꽃과 보퉁이가 들려 있었다. 옴마나스가 든 보퉁이에는 다름 아닌 밧줄과 갈고리, 두 개의 기름 뭉치가 들어 있었다. 보퉁이 부피도 크지 않고 깨끗해 남이 보면 신전에 바칠 봉물로 알기 십상이었다. 키쿠소마르와 도데가 객잔 밖에 나와 두 사람을 묵묵히 바라봤다.

옴마나스의 발길이 궁궐 맞은편, 크고 화려한 저택 앞에 머물렀다. 옴마나스가 나메에게 귓속말을 했다. '이곳이 예전 나의 집터였다'라고 나메가 말없이 고개를 끄덕였다.

신전의 참배객은 사흘 전보다 대폭 줄어든 것 같았다. 그래도 들고 나는 사람들의 모습은 간간이 이어졌다.

신전 입구에 문지기인지 제관인지 신분을 알 수 없는 한 남자가 참배객들을 맞았다. 젊은 데다 흰 복색에 제모까지 쓰고 있어서 그러했다. 두 사람도 여느 부부 참배객처럼 신전 문으로 들어섰다. 그때 문 앞에 선 흰 복색의 사람과 눈이 마주쳤다. 눈초리가 날카로웠다. 그러나 정작 그가 아무렇지 않게 시선을 돌렸다. 옴마나스는 한숨 놨다는 생각에 긴장을 풀었어도 심장은 여전히 두근거렸다.

신전은 궁궐보다 면적이 작았다. 그래도 여러 신상과 성물이 배치된 까닭에 면적이 작게 느껴지지 않았다. 또 신상과 성물만 있는 게 아니었다. 곳곳에 모양이 특출한 관상수와 연못까지 있어 참배객들이 쉴 수 있는 공간이 조성돼 있었다. 이런 요소들 때문에 옴마나스가 신전을 택한 거였다. 옴마나스와 나메는 신전을 둘러보는 척하며 시간을 보낼 심산이었다. 그러다 사람들의 눈에 띄지 않는 은밀한 곳을 봐뒀다가 나중 그곳에 숨어 어두워지기를 기다리는 것이었다. 다행인 건 여타 주민들과 옷차림이 같아서인지 흰 천을 몸에 두른 제관이나 순시 병사들이 두 사람을 예사로이 여겼고, 신전과 궁궐 사이를 가른 담장이 높지 않다는 것이었다.

키쿠소마르와 도데는 옴마나스와 나메 이모가 떠난 직후 행장을 꾸렸다. 그리고 행장이 다 꾸려지자 말과 낙타, 나귀를 끌고 객잔을 나섰다. 초경이 되기엔 이른 시각이나 왠지 마음이 바쁜 까닭에서였다. 주인 내외가 성문 밖까지 따라 나와 배웅해주었다. 키쿠소마르가 객잔을 나서기 전에 위통을 진정시키는 약을 봉지째 준 데 대한 보답이 아닌가 싶었다. 키쿠소마르가 먼저 말에 올랐다. 도데도 자신의 낙타에 올라탔다. 키쿠소마르가 천천히 말을 몰았다. 남은 말과 낙타, 수레를 끄는 나귀가 뒤를 따랐다.

켄타우로스 석상 뒤편, 한 후미진 곳에서 옴마나스와 나메가 몸을 잔뜩 웅크리고 있었다. 날이 이미 어두워졌고 참배객들이 사라진 지 오래이나 둘은 내내 그 상태로 몸을 숨기고 있었다. 초경을 알리는 북소리가 난 직후 신전을 순시하는 병사들의 기척을 들은 외엔 아무 소리도 없었다. 숨어 있는 게 발각되지 않을 것 같았다. 신의 가호로 여기며 마음속으로 신에 대해 감사를 했다.

머잖아 이경을 알리는 북소리가 들려올 것 같았다. 주위는 어둠이 한층 짙어졌다. 간혹 궁궐에서 나는 병사들이 점호하는 소리만이 밤의 고요를 깨뜨렸다. 나메가 자연스럽게 옴마나스의 품을 파고들었다. 옴마나스도 나메의 어깨를 감쌌다. 한집에 살았어도 나메의 심장이 뛰는 것을 느낄 만큼 품에 안은 건 처음이었다. 나메는 어쩌면 이런 순간을 기다렸는지도 모를 일이었다. 만약 그렇다면 그녀는 옴마나스를 오래전서부터 연모한 것일 수 있었다. 아마 소녀 적, 후이오챠 마을에 나타난 옴마나스를 처음 본 그때부터가 아니었나 싶었다. 그녀에게 있어서 후이오챠는 곧 행복한 시절에 대한 기억이었다. 이성에 대해 막연한 호기심을 지닌 소녀에게 옴마나스라는, 용모가 준수한 귀공자의 출현은 호기심 이상의 가슴 설레는 일임에 틀림없었다. 그렇지만 그녀는 하녀의 신분이었기에 상대방에게 자신의 마음을 전하지 못했을 터였다. 그로부터 십수 년의 세월이 흘러 이렇듯 연모하던 남자의 품에 안겼으니 그녀로선 지금, 이 순간이 영원하기를 바랄 것이다.

옴마나스도 그녀를 심중에 두고 있었다. 늘 그녀를 배려했고 애틋하게 여겼다는 자체가 증거였다. 그러나 그는 한시라도 자신의 숙원을 잊은 적이 없었기에 그녀와 거리를 두고자 했다. 하지만 그런 자기 절제도 이젠 소용이 없었다. 자신과 세상 끝까지 함께하겠다는 그녀를 안타까움과 연민으로 보듬었고, 그게 사랑이라는 것을 아는 데 굳이 시간이 필요치 않았다. 자신의 품에 안긴 나메의 체취를 느끼는 것만큼이나. 옴마나스가 나메의 머리를 부드럽게 쓰다듬었다.

이경을 알리는 북소리가 연속해서 두 번 간격으로 들려왔다.

달이 구름에 가렸는지 주변은 여전히 어둠 속이었다. 옴마나스는 북문 밖, 어딘가에서 대기하고 있을 키쿠소마르와 도데를 잠시 생각했다. 그들이 성병들의 눈에 띄지 않고 잘 은신하기를 마음속으로 빌었다.

삼경을 알리는 북소리가 먼 듯 가까운 듯 귀에 와닿았다. 다행히도 달이 구름을 벗어나 여린 빛을 비추었다. 어두컴컴한 가운데서도 주위 정도는 식별이 가능했다. 옴마나스는 보통이를 풀어 갈고리가 달린 밧줄을 다시 사렸다. 그리고 사크람과 두 개의 헝겊 뭉치는 연해 그 보자기로 둘둘 말아 허리띠처럼 둘렀다. 기름을 묻힌 헝겊 뭉치는 어둠을 밝히는 이외도 혹 소용될까 싶어 가져온 거였다. 결행을 위한 준비가 끝나자, 계획에 따른 순서를 마음속으로 점검했다. '궁궐 후원을 통해 왕의 침소에 들어간다는 것'과, '일을 치른 후 준비한 밧줄과 갈고리를 이용해 담을 넘고 성벽을 내려간다'라는 것이 대강이었다. 그러나 상황에 따라 차질이 생길 수 있고 또 발각될 경우도 염두에 둬야 하기에 무엇보다 마음의 각오가 중요할 수 있었다. 나메에게 자신이 일을 치르는 동안 이곳에 있으라고 이미 일러뒀다. 궁궐에 쉽게 잠입할 수 있게 된 건 순전히 나메 공이지만 그녀의 역할은 거기까지였다. 결행 시점은 사경(새벽 1시~ 3시) 이었다.

초조하게 느껴지는 시간이 점점 흘렀다. 긴장도 점차 고조되었다. 옴마나스는 결의를 다지며 사경이 되기를 기다렸다.

이윽고 사경을 알리는 북소리가 났다. 옴마나스는 나메를 힘껏 껴안았다. '이곳에 꼼짝없이 있으라'라는 재차 당부에 그녀는 옴마나스의 입술에 자신의 입술을 가만히 포갰다.

옴마나스는 은신처를 벗어나 미리 봐둔 담으로 갔다. 담 저쪽은 궁궐의 후원이었다. 밧줄이 달린 갈고리를 담장 너머로 살짝 던졌다. 작은 소리가 났다. 하지만 신경 쓸 계제가 아니었다. 밧줄을 당겨보았다. 팽팽했다. 단번에 걸린 것이다. 옴마나스는 밧줄을 잡고 가뿐히 담에 올랐다. 중년의 나이가 무색한 몸놀림이었다. 즉시 갈고리를 반대로 건 뒤 담을 내려왔다.

아게스 밀에서 추방된 이후로 처음으로 발을 디딘 타라한 궁정이었다. 후원 주위를 살폈다. 그리고 옛 기억을 되살렸다. 비록 어두운 밤이고 20여 년이 지났어도 후원의 범위와 왕의 전각, 여타 부속 건물들이 머릿속에 고스란히 남아 있었다. 왕의 거소인 전각은 후원과 열주의 정원 사이에 있었다. 그가 가야 할 곳이다. 옴마나스는 은밀히 그쪽으로 접근했다. 잠시 만에 전각의 이 층 지붕과 열주의 정원이 부분적으로 보였다. 그 순간 불현듯 그 옛날 아나테미스와 사랑을 나누던 추억이 머리를 스쳤다. 하지만 원수인 투란 바스네프의 모습이 뒤를 잇자 그는 황급히 머리를 저어 회상을 떨쳤다.

순찰하는 병사들이 목도됐다. 전각 앞을 밝히는 횃불 때문이었다. 바람에 횃불이 크게 일렁이었다. 몸을 낮춰 전각에 접근했다. 방금 순찰하던 병사들을 저쪽으로 가고 없지만, 자리를 지키는 또 다른 병사가 있었다. 두 명이었다. 전면이 트인 데다 병사들까지 있어서 전각에 잠입하기가 쉽지 않다는 걸 깨달았다. 한편은 병사들이 순찰을 돌고 병사들이 지키고 있는 걸 봐서 왕인 투란 바스네프가 이곳 전각에 있는 게 분명했다. 어쨌든 무슨 수를 쓰더라도 전각에 잠입해야지 숨어 있을 수만은 없는 노릇이었다.

궁리 끝에 궁원 서쪽에 마사(馬舍)와 곡물과 식품 등을 보관하는 창고가 있었다는 게 기억났다. 멀지 않은 곳이었다. 옴마나스는 그 기억을 통해 언뜻 한 생각이 떠올랐다. 이내 행동을 취했다. 그의 한 생각은 방화였다. 그런데 그가 미처 기억하지 못한 게 있었다. 그는 마사와 창고만 기억했지, 병사들의 막사도 그곳에 있다는 것을 잊고 있었다. 옴마나스는 그 방향으로 움직였다.

지붕이 낮고 길게 잇대어 있는 건물이 점차 눈에 들어왔다. 좀 더 가까이 가서 살피니 낙타가 보였다. 낙타가 있다는 건 건물이 마사라는 증거였다. 말들은 앞쪽에 있을 터이다. 말과 낙타가 있다면 먹이를 보관하는 창고는 필수적이었다. 바로 건초 창고였다. 마사 끝머리에 지붕이 높은 건물이 있어 그게 건초 창고인 것 같았다. 그리고 건초 창고로 짐작되는 건물에서 과히 떨어지지 않은 곳에 여타 건물이 있는 게 어슴푸레 보였다. 곡물과 식품을 보관하는 창고로 기억됐다.

마사 앞도 트인 공간이었다. 횃불은 놓여 있지 않았다. 다만 건물들이 있는 저쪽에 두 개의 횃불이 거리를 두고 놓여 있었다. 그리고 그 건물들 앞쪽에 순찰병인지 몰라도 병사들의 움직임이 포착됐다. 얼마 후 병사들이 어디론가 사라져 모습이 보이지 않았다. 시간이 많이 지체됐다는 생각에 곧 이동했다. 마사 뒤는 불빛이 직접 미치지 않아 어둠이 짙었다. 말과 낙타들이 경계의 소리를 내지 않는 것도 다행이었다. 마사 끝에 있는 지붕이 높은 건물을 지나칠 때 건초 특유의 풀냄새가 맡아졌다. 이로써 건초 창고를 확인한 셈이었다.

곡물과 식품을 보관하는 창고로 추정되는 건물에 이르러서 허리에 둘렀던 보자기를 풀었다. 사크람은 품속에 간수하고선 가까이 있는 나뭇가지 두 개를 꺾었다. 그리고 기름이 밴 헝겊 뭉치를 나뭇가지에 하나씩 꽂았다. 불을 붙일 요량이었다. 그 상태로 횃불이 놓인 건물 쪽으로 살금살금 다가갔다.

건물 모퉁이에 숨어 횃불과의 거리를 어림으로 재봤다. 한 10여 미터쯤 됐다. 병사들이 없는 걸 확인한 뒤 허리를 숙여 횃불에 접근했다. 두 개의 헝겊 뭉치를 횃불에 대자 금방 불이 붙었다. 그 직후 신속히 창고로 가서 불붙은 나뭇가지를 문틈으로 던져 넣었다. 그리고 남은 하나를 들고 후원을 내달렸다. 다음은 건초 창고였다.

건초 창고에 불이 일자 말과 낙타들이 일제히 울음소리를 냈다. 거의 동시에 병사들의 외침도 감지됐다. 전각을 향해 힘껏 뛰었다. 병사들은 이제 안중에 없었다. 힐끗 돌아보니 건초 창고에서 검붉은 화염이 치솟고 있었다. 떨어져 있는 건물에도 불길이 이는 것 같았다. 그쪽 하늘이 화염으로 붉게 물들었다.

왕의 침소가 있는 전각에 당도한 뒤 일단 나무 밑동에 앉아 숨부터 골랐다. 그때 급히 소리치며 창고 쪽으로 뛰어가는 사람들의 모습이 연달아 눈에 띄었다. 일어나 다시 움직였다. 전각을 돌아 벽에 붙어 앞쪽을 살폈다. 아무도 없었다. 전각을 지키고 있던 병사들이 건초 창고에 불이 난 걸 보고 그곳으로 간 모양이었다. 옴마나스는 품속에서 사크람을 꺼내 들고 전각 안으로 들어갔다.

일 층은 의자와 탁자만 놓인 텅 빈 공간이었다. 접견실 내지 정무를 보는 곳으로 짐작됐다. 더 살필 필요가 없었다. 그때 위층으로 난 계단에 병사가 앉아 있는 걸 뒤늦게 발견했다. 병사도 그제야 옴마나스를 봤는지 흠칫하며 일어서려 했다. 계단을 지키는 병사가 있다는 건 왕이 위층에 있다는 고지와 다름없었다.

여린 실내 등불에 드러난 병사는 일견 몸집이 우람했다. 붉은 갑주 차림을 보니 병졸이 아닌 군장이었다. 그는 화재로 인한 소란스러움이 아니라면 축제 술에 취해 계속 자고 있을지 모를 일이었다. 또 한밤중에 침입자와 맞닥뜨릴 줄은 전혀 생각 밖이었을 터이다. 그렇지만 그게 방심이었다. 군장의 엉거주춤한 태도를 옴마나스가 놓칠 리 없었다. 재빨리 다가가 사크람으로 상대의 목을 과감하게 베었다. 그가 칼을 뽑으려다 말고 악! 하고 짧게 비명을 지르며 목을 감싸 쥐었다. 그리고 술 냄새를 풍기며 옆으로 쓰러졌다.

옴마나스는 한달음에 위층으로 올라갔다. 복도를 밝히는 등불이 복도 중간에 켜져 있었다. 후원과 면한 복도를 제외하곤 모두 방인 것 같았다. 그때 불빛이 새 나오는 가운데 방에서 궁녀인지 왕의 측실인지 모를 여자들이 우르르 나왔다. 그녀들이 사크람을 든 옴마나스를 보더니 비명을 질렀다. 그리고 혼비백산해 뒤쪽 복도로 도망치기에 급급했다. 옴마나스는 곧장 여자들이 나온 방으로 갔다. 채 닫히지 않은 문 안쪽에 금색 장막이 드리워져 있었다. 거침없이 장막을 젖혔다.

방 안에 왜소한 체구의 한 사내가 홀로 보료에 누워 있었다. 천장에 매달린 등불에 드러난 사내는 늙고 수척한 모습이었다. 허옇게 센 머리 때문만이 아니었다. 왠지 추레한 느낌이 들어 그러했다. 밖이 시끄러운 탓에 남자가 깨어 있는 것 같았다. 누운 채 고개를 돌려 쳐다보는 게 그 증거였다.

옴마나스는 누워 있는 남자가 투란 바스네프라는 걸 확신했다. 지체 없이 남자에게 달려들었다. 그리고 멱살을 잡고 일으켰다.

"네 이놈! 투란 바스네프, 너는 내가 누군 줄 아느냐?"

옴마나스의 호통에도 남자는 대답이 없었다. 대답은커녕 빤히 쳐다보며 실실 웃기까지 했다. 옴마나스는 이놈이 실성했나하고 생각하려는데 투란 바스네프가 입을 달싹였다.

"알다마다. 네가 어찌 너를 모르겠느냐?"

"네놈이 나를 알아보니 영 미치지는 않았구나."

"미치다니, 네 손에 죽을 날을 기다리고 있었다. 옴마나스! 어서 나를 죽여라!"

옴마나스가 멱살을 잡은 손을 놓았다. 투란 바스네프가 여지없이 뒤로 넘어갔다. 옴마나스가 이번에 그의 머리칼을 움켜잡고 얼굴을 치켜들었다. 그리고 사크람을 힘 있게 쥐었다. 이제 투란 바스네프의 목을 단박 그으면 절치부심의 복수를 하는 것이다.

그런데 그가 사크람을 투란 바스네프의 목을 그으려는 순간, 참으로 황당한 일이 벌어졌다. 자신이 치켜든 얼굴이 투란 바스네프가 아닌 초물래의 얼굴이라는 것이다. 참으로 기이한 현상이었다. 옴마나스는 초물래의 얼굴을 한 투란 바스네프의 목을 차마 그을 수 없었다. 눈앞의 얼굴이 미소를 지었다. 영락없는 초물래였다. 옴마나스는 이게 무슨 변고인가 싶어 자신의 눈을 의심했다. 그러다 문득 초물래가 도데를 통해 자신에게 당부한 '관용'이 머릿속에 떠올랐다. 그리고 생각했다. '저항조차 할 수 없는 이런 불구자의 목숨을 취한들 복수가 무슨 의미가 있을까?' 였다. 그는 자신의 생각이 옳다고 느껴졌다. 파무체카도 필시 이해하리라 여겼다. 망설이지 않고 결단했다. 사크람 대신 팔꿈치로 눈앞의 얼굴을 가격했다.

사람들의 아우성과 병사들의 외침이 귀에 확연했다. 머뭇거릴 때가 아니었다. 왕의 침소를 나와 여자들이 사라진 복도 쪽으로 급히 움직였다. 그러나 복도 끝은 계단 대신 아래층이 내려다보이는 난간만 있을 뿐이었다. 위층이 높아 뛰어내릴 수도 없는 처지였다. 단지 난간을 받치는 기둥이 있다는 게 천만다행이었다. 그때 계단을 올라오는 급한 발소리들이 들렸다. 선택의 여지가 없었다. 서둘러 난간 밑으로 몸을 내려 다리를 기둥에 감았다. 이어 팔로 기둥을 안은 자세로 천천히 내려왔다.

전각 출입구에서 병사들이 얼씬거렸다. 아직 기둥을 통해 내려온 자신을 보지 못한 것 같았다. 기둥 뒤에 바싹 붙어 나갈 기회를 엿봤다. 때마침 요란한 발소리와 함께 일단의 병사들이 계단을 내려왔다. 그들은 왕이 살아 있는 걸 확인한 때문인지 곧장 전각을 빠져나갔다. 거의 동시에 전각 출입구에 있던 병사들의 모습도 사라졌다.

옴마나스는 조심스럽게 출구로 접근했다. 병사들의 기척이 없는 것 같아 고개를 내밀어 밖을 살폈다. 횃불을 밝힌 곳에 두 명의 병사가 자리를 지키고 있었다. 반쯤 등진 채 있어, 불타고 있는 쪽을 바라보는 것 같았다. 옴마나스는 발소리를 죽여 전각을 빠져나왔다.

전각 뒤편 후원에서 건물들이 있는 서쪽을 쳐다봤다. 불길을 잡지 못했는지 여전히 그 일대가 화광으로 붉게 물든 상태였다. 병사들과 궁궐 사람들이 불길을 잡기 위해 동분서주하는 모습이 눈에 선했다. 물 사정이 좋지 않아 속수무책일 거라는 생각이 머리를 스쳤다.

잠입할 때처럼 밧줄을 이용해 궁궐 담을 넘었다. 밧줄을 챙기는 걸 잊지 않았다. 나메가 기다리고 있을 켄타우로스 석상이 있는 곳으로 바삐 갔다. 나메가 어둠 속에서 옴마나스를 반겼다.

"매캐한 냄새와 사람들의 외침이 들리는 걸 보니 목적한 바를 이루신 것 같습니다. 수고하셨습니다."

옴마나스는 대답 대신 나메의 손을 잡았다.

"서두르자! 곧 오경이 될 거야."

옴마나스가 걸음을 옮기자 나메가 뒤따랐다. 옴마나스는 신전 북쪽 담에 이르러 잠시 생각을 가다듬었다. 담을 넘어 성벽까지 가는 건 어렵지 않을 듯싶었다. 궁궐과 신전을 도는 순라(巡邏)가 있을지라도 염려할 일이 못 되었다. 손에 든 햇불로 인해 지레 자신들의 위치가 드러날 테니 대처만 잘하면 발각되지 않을 터이다. 문제는 성벽 위를 어떻게 올라가느냐였다. 성병들의 눈에 띄지 않는 게 관건이지만 그건 상황이나 운에 맡겨야 할 것 같았다.

옴마나스가 먼저 담에 올랐다. 그리고 담 위에 엎드려 주변과 저편 북문 쪽을 두루 쳐다봤다. 예상치 않게 북문 쪽은 숱한 햇불이 운집해 대낮처럼 환했다. 군사들의 모습도 언뜻언뜻 비쳤다. 궁궐의 화재와 왕이 위해를 당한 것 때문이 아닌가 싶었다. 그쪽 성벽으로 가려던 것을 단념해야 했다. 서쪽의 성벽에도 햇불이 있지만 8, 90미터 간격으로 드문드문한 게 북쪽과 비할 바가 아니었다.

옴마나스는 나메가 담 위로 올라오도록 도왔다. 그리고 주변을 살피는 중에 햇불을 든 무리가 좌편에서 갑자기 나타났다. 순라인지 군사들인지 알 순 없었다. 다행히도 북문 쪽으로 가고 있어서 그들의 눈에 띄지 않을 것 같았다. 그렇지만 담장에 바짝 엎드려 그들이 멀어지기를 기다렸다.

나메가 밧줄을 잡고 담을 내려간 뒤 이어서 옴나마스도 내려왔다. 옴마나스는 갈고리가 달린 밧줄을 사려 어깨걸이를 했다. 두 사람은 곧 움직였다. 목표로 한 곳은 햇불이 드문 서쪽 성벽이었다. 오경을 알리는 북소리가 금방이라도 날 듯싶었다.

두 사람은 일단 신전 가까이 있는 주택지로 이동했다. 달빛으로 인해 몸을 숨기는 게 용이치 않아서였다. 또 성벽에 접근해 성병의 여부나 성벽을 오르는 계단을 살피려면 몸을 드러내야 하는데 그것도 쉬운 일이 아닐 터이다. 다만 달빛 속이라도 움직임이 포착되지 않는 한 근접한 거리일지라도 사람과 물체를 구별하는 것 역시 어려울 거라는 생각이 들었다. 그런 점을 염두에 두고 옴마나스는 성벽과 일정한 거리를 두고 성병과 계단이 있는가를 은밀히 살폈다. 그러다 알게 된 사실은 계단이 있는 곳엔 성벽 위에 횃불이 있다는 점이다. 그렇다고 불빛이 미치지 않는 성벽을 택해 갈고리를 던져 성벽을 오를 순 없었다. 설령 갈고리로 걸었다 하더라도 성벽의 높이가 만만치 않아 여성인 나메가 밧줄을 잡고 오르기가 쉽지 않을 터였다.

마침 횃불은 있어도 성병이 눈에 띄지 않는 데가 있었다. 계단은 횃불이 놓인 바로 아래에 있었다. 북문에서 세 번째 횃불이었다. 성을 빠져나가야 한다는 일념에 기회를 놓치고 싶지 않았다. 용단이 필요했다. 각오가 서자 나메의 의향을 물었다.

"저 계단이 좋겠어. 할 수 있겠느냐?"

"네, 옴마나스 님이 결심하면 따르겠습니다."

나메의 목소리가 낮게 떨렸다. 옴마나스도 긴장과 조바심으

관용

로 입술이 바싹 탔다. 옴마나스가 몸을 한껏 낮춰 계단으로 접근했다. 나메도 같은 자세로 뒤를 따랐다.

계단을 저만치 두고 다시 한번 성벽 위를 살폈다. 여전히 횃불만 있지 성병의 모습은 보이지 않았다. 그러나 어둠 속이어서 횃불이 미치지 않은 근처에 성병이 있는지는 사실상 알 수 없는 노릇이었다. 이제 결심만 남았다. 옴마나스가 나메의 등을 가볍게 두드렸다. 계단을 오르자는 신호였다. 나메가 화답했다. 옴마나스의 손을 꽉 쥐었다.

옴마나스가 신중한 행동거지로 계단으로 접근했다. 그리고 계단이 시작되는 곳에 가서 몸을 성벽에 붙였다. 나메가 뒤따라와 곁에 붙자 옴마나스가 곧 기민하게 계단을 올라갔다. 그의 손엔 사크람이 들려 있었다. 그런데 성벽 위에 올랐어도 밑에서 본 그대로였다. 성병이 한 명도 없었다. 천우신조라 여겼다. 나메도 금방 올라왔다. 두 사람은 서로 마주 보며 안도의 숨을 내쉬었다. 그리고 몸을 낮춘 그 자세로 횃불이 있는 북문 쪽으로 재차 이동했다. 횃불과 횃불 사이의 중간이 한결 어두워 그쯤에서 성벽을 내려갈 심사였다. 안전을 염두에 둔 판단이었다. 하지만 그 판단이 잘못이고 화근이었다. 성벽에 오른 그 즉시 갈고리를 걸어 성벽을 내려갔어야 했다.

중간에 거의 이르렀을 때 뒤쪽에서 사람들의 발소리가 들렸다. 돌아보니 두 명의 병사가 휘적휘적 이쪽으로 오고 있었다.

생각 외로 거리가 가까웠다. 옴마나스는 서둘러 어깨에 걸친 밧줄을 풀어 갈고리를 성벽 모서리에 걸었다. 그렇지만 병사들의 걸음도 빨랐다. 발각되는 게 시간문제였다.

"거기 누구냐?"

날카롭고 자못 위협적인 음성이 귓전을 울렸다. 낭패였다. 옴마나스는 나메에게 '빨리 밧줄을 잡고 내려가라'라고 재촉했다. 나메가 밧줄을 잡았다. 그러나 엄두가 나지 않는지 주저했다. 그러자 옴마나스가 나메 등을 강제로 떠밀었다. 그녀가 밧줄을 잡고 외벽을 내려가는 그때, 다가온 병사가 창으로 옴마나스를 내리쳤다. 피할 틈이 없었다. 옴마나스는 순간적으로 어깨의 통증과 함께 정신이 아득했다. 그런 와중에서도 나메가 성벽을 다 내려갈 때까지 견뎌야 한다는 생각에 밧줄을 놓지 않았다. "웬 놈이야! 정체를 밝혀라!" 그 소리에 옴마나스가 퍼뜩 정신을 차렸다. 병사가 재차 창을 쳐드는 걸 보곤 반사적으로 피했다. 그 바람에 병사의 창이 빗나갔다. 나메의 음성이 성벽 아래에서 막 들려왔다. "빨리 내려오세요!" 하지만 병사들의 창이 자신을 당장 찌를 판인데 그럴 여지가 없었다. 상황은 그것만이 아니었다. 뒤편으로 또 다른 병사들이 이쪽으로 급히 오는 게 보였다. 옴마나스를 발견한 병사의 소리를 듣고 합세하기 위해 오는 모양이었다.

옴마나스가 갈고리를 걷자마자 "나메! 어서 도망쳐!!"라고 아

관용

래를 향해 소리치며 북문 쪽으로 힘껏 뛰었다. 두 병사가 놓칠세라 이내 쫓아왔다. 옴마나스는 쫓기면서도 밧줄을 놓지 않았다. 밧줄은 그에게 있어서 성을 빠져나갈 수 있는 유일한 도구이고 생명줄이기 때문이었다. "거기 서라!!" 소리가 연속으로 등 뒤에서 났다. 두 번째 횃불이 있는 곳에서 몇 명의 병사가 창으로 막아선 게 보였다. 옴마나스가 갈고리가 달린 밧줄을 휘두르며 돌진했다. 죽기 살기의 심정이었다. 병사들이 옴마나스의 기세에 눌려 주춤주춤 물러서더니 계단 쪽으로 몸을 피했다. 그 통에 돌파는 했으나 성벽을 내려갈 틈이 없었다.

무작정 도주하다 보니 어느새 북탑까지 왔다. 은은한 달빛에 감싸인 탑은 고적하고 신비롭기까지 했다. 맞은편에서도 병사들이 횃불을 들고 이쪽으로 몰려오고 있었다. 뒤쪽, 병사들의 득의찬 함성이 한층 가까이 들렸다. 이쪽저쪽 다 병사였다. 빠져나갈 방도가 없었다.

옴마나스는 병사들이 양쪽에서 조여오자, 탑을 등지고 섰다. 구차하게 탑 안으로 들어가고 싶지 않았다. 옴마나스와 병사들 간의 거리가 시시각각 좁혀졌다. 옴마나스는 더는 갈고리가 달린 밧줄을 휘두르지 않았다. 용력이 다해서가 아니었다. 장부답게 죽음을 맞자고 마음을 굳혔기 때문이었다. 또 파무체카가 저승에서 자신을 기다릴 거로 생각했다. 병사들이 수 미터 거리에

이를 때쯤, 무슨 까닭인지 더 다가오지 않고 멈춰 섰다. 그리고 창이나 칼 등의 병장기를 겨누며 공격 태세를 취했다. 그때 북문 쪽에서 온 병사들 가운데서 누군가가 옴마나스를 향해 소리쳤다.

"순순히 포박을 받아라! 만약 저항하면 목숨을 잃을 것이다!"

생포하라는 명령을 받은 모양이었다. 그렇지만 옴마나스는 그럴 마음이 전혀 없었다. 잡혀서 욕되게 죽기보다 자결하는 게 낫다고 여겼다. 사크람을 꺼내 손에 쥐었다. 여차하면 목을 그을 생각이었다. 옴마나스가 잠자코 버티자. "속히 포박을 받아라!"라는 소리가 거듭 났다. 옴마나스가 담대하게 한 발짝 앞으로 나왔다. 그게 대답이고 반응이었다. 그리고 좌우로 겹겹이 에워싼 병사들에게 큰 소리로 말했다.

"나는 대군장 타르칸느의 아들, 옴마나스다. 싸우다 죽을지언정 포박을 받을 수 없다."

그 소리에 느끼는 게 있는지 병사들 사이에 웅성거림이 일었다. 그러나 일시적이었다. 대치 중에 한 군장이 모습을 내민 때문이었다. 허우대와 복장이 남달라 지휘관인 듯싶었다. 그는 옴마나스가 사크람 이원 다른 무기가 없는 걸 알고 옴마나스에게 몇 발짝 다가와 마주 섰다. 자연 눈길과 눈길이 부딪혔다. 옴마나스에겐 낯선 얼굴이었다. 그가 무겁게 입을 뗐다.

"대군장 타르칸느는 알아도 그대는 기억에 없다. 더는 사정을

두지 않겠다. 당장 포박을 받아라. 그렇지 않으면 주살하는 수밖
에 없다.”

최후통첩이었다. 옴마나스가 즉각 응수했다.

“나도 그대가 기억에 없다. 이미 죽기를 각오한 몸이니, 나를
욕보일 생각은 마라.”

말이 채 끝나기도 전에 군장이 칼을 빼들었다. 그것이 신호였
다. 병사들이 함성과 동시에 창을 앞세워 일제히 공격해 들어왔
다. 그때 부지불식간에 날아온 창 하나가 허벅지의 살점을 찢었
다. 그런데도 옴마나스는 통증을 느낄 새가 없었다. 병사들이 자
신을 생포할 목적이라는 것을 직감적으로 알았다. 급히 탑 안으
로 피했다. 다리를 절면서도 계단을 올라갔다. 탑 꼭대기에 이르
자 긴박한 상황인데도 중천에 뜬 달이 고아롭게 보였다. 뒤쫓아
온 병사들이 마구잡이로 옴마나스의 다리를 찔렀다. 창상에 의
해 두 다리가 온통 피투성이었다. 그런데도 옴마나스는 주저앉
지 않았다. 그때 오경을 알리는 북소리가 들렸다. ‘약조를 지켰
군⋯⋯.’ 옴마나스가 어둠 속에서 희미하게 웃었다. 그리고 곧장
허공에 몸을 날렸다. 아나테미스가 투신한 그 탑이었다.

나메와 키쿠소마르, 도데가 성벽 아래에서 옴마나스가 떨어
지는 걸 봤지만 속수무책이었다. 한달음에 옴마나스에게 가서
그의 몸을 살펴봤으나 이미 절명한 상태였다. 세 사람은 지체치

않고 옴마나스의 시신을 수레에 싣고 내달렸다. 다행히도 추격하는 병사들이 없었다.

세 사람이 하루 밤낮을 꼬박 달려 토옥에 도착했을 때는 늦은 저녁이었다. 이후 잠시의 휴식도 없이 옴마나스의 장례를 치렀다. 무덤은 파무체카 옆이었다. 그러고 나서 세 사람은 옴마나스의 무덤가에서 울면서 밤을 새웠다.

키쿠소마르와 도데가 옴마나스가 당부한 대로 임시로 터놓았던 물줄기를 막고 돌아오니 나메 이모가 보이지 않았다. 그러잖아도 옴마나스가 세상을 떠난 이래 나메 이모가 끼니를 거르기 일쑤고 정신을 놓은 사람처럼 행동해 키쿠소마르와 도데가 시름겨워했었다. 둘의 발걸음이 자연스레 옴마나스의 무덤으로 향했다. 나메 이모가 종종 옴마나스와 파무체카의 명복을 빌기 위해 무덤을 찾는다는 것을 알기 때문이었다.

나메 이모가 무덤가에 있는 게 보였다. 그런데 비스듬히 누워 있는 게 이상했다. 도데가 "나메 이모!" 하고 불렀다. 그러나 그녀는 대답은커녕 미동조차 없었다. 둘은 예사롭지 않다는 생각에 급히 뛰어갔다. 설마 했는데 정녕 허무한 모습을 보게 될 줄이야. 나메 이모는 이미 이승의 사람이 아니었다. 옴마나스 무덤 곁에 숨져 있었다. 몸이 상한 데가 없고 얼굴이 창백한 점에 미루어 독초즙을 마시고 자진한 거로 짐작됐다. 또 특별히 아끼던

관용

무명으로 지은 검정 장옷을 입고 있어서 죽음을 작정한 것 같았다. 검정 장옷은 예전 옴마나스가 야르칸드 장터에서 나메를 위해 산 것이었다.

도데와 키쿠소마르는 너무나 큰 슬픔에 말을 잊었다. 그러나 언제까지 슬퍼할 수 없었다. 눈물을 뚝뚝 떨구며 나메 이모를 고이 묻었다. 그녀의 원대로 옴마나스 곁이었다. 불과 열흘 만에 더없이 너그럽고 정답던 두 사람을 잃었다. 참으로 야속한 운명이었다.

새로 생긴 무덤 앞에 붉은 양귀비꽃이 놓였다. 그녀가 좋아하던 꽃이었다. 지난번 나메가 그랬듯 도데가 꺾어온 것이었다. 둘은 나메 이모의 처연한 눈빛을 연상케 하는 꽃을 바라보며 엉엉 울었다.

킵차크의 거치로운 바람을 맞으며 고원 길을 가는 두 사람이 있었다. 키쿠소마르와 도데였다. 연전 옴마나스와 파무체카, 나메 이모와 함께 왔던 길인데 이제 둘뿐이었다. 도데에게 위안이 되는 건 키쿠소마르가 자기를 돌봐준다는 사실이었다. 파무체카가 아비인 옴마나스를 돌보고 섬긴 것처럼……. 두 사람이 향하는 곳은 발흐였다.

그로부터 반 년이 지난 어느 날, 발흐의 동쪽 궁 문 앞에 두 사람이 서성이고 있었다. 한 사람은 젊었고 다른 사람은 상대적으로 키가 작아 소년 같았다. 둘은 복색이 남루한 탓에 수비 병사들에게 여러 차례 내침을 당했었다. 하지만 하늘의 도움인지 어느 선량한 관리의 눈에 띄어 그들이 궁성에 온 목적을 이룰 수 있었다. 두 사람은 키쿠소마르와 도데였다. 물론 구취각이 증표로 준 은접시와 두 사람을 발흐에 살게 해달라는 옴마나스의 탄원서가 왕인 구취각에게 전달된 뒤였다.

구취각은 큰 인물이었다. 도데 코르트가 자신의 명을 거역하고 도주한 자의 자식임에도 불구하고 벌주기는커녕 양아들로 삼았으니 말이다. 누구도 감히 따를 수 없는 도량이고 관대함이었다.

수년의 세월이 흘렀다. 키쿠소마르는 발흐에서 의원을 열어 그가 바란 대로 병자를 치료하는 의사가 되었다. 그리고 훗날 명의로서 이름을 떨쳤다. 도데 코르트는 구취각의 양아들이 되었다가 나중 신생 왕조를 연 구취각의 부마가 되었다. 구취각이 금지옥엽으로 아끼는 소록과 맺어진 까닭이었다. 그와 소록과의 사이에 난 자손들은 번창했으며, 대대로 구취각인 쿠줄라 카드피세스가 세운 나라의 중추가 되었다. 나라도 더불어 강대해져 남으로는 빈디아 산맥에서 바라나시에 이르고 북으로는 카슈가르, 야르칸드, 호탄과 접했으며 서로는 페르시아, 파르티아와 경계를 이루었다. 쿠샨 대왕국이었다.

'아게스 밀'의 왕이었던 투란 바스네프는 옴마나스가 죽은 지 채 한 달이 되지 않아 역시 죽었다. 그가 죽고 나자 재차 흉노군의 침입이 있었다. 왕이 부재한 터라 아게스 밀은 변변히 싸우지도 못하고 흉노군에 점령당했다. 흉노군은 나중 자연의 변재(變災)로 발하슈호(湖)에 수원을 둔 물길마저 마르자 아게스 밀에서 스스로 물러났다. 하지만 아게스 밀을 철저히 짓밟고 약탈한 뒤였다. 그 후 아게스 밀은 급격히 쇠락해 사람이 살지 않는 황폐한 성읍으로 변했다. 그리고 오랜 세월 동안 차츰 모래바람에 묻혀 세인들의 입에서 전해지는 옛 얘기로 남았다. 한때 킵차크 남부 고원에 번성했던 한 도시국가가 있었노라고……. (終)